中國古典文學基本叢書

中州集校注

第五册

〔金〕元好問 編
張靜 校注

中華書局

中州己集第六

馮内翰璧 一十五首

璧字叔獻，别字天粹，承安二年進士。歷州縣，召入翰林，再爲曹郎〔一〕。宣宗朝，屢以使指鞫大獄〔二〕，權貴如歸德知府、宿州總帥〔三〕，聲勢焰焰〔四〕，朝廷知其跋扈而不能摧伏者〔五〕，叔獻以法臨之，毛髮不貸也〔六〕。幼有重名，就所長論之，館閣臺諫，與賓客言〔七〕，乃其選也。徒以小心奉法，不畏强禦，故屢以城旦書屈之〔八〕，識者有用違其長之歎。興定末，以同知集慶軍節度使事致仕〔九〕，居嵩山龍潭者十餘年。諸生從之游與四方問遺者不絶。賦詩飲酒，放浪山水間，人望以爲神仙焉。山中多蘭，每中春作華，山僧野客，人持數本詣公，以香韻高絶爲勝①，少劣則有罰，謂之鬬蘭。所釀松醪〔一〇〕，東坡所謂歎幽姿之獨高者〔二一〕，惟叔獻能盡之。客有以京國名酒來與之校者，味殊不能近。正如深山草衣木食人語，覺傖兒販夫塵土氣爲不可嚮也〔二二〕。是後，松醪、鬬蘭遂爲山中故事。叔獻少日在太學〔二三〕，賦聲籍甚〔二四〕，其學長於《春秋》；詩筆清峻〔二五〕，似其爲人；字畫楚楚〔二六〕，有魏晉間風氣，雅爲閑閑公所激賞〔二七〕；制誥典麗〔二八〕，當代少見其比；尺牘又其專門之學〔二九〕，風流蘊藉，不減前世宋景文〔三〇〕。左丞董公紹祖奉使江左〔三一〕，得其詩餞行，喜見顔間。詩四韻，每誦一句，輒爲一舉觴。李右司之純〔三二〕，談笑此世爲不足玩，見叔獻則必爲之愯然〔三三〕。王延州從之公〔三四〕，於鑒裁爲海内稱首〔三五〕，敬其名德，至不敢以同年生數之〔三六〕。北渡還鄉里，年七十九終於家。墓碑云：所貴於君子者三：曰氣、曰量、曰品。有所充之謂氣，有所受之謂量。氣與量備而才行不與存焉。本乎才行氣量，而絶出乎才行氣量之上之謂品。品之所在，不風岸而峻〔二七〕，不表襮而著〔二八〕，不名位而重，不耆艾而尊〔二九〕。是故爲天地之美器〔三〇〕，造物者靳固之〔三一〕，不輕以予人。閲百千萬人之衆，歷數十百年之久，乃一二見之。同乎其時，非無孤雋偉傑之士〔三二〕，從容於禮文之域〔三三〕，角逐乎功名之地，唯其俗不可以爲雅，劣不可以爲勝，故自視缺然。陳太丘事業無聞而名重天下〔三四〕，房次律坐鎮雅俗而舉世以王佐許之〔三五〕，施之當時未必適用，然千載而下有爲之斂衽者〔三六〕，非品何以得之？元光、正大以來，天下大夫士論公平生者，蓋如此。子渭，字清甫。以門資叙仕〔三七〕，爲密院機察。清慎而文〔三八〕，天下有馮孝子之目，今居鎮陽〔三九〕。

【校】

①高：毛本作「清」。

【注】

〔一〕曹郎：即部曹。部屬各司的官吏。

〔二〕鞫：審問犯人。

〔三〕歸德：府名，金時屬南京路。治今河南省商丘市。宿州：金代州名，屬南京路。治今安徽省宿州市。

〔四〕焰焰：形容氣勢盛貌。

〔五〕摧伏：折伏，制服。

〔六〕毛髮不貸：無絲毫饒恕、寬免。

〔七〕與賓客言：語出《論語·公冶長》：「赤也，束帶立於朝，可使與賓客言也。」邢昺疏：「可使與鄰國之大賓小客言語應對也。」

〔八〕城旦書：泛指刑律之書。語出《史記·儒林列傳》：「竇太后好《老子》書，召轅固生問《老子》書。固曰：『此是家人言耳。』太后怒曰：『安得司空城旦書乎？』」裴駰集解：「徐廣曰：『司空，主刑徒之官也。』《漢書音義》曰：『道家以儒法爲急，比之於律令。』」此代指執掌審判的官職。城旦：古代刑罰名。一種築城四年的勞役。

〔九〕集慶軍：宋譙郡集慶軍，隸揚州。金貞祐三年升爲節鎮，軍名集慶，在亳州。

〔一〇〕松醪：用松脂或松花釀製的酒。

〔一一〕「東坡」句：東坡曾親自製作松醪并作《中山松醪賦》：「收薄用於桑榆，製中山之松醪。救爾灰燼之中，免爾螢爝之勞。取通明於盤錯，出肪澤於烹熬。與黍麥而皆熟，沸春聲之嘈嘈。味甘餘而小苦，歎幽姿之獨高。知甘酸之易壞，笑涼州之葡萄。」

〔一二〕販夫：小商販。《周禮·地官·司市》：「夕市，夕時而市，販夫販婦爲主。」鄭玄注：「販夫販婦，朝資夕賣。」

〔一三〕太學：國學。古代設於京城的最高學府。西周已有太學之名。漢武帝元朔五年（前一二四）初置，東漢大爲發展。魏晉到明清，或設太學，或設國子學（國子監），或兩者同時設立，名稱不一，制度亦有變化，但均爲傳授儒家經典的最高學府。金代五品以上官員的子弟方可入國子監太學。

〔一四〕賦聲：善於辭賦的名聲。金代科舉考試特重賦，往往以此定取黜。故士人習舉業多致力于此，謂之「時文」。

〔一五〕清峻：簡約嚴明。

〔一六〕楚楚：形容傑出，出衆。

〔一七〕閑閑公：禮部尚書趙秉文，晚號閑閑老人。

〔一八〕典麗：典雅華麗。

〔一九〕尺牘：指書信。《後漢書·北海靖王興傳》「尺牘」李賢注：「《説文》云：『牘，書版也。』蓋長一尺，因取名焉。」古代所書之木，文長則用簡連編，文短則用長方形木板獨撰，常用以寫信札之類。

故稱言短意長的書信體爲「尺牘」。

〔二〇〕宋景文：宋祁（九九八——一〇六一），字子京，安州安樂（今湖北省安陸市）人。天聖二年進士。官翰林學士、史館修撰。與歐陽修等合修《新唐書》成，進工部尚書，拜翰林學士承旨。卒謚景文。《宋史》卷二八四有傳。

〔二一〕董公紹祖：董師中，字紹祖，洺州（今河北省永年縣）人。皇統九年進士，拜參知政事，進尚書左丞。工文，性通達，疏財尚義，平居則樂易真率，其臨事則剛决，挺然不可奪。《金史》卷九五有傳。《中州集》卷九有小傳。江左：江東。指長江下游以東地區。此處代出使南宋。據《金史》本傳，明昌四年，董師中爲宋生日國信使。

〔二二〕李右司之純：李純甫，字之純，尚書右司都事。

〔二三〕愯：同「悚」，恐懼。此指敬畏。

〔二四〕王延州從之：王若虚，字從之。正大間，轉延州刺史，故稱。

〔二五〕鑒裁：指審察識別人、物的優劣。唐韓愈《雪後寄崔二十六丞公》：「稱多量少鑒裁密，豈念幽桂遺榛菅。」稱首：第一。

〔二六〕同年生：科舉同榜考中者。王若虚與馮璧同爲承安二年進士。

〔二七〕風岸：謂嚴肅孤傲。

〔二八〕表襮：自我炫耀。

〔二九〕耆艾：古稱六十歲爲耆，五十歲爲艾。泛指老年人。

〔三〇〕美器：喻賢才。南朝梁江淹《傷愛子賦》序：「生而神俊，必爲美器。」

〔三一〕靳固：吝惜。

〔三二〕孤雋：孤拔雋秀，優異特出。

〔三三〕「從容」句：謂其受禮樂文化的薰陶浸染。

〔三四〕陳太丘：陳寔（一〇四——一八六），字仲弓，東漢潁川許（今河南省許昌市）人。桓帝時爲太丘長，故人稱「陳太丘」。修德清靜，百姓以安，後居鄉閭，平心率物，有爭訟者，輒求判正。黨錮之禍起，被牽連，餘人多逃亡。其曰：「吾不就獄，衆無所恃。」自請囚禁。黨禁解，大將軍何進、司徒袁隗招辟，皆辭不就。卒時赴吊者達三萬餘人，謚文範先生。事見《後漢書》卷六二本傳。

〔三五〕房次律：房琯，字次律，河南（今河南省洛陽市）人。風儀沉整，好隱逸，于陸渾山中讀書十年。唐開元中，張説奇其才，奏授秘書省校書郎。後歷縣令、太守等職。天寶十五載爲宰相。新、舊《唐書》有傳。

〔三六〕斂衽：整飭衣襟，表示恭敬。《戰國策·楚策一》：「一國之衆，見君莫不斂衽而拜，撫委而服。」

〔三七〕門資：門蔭。叙：按規定的等級次第授官職。《周禮·天官·宮伯》：「凡在版者，掌其政令，行其秩叙。」鄭玄注：「叙，才等也。」賈公彦疏：「秩謂依班秩受禄；叙者，才藝高下爲次第。」

〔三八〕清慎：清廉謹慎。

〔三九〕鎮陽：金真定府，屬河北西路。治今河北省正定縣。

同裕之再過會善有懷希顔〔一〕

寺元魏離宫，十日來凡兩。前與髯卿偕〔二〕，齋奠少林往〔三〕。其時已薄暮，諸勝不暇訪。今同魏諸孫〔四〕，再到風煙上。寺僧導升殿，雄深肅瞻仰。柱礎門限砧〔五〕，追琢成大壯〔六〕。不見磨琢痕，瑩滑明滉朗〔七〕。摩挲三歎息〔八〕，後世無此匠。晚登西南亭，碧玉對千丈〔九〕。如王官天柱〔一〇〕，如太華仙掌〔一一〕。留宿贊公房〔一二〕，秀色夢餘想。夜靜耿不眠，泉溜琴筑響〔一三〕。惜髯今不來〔一四〕，聯詩共清賞〔一五〕。

【注】

〔一〕裕之：元好問，字裕之。會善：會善寺。在登封西北太室山南麓積翠峰下。原爲北魏孝文帝的離宫。希顔：雷淵，字希顔。

〔二〕髯卿：指雷淵。《金史》本傳：「爲人軀幹雄偉，髯張口哆，顔渥丹，眼如望羊。」

〔三〕少林：少林寺。佛教禪宗的發源地。在河南省登封縣西少室山北麓，後魏太和二十年建。隋文帝改名陟岵，唐復名少林。寺西有塔林及唐宋以來的磚石墓塔二一八座。寺右有面壁石，西北有面壁庵，相傳即達摩面壁處。見《清一統志·河南府·寺觀》。

〔四〕魏諸孫：指元好問，因元氏系出北魏鮮卑族拓跋氏，故稱。

〔五〕砧：泛指物體的基墊部分。明徐光啟《農政全書》卷一九：「當砧之心而立之柱。三分其砧之徑，以其一爲柱之徑。」

〔六〕追琢：雕琢，雕刻。追，通「雕」。大壯：建築宫室。典出《易·繫辭下》：「上古穴居而野處，後世聖人易之以宫室，上棟下宇，以待風雨，蓋取諸《大壯》。」《大壯》上震下乾。震爲雷，乾爲天，其卦象爲上有雷雨，下有禦雨之圓蓋。故云創建宫室以避風雨，取象於《大壯》。

〔七〕滉朗：雲開之狀，此處形容柱礎之光潔。

〔八〕摩娑：撫摸。《釋名·釋姿容》：「摩娑，猶末殺也，手上下之言也。」

〔九〕碧玉：比喻澄淨、青緑色的自然景物。唐柳宗元《酬曹侍御過象縣見寄》：「破額山前碧玉流，騷人遥駐木蘭舟。」句言南亭面對碧峰千丈。

〔一〇〕王官天柱：指王官谷的天柱峰。

〔一一〕太華仙掌：華山的仙掌峰。

〔一二〕贊公：唐代僧人，曾與杜甫相過從。杜甫《别贊上人》：「贊公釋門老，放逐來上國。」後遂借指高僧。明沈周《寫懷寄僧》：「不知誰解拋憂患，獨對青山憶贊公。」

〔一三〕筑：古代絃樂器，形似琴，有十三絃。演奏時，左手按絃的一端，右手執竹尺擊絃發音。

〔一四〕髯：代指雷淵。

〔一五〕聯詩：聯句吟詩。舊時做詩的一種方式，由兩人或多人各成一句或幾句，相聯成篇。多用于宴席及朋友間酬應。舊傳始于漢武帝和諸臣合作的《柏梁詩》。南朝梁劉勰《文心雕龍·明詩》：「回文所興，則道原爲始；聯句共韻，則《柏梁》餘制。」清賞：指幽雅的景致。南朝齊謝朓《和何議曹郊遊》其一：「江陲得清賞，山際果幽尋。」

和希顔

虎守天門未易通〔一〕，庾塵無扇障西風〔二〕。主人何負盜憎主〔三〕，公論不明私害公〔四〕。老伏固非千里驥〔五〕，冥飛似是五噫鴻〔六〕。紛紛往事渠知幾〔七〕，都付嵩巔一笑中〔八〕。

【注】

〔一〕虎守天門：《楚辭·招魂》：「魂兮歸來，君無上天些。虎豹九關，啄害下人些。」王逸注：「言天門凡有九重，使神虎豹執其關閉。」

〔二〕「庾塵」句：用「庾公塵」典故。《世説新語·輕詆》：「庾公權重，足傾王公。庾在石頭，王在冶城坐，大風揚塵。王以扇拂塵，曰：『元規塵汙人。』」庾公，庾亮，字元規。王公：王導。王導厭惡庾亮權勢逼人，故發此語。後用「庾塵」以比喻達官的權勢與卑污。蘇軾《次韻王廷老退居見寄》：「北牖已安陶令榻，西風還避庾公塵。」句言自己面對權貴的淫威無可奈何。

〔三〕盜憎主：盜賊憎恨被他所盜竊的物主。比喻邪惡的人憎恨正直的人。

〔四〕公論：公正或公衆的評論。《世説新語·品藻》：「庾又問：『何者居其右？』王曰：『自有人。』又問：『何者是？』王曰：『噫！其自有公論。』」私害公：謂因私情而損害公道或公德。二句言官場正不壓邪，是非不明，自己秉公直行，忠而被謗。

〔五〕「老伏」句：反用曹操《步出夏門行》：「老驥伏櫪，志在千里。烈士暮年，壯心不已。」喻自己年事已高，無壯心大志。

〔六〕「冥飛」句：《後漢書·梁鴻傳》載：梁鴻字伯鸞，扶風平陵人。家貧而尚節介，博覽無不通。梁鴻過洛陽，登北邙山，見宮殿之華麗，感人民之疾苦，觸景生情，作《五噫歌》。後攜妻共入霸陵山中，以耕織爲業，詠詩書，彈琴自娱。高飛：比喻人的退隱。五噫鴻：指梁鴻。

〔七〕渠：方言，他。代指世人。

〔八〕嵩巔：嵩山之巔。馮氏晚年居嵩山，遂以世外高人自比。

送國醫儀師顔企賢得請歸關中次朝賢韻〔一〕

心平窮富恐欺天〔二〕，面有陰功蓋有年〔三〕。歸去青山仁者樂〔四〕，秘來丹訣老而傳〔五〕。尚醫冗食渠百輩，公論共推君十全〔六〕。技道精微仍遠引〔七〕，就非輕舉亦幾仙〔八〕。

【注】

〔一〕國醫：指御醫、太醫。宋趙升《朝野類要·醫卜》：「國醫，此名醫中選差，充診御脈，内宿祗應，此是翰林金紫醫官。」儀師顔：字企賢，金章宗及衛紹王時任太醫副使。見《金史·后妃下》及《僕散端傳》。得請：猶言所請獲准。關中：古地域名。泛指函谷關以西戰國末秦故地。今陝西渭河流域一帶。朝賢：朝中的賢人。泛指朝臣。劉從益有《送儀提點西歸》詩，次韻或指此。

〔二〕「心平」句：謂儀師顔不僅醫術高明，而且醫德高尚，對貧富一視同仁，不欺枉上天。

〔三〕陰功：積陰德。舊時指人世間所做、可在陰間記功的好事。唐吴筠《遊仙》其五：「豈非陰功著，乃致白日升。」有年：享有高壽。

〔四〕青山仁者樂：仁者樂山。《論語·雍也》：「子曰：『智者樂水，仁者樂山。』」何晏集解引包咸曰：「仁者樂如山之安固，自然不動，萬物生焉。」

〔五〕秘來丹訣：指宫禁秘府所藏的醫書中取來的神奇藥方。

〔六〕「尚醫」二句：謂在太醫院供職食禄者百餘人，衆所公認儀氏的醫術最高明，治病屢試不爽。公論：公衆的評論。十全：原指醫術高明，十治十愈。《周禮·天官·醫師》：「歲終，則稽其醫事，以制其食，十全爲上，十失一次之。」鄭玄注：「全猶愈也。」賈公彦疏：「謂治十還得十。」冗食：指公家給食，坐吃閒飯。

〔七〕技道：語本《莊子·養生主》：「臣之所好者道也，進乎技矣。」後以「技進于道」指技術達到出神入化的境地。遠引：遠去，遠遊。宋羅大經《鶴林玉露》卷一五：「以興士當高舉遠引，歸潔其身如海鷗。」指儀師顔辭官歸里。

〔八〕輕舉：謂飛升，登仙。宋李石《續博物志》卷三：「後世必有人主，好高而慕大，以久生輕舉爲羡慕者。」幾：接近，達到。

河山形勝圖〔一〕

書劍丁年記昔遊〔二〕，中條之麓過蒲州〔三〕。地形西控三秦遠〔四〕，河勢南吞二華秋〔五〕。晉魏兵爭一春夢〔六〕，漢唐壇祀幾荒丘〔七〕。披圖弔古令人慨〔八〕，不必重登鸛雀樓〔九〕。

【注】

〔一〕河山形勝圖：金人劉祖謙之父所作，時人多有題詠。除馮壁此詩外，雷淵作《河山形勝圖》七絶一首，趙秉文作《東軒老人河山形勝圖》長詩一首。東軒老人，即劉祖謙之父。《中州集》卷五劉祖謙小傳：「祖謙字光甫，安邑人。……父東軒，工畫山水。」又劉祁《歸潛志》卷四：「（祖謙）從趙閑閑、李屏山諸公遊，甚爲所重。……與余父子交，嘗屬余作《蒲萄酒賦》、題其父所畫《河山形勢》詩。」據題詩内容，圖中所畫爲豫、晉、陝交界一帶的山川形勝。

〔二〕「書劍」句：謂此圖畫是劉父對丁壯之年仗劍出遊之處的追憶。趙秉文《東軒老人河山形勝圖》

有「東軒先生生長三晉地，回視韓魏空浮埃。想像舊遊處，落筆如山頹。胸中原自有河山，寫出勝概何壯哉」句。書劍：攜書帶劍，兼習文武。唐許渾《别劉秀才》：「三獻無功玉有瑕，更攜書劍客天涯。」丁年：男子成丁之年。亦泛指壯年。《文選・李陵・答蘇武書》：「丁年奉使，皓首而歸。」李善注：「丁年，謂丁壯之年也。」

〔三〕中條：中條山。位于山西省西南部，因居太行山及華山之間，山勢狹長，故名。東北西南走向，主峰雪花山。蒲州：州名，金時屬河東南路，治今山西省永濟市，在中條山麓。

〔四〕三秦：指關中地區。秦亡以後，項羽三分關中，封秦降將章邯爲雍王，司馬欣爲塞王，董翳爲翟王，合稱三秦。

〔五〕二華：指太華、少華二山。《文選・張衡・西京賦》：「綴以二華，巨靈贔屓，高掌遠蹠，以流河曲。」薛綜注：「華，山也……《山海經》曰：『太華之西，少華之山。』」

〔六〕晉魏兵爭：指春秋末年韓、趙、魏三家打敗智伯，瓜分晉國事。春秋時，蒲屬晉國；戰國時，蒲州一帶屬魏國。春夢：喻世事無常，曾經的紛爭與成敗都已如過眼雲煙，成爲了歷史。

〔七〕漢唐壇祀：指位于汾陰的后土祠。自漢至唐，歷代皇帝曾親祀后土于汾陰。汾陰：古縣名，治今山西省萬榮縣西南寶鼎，因在汾水之南故名。

〔八〕披圖：展閲圖籍、圖畫等。

〔九〕鸛雀樓：在蒲州古城西的黄河東岸，面對中條山，下臨黄河，是唐代河中府著名的風景勝地，與武昌黄鶴樓、洞庭湖畔岳陽樓、南昌滕王閣齊名，被譽爲古代四大名樓。唐人王之涣的《登鸛雀樓》歷來膾炙人口。

洛帥覓蘭作詩以寄〔一〕

雲插高牙畫戟森〔二〕，春移寶檻燕堂深〔三〕。水南紅蘂初退舍〔四〕，嵩麓紫蘭今嗣音〔五〕。蠒足頳肩坐香累〔六〕，高梁華棟豈渠心〔七〕。使君有問花應語〔八〕，玉樹誠佳非故林〔九〕。

【注】

〔一〕洛帥：或指中京留守移剌瑗。中京即河南府，治洛陽。《金史·撒合輦傳》：「初，宣宗改河南府爲金昌府，號中京。又擬少室山頂爲御營，命移剌粘合（瑗）築之。」又元好問《鄧州相公命賦喜雨》自注：「帥從洛陽移鎮。」移剌瑗由中京留守調任鄧州武勝軍節度使，稱鄧帥，留守洛陽時當爲洛帥。《中州集》馮璧小傳：「居嵩山龍潭者十餘年……山中多蘭，每中春作華，山僧野客，人持數本詣公，以香韻高絶爲勝，少劣則有罰，謂之鬪蘭。」移剌瑗築御營于少室山，同處一地，故有此寄。

〔二〕高牙：大纛，牙旗。《文選·潘岳·關中詩》：「桓桓梁征，高牙乃建。」李善注：「牙，牙旗也。兵書曰：牙旗，將軍之旗。」畫戟：舊時將帥營帳常作爲儀飾之用。唐韋應物《郡齋雨中與諸文士燕集》：「兵衛森畫戟，宴寢凝清香。」

〔三〕檻：欄杆。寶檻：美稱移栽蘭花之花圃。燕堂：供休息宴樂的房屋。宋賀鑄《侍香金童》詞：「燕堂開，雙按秦絃呈素指。」

〔四〕水南紅藥：指洛陽牡丹。水南：洛陽城洛水之南。唐温造曾隱居洛水之南，砥礪名節，自號「水南山人」。蘇軾《别子由三首兼别遲》其二：「水南卜築吾豈敢？試向伊川買修竹。」元好問《滿江紅・再過水南》：「問柳尋花，津橋路，年年寒節。佳麗地，梁園池館，洛陽城闕……記水南，昨暮賞春回，今華髮。」退舍：退卻，指花季已過。

〔五〕嵩麓：嵩山脚下。嗣音：指牡丹花謝後收到洛師覓蘭的詩篇。

〔六〕蠒足：脚生蠒子。引申指長途跋涉。頳肩：肩頭因負擔重物而發紅。坐：因爲；由于。香：花香，指蘭花。句言洛帥因覓蘭而受苦身累。

〔七〕高梁華棟：指華美的建築、園林。二句謂洛帥外出覓蘭，風流儒雅，不甘心局限于人工建造的華屋之中。

〔八〕使君：漢代稱刺史。此處代洛帥。

〔九〕玉樹：神話傳説中的仙樹。代指官府的園林。故林：從前棲息、生長過的那片山林。代指蘭的生長地。

明皇擊梧桐圖〔一〕

三郎耳譜趁花奴〔二〕，風調才情信有餘。天寶錯來非一拍〔三〕，霓裳中節亦區區〔四〕。

【注】

〔一〕詩題：此爲題畫詩。唐玄宗故事，自唐五代以來爲文人墨客津津樂道，湧現出大量以此爲題材的人物畫，《明皇擊梧桐圖》就是其中之一。據《宣和畫譜》，顧閎中、周昉都曾作此圖畫，未知馮璧所題爲何人所作。

〔二〕三郎：唐玄宗李隆基，睿宗李旦第三子，故稱。耳譜：佚名《紺珠集》卷十二「耳譜」條：「拍板無譜，明皇令黄幡綽造譜，乃畫一大耳以進，曰：『有耳可聽，乃不失節。』」趁花奴：按元鮮于樞《困學齋雜録》：「劉雲震祭酒《題明皇擊梧圖》云：『宫殿蕭森蔭碧梧，杖頭白雨趁花奴。』」及《太平廣記·羯鼓·宋璟》引《羯鼓録》：「璟又謂上（玄宗）曰：『頭如青山峰，手如白雨點，按此即羯鼓之能事。』」此指花奴用鼓棰敲擊羯鼓時節奏歡快，趁心如意的情形。花奴：唐玄宗時汝南王李璡的小名。璡善擊羯鼓。唐南卓《羯鼓録》：「上性俊邁，酷不好琴。曾聽彈琴，正弄未及畢，叱琴者出，曰：『待詔出去！』謂内官曰：『速召花奴將羯鼓來，爲我解穢！』」

〔三〕「天寶」句：謂天寶（七四二——七五五）年間，社會各種矛盾激化，地方藩鎮勢力强大，安史之亂爆發。唐玄宗在政治上的失誤頗多，并非只差一拍。錯來：過錯、失誤。拍：計算樂音歷時長短的單位。

〔四〕霓裳：《霓裳羽衣曲》，唐代舞曲名，相傳爲唐玄宗所製。唐白居易《霓裳羽衣歌》有「楊氏（西涼節度使楊敬述）創聲君造譜」句。中節：合乎節奏。區區：小；少。形容微不足道；不過如此而已。謂唐玄宗作爲君王在政治上的失誤頗多，最終導致「安史之亂」。他所作舞曲再合拍又能如何，對國家民生毫無裨益。

送人出使

陽春有脚蘇疲瘵〔一〕，水鏡無心照潔汙〔二〕。九道澄清天意切〔三〕，人才一一似君無。

【注】

〔一〕陽春有脚：稱譽賢明的官員。五代王仁裕《開元天寶遺事·有脚陽春》：「宋璟愛民恤物，朝野歸美，時人咸謂璟爲有脚陽春，言所至之處，如陽春煦物也。」蘇：使病體恢復。疲瘵：困乏疲弱之人。

〔二〕水鏡：清水和明鏡。喻指明鑒之人。蘇軾《賜宰相呂公著上第二表乞致仕不許斷來章批答》其二：「予欲識人物之忠邪，故以卿爲水鏡。」

〔三〕九道：九州的道路。代天下。澄清：喻平息戰亂，恢復太平。宋司馬光《西齋》：「四境已澄清，還以書自怡。」天意：帝王的心意。唐杜甫《送從弟亞赴安西判官》：「詔書引上殿，奮舌動天意。」切：迫切。

習池醉歸圖〔一〕

襄漢方屯十萬兵〔二〕，習池日往不曾醒〔三〕。紛紛誤晉皆渠輩〔四〕，何獨王家一寧馨〔五〕。

【注】

〔一〕詩題：此爲題畫詩。圖繪晉代山簡習池醉歸故事。

〔二〕襄漢：襄水和漢水共同流經區域的統稱。此指今湖北省襄陽市。

〔三〕「習池」句：《晉書·山簡傳》：「鎮襄陽，諸習氏，荆土豪族，有佳園池，簡每出嬉遊，多之池上，置酒輒醉，名之曰高陽池。」習池：習家池，一名高陽池。在湖北襄陽峴山南。

〔四〕誤：貽誤。晉：西晉。渠輩：他們。指山簡等坐鎮一方的軍政大員。

〔五〕王家一寧馨：指王衍。衍外表清俊，風姿詳雅。山濤稱王衍「何物老媪，生寧馨兒」。王衍爲西晉名士，曾任尚書令等要職，官至太尉。但他任人惟親，清談誤國，終落得國破身亡的可悲下場。事見《晉書·王衍傳》。太和四年，桓温北伐前燕。登平乘樓，眺矚中原，慨然道：「遂使神州陸沉，百年丘墟，王夷甫諸人不得不任其責！」（晉書·桓温傳）句針對此論而言。

東坡海南烹茶圖〔一〕

講筵分賜密雲龍〔二〕，春夢分明覺亦空〔三〕。地惡九鑽黎洞火〔四〕，天游兩腋玉川風〔五〕。

【注】

〔一〕詩題：此爲題畫詩。圖繪蘇軾被貶海南烹茶故事。

〔二〕講筵：指天子的經筵。漢唐以來帝王爲講論經史而特設的御前講席。宋代始稱經筵，置講官，以翰林學士或其他官員充任或兼任。宋代以每年二月至端午節、八月至冬至節爲講期，逢單日入侍，輪流講讀。蘇軾曾兼任經筵侍讀，爲皇帝講經史。密雲龍：宋代名茶。宋蔡絛《鐵圍山叢談》卷六：「密雲龍者，其雲紋細密，更精絶於小龍團也。」宋葉夢得《石林燕語》卷八：「熙寧中，賈青爲福建轉運使，又取小團之精者爲密雲龍，以二十餅爲斤而雙袋，謂之『雙角團茶』。」

〔三〕「春夢」句：宋趙德麟《侯鯖録》：「東坡老人在昌化，嘗負大瓢行歌田畝間，所歌者蓋《哨遍》也。饁婦年七十，云：『内翰昔日富貴，一場春夢。』坡然之。里人呼此媪爲春夢婆。」春夢：喻易逝的榮華和無常的世事。

〔四〕九鑽黎洞火：杜甫《秋日荆南述懷三十韻》：「九鑽巴噀火，三蟄楚祠雷。」仇兆鼇注：「九鑽句即鑽燧改火意，兼用欒巴噀酒爲雨滅火成都事。」「黄希曰：『公以乾元二年下峽，是九鑽火也。』」黎洞：代黎族居住地。此句寫蘇軾在海南蠻荒之地的艱辛生活。

〔五〕天遊：謂在天空遨遊。兩腋玉川風：唐代盧仝，自號玉川子。好茶成癖，其《走筆謝孟諫議寄新茶》詩有「七碗吃不得也，唯覺兩腋習習清風生」，後用爲飲茶典故。二句言蘇軾在海南煎茶的艱辛與飲茶的效果。

陰晦中忽見華山〔一〕

吏部能開衡嶽雲〔二〕，坡仙曾借海宮春〔三〕。蓮峰清曉忽自獻〔四〕，二公何人予何人〔五〕。

【注】

〔一〕華山：五嶽之西嶽，在陝西東部，爲秦嶺東段。

〔二〕「吏部」句：用韓愈謁衡山雲開事。永貞元年，韓愈由郴州赴江陵府任，途中拜謁南嶽衡山。時值秋雨時節，天氣陰晦，心默禱告，忽天風吹盡陰霾，衆峰呈現。見其《謁衡嶽廟遂宿嶽寺題門樓》。吏部：韓愈官至吏部侍郎。故稱。

〔三〕「坡仙」句：用蘇軾登州見海市事。其《海市》詩序云：「予聞登州海市舊矣，父老云常出於春夏，今歲晚不復見矣。予到官五日而去，以不見爲恨，禱於海神廣德王之廟，明日見焉，乃作此詩。」坡仙：蘇軾號東坡居士，仰慕者稱之爲「坡仙」。

〔四〕蓮峰：華山西峰。峰巔有巨石形似蓮花瓣，故稱蓮花峰。代指華山。清曉：天剛亮時。

〔五〕二公：指韓愈與蘇軾。

草堂春暮横披〔一〕

遷客倚樓家萬里〔二〕，五陵飛鞚酒千金〔三〕。草堂濬與春山對，幽鳥一聲春已深。

【注】

〔一〕横披：又叫横幅，指横的字畫。

〔二〕遷客：指遭貶斥放逐之人。

〔三〕五陵：漢代五個皇帝的陵墓，在長安附近。當時富家豪族和外戚都居住在五陵附近，後常以五陵代指富豪人家聚居之地。飛鞚：謂策馬飛馳。

元光間〔一〕，予在上龍潭〔二〕。每春秋二仲月，往往與元雷遊歷嵩少諸藍〔三〕。禪師汴公方事參訪〔四〕，每相遇，輒揮毫賦詩，以道閑適之樂。今猶夢寐見之。兒子渭近以公故抵任城〔五〕，禪師附寄詩以叙疇昔〔六〕。未幾，駐錫東庵〔七〕。因造謁〔八〕，間出示裕之數詩〔九〕，醉筆縱横〔一〇〕，亦略道嵩遊舊事。感歎之餘，漫賦長句二首

性理諸方已徧參〔一一〕，歸來一錫駐東庵。山中蓮社舊招隱〔一二〕，旅舍阿戎新對談〔一三〕。詩筆如君僧有幾〔一四〕，文章媿我老無堪〔一五〕。綾書大字拈香疏〔一六〕，須趁微之酒半酣〔一七〕。

【注】

〔一〕元光：金宣宗完顔珣年號（一二二二——一二二三）。

〔二〕上龍潭：潭名，在嵩山。馮璧致仕後居嵩山龍潭十餘年。

〔三〕元雷：元好問和雷淵。嵩少：嵩山少林。諸藍：諸寺廟。

〔四〕禪師汴公：汴禪師。嵩山龍興寺僧，工詩。參訪：參謁，訪問。元好問《贈汴禪師》：「道重疑高蹇，禪枯耐寂寥……趙子曾相問，馮公每見招。」

〔五〕渭：馮璧子馮渭，字清甫，以蔭入仕。曾爲刑部令史。入元爲中書省右三部郎中。公故：公務，公差。任城：縣名，金時屬山東，今山東省濟寧市。

〔六〕疇昔：往昔，以前。

〔七〕駐錫：僧人出行，以錫杖自隨，故稱僧人住止爲駐錫。

〔八〕造謁：拜訪進見。

〔九〕間出：交替，迭出。裕之：元好問字裕之。

〔一〇〕縱横：指隨意揮灑。

〔一一〕性理：指關於人性與天理方面的學説。佛家與宋儒皆重視對這些的探究。參：探究，領悟。

〔一二〕蓮社：廬山東林寺高僧慧遠大師，與劉遺民等僧俗十八賢人同修淨土，結社念佛。寺中有白蓮池，因號蓮社。此用指汴禪師與馮璧、元好問等人與嵩山結緣。

〔一三〕「旅舍」句：《晉書·王戎傳》：「阮籍與渾爲友。戎年十五，隨渾在郎舍。戎少籍二十歲，而籍與之交。籍每適渾，俄頃輒去，過視戎，良久然後出。謂渾曰：『濬沖（王戎之字）清賞，非卿倫也。共卿言，不如共阿戎談。』」句用此典，指馮璧造謁汴禪師言詩事。

〔一四〕「詩筆」句：汴禪師是嵩山著名詩僧，所作多得元好問等人的稱贊。故有此句。

〔一五〕無堪：猶言無可人意處，無可取處。常用爲謙詞。

〔一六〕拈香：撮香焚燒以敬神佛。疏：僧道拜懺時所焚化的祈禱文。

〔一七〕微之：元稹（七七九——八三一），字微之，洛陽人。與白居易并稱「元白」。元稹《酬樂天勸醉》：「半酣得自恣，酩酊歸太和。」此以微之代元好問，照應詩題中的「醉筆縱橫」。

又

少林修竹欲天參〔一〕，竹外幽閑草結庵〔二〕。顧我雖存惟白髮，與君曾此共玄談〔三〕。干戈横絶境猶夢〔四〕，草樹荒殘人豈堪〔五〕。臘甕春醪髯莫預〔六〕，商歌悲壯不能酣〔七〕。

【注】

〔一〕天參：參天。高聳到天空。宋梅堯臣《和永叔啼鳥》：「深林參天不見日，滿壑呼嘯誰識名。」

〔二〕草結庵：結草爲庵。按詩題此應指汴禪師所居嵩山龍興寺。

〔三〕「與君」句：言以前曾在嵩山龍興寺與汴禪師談論佛學。

〔四〕「干戈」句：言歷經兵亂國亡，自己北渡歸鎮陽故里，回想當時嵩山玄談時之情形恍如夢境。

〔五〕「草樹」句：語本《世説新語·言語》：「桓公（桓温）北征，經金城，見前爲琅琊時種柳，皆已十圍，慨然曰：『木猶如此，人何以堪！』攀枝執條，泫然流淚。」

〔六〕春醪：春酒。髯：指詩題中的雷淵。淵「爲人軀幹雄偉，髯張口哆」，故稱。馮氏《同裕之再過會善有懷希顏》「前與髯卿偕，齋奠少林往」，即其例。雷卒于天興元年，故句言再不能與之一起飲酒。

〔七〕商歌：悲涼的歌。商聲淒涼悲切，故稱。

雨後看並玉所控諸峰〔一〕

並玉如高人，壁立九千仞〔二〕。一日不見之，令人生鄙吝〔三〕。春深木葉敷〔四〕，秀色益濡潤〔五〕。結茅寄僧藍〔六〕，晴碧時得趁〔七〕。老宿詫孫峰〔八〕，隅侍到齠齓〔九〕。連延青一色〔一〇〕，枚數須諦認〔一一〕。溟濛空翠間〔一二〕，我亦疑未信。朝來雲氣昏，埋沒瑜匿瑾〔一三〕。如蒼梧政愁，湘妃鬱思舜〔一四〕。重陰俄解駁〔一五〕，霮濧夕暉襯〔一六〕。娟娟忽層出〔一七〕，歷歷分遠近。雲峰互吞吐，千狀纔一瞬。出奇如孫吴〔一八〕，相降如廉藺〔一九〕。如衆星拱辰〔二〇〕，如侯伯入覲〔二一〕。接武如朋簪〔二二〕，承迎如價儐〔二三〕。負固如吴楚〔二四〕，爭長如齊晉〔二五〕。怪詭如夷蠻〔二六〕，駢羅貢琛賮〔二七〕。窘蹙如擒獲〔二八〕，係纍將就釁〔二九〕。如應龍神靈〔三〇〕，蟄卧時奮迅〔三一〕。如天駟超軼〔三二〕，坰牧税羈靷〔三三〕。如雄對改容，失箸駭疾震〔三四〕。如猛士無譁〔三五〕，攢槊俟嚴陣。獨兩峰巍然，魁傑儼崇峻〔三六〕。光輔嶽柱天〔三七〕，鬱爲中興鎮〔三八〕。降生申與甫，周室僨復振〔三九〕。詩傳配嵩高〔四〇〕，百世磨不磷〔四一〕。

【注】

〔一〕並玉：嵩山並玉峰。馮璧曾結茅其下。

〔二〕九千仞：極言其高。仞：古代計量單位：一仞相當於周尺八尺或七尺。周尺一尺約合現代二十三厘米。

〔三〕鄙吝：鄙俗吝嗇，形容心胸狹窄。

〔四〕敷：鋪開，張開。

〔五〕濡潤：滋潤。喻山色青翠欲滴。

〔六〕寄：依附。僧藍：佛教寺院。

〔七〕晴碧：指青翠欲滴的並玉諸峰。

〔八〕老宿：本指年高望重的人，此借喻並玉諸峰中居中的主峰。

〔九〕齠齓：垂髫換齒之時。指童年。此借喻位處邊角、山勢較低的山峰。

〔一〇〕連延：連續，綿延。《文選·枚乘·七發》：「沈沈湲湲，蒲伏連延。」李善注：「連延，相續貌。」

〔一一〕枚數：一一列舉。諦認：仔細辨認。

〔一二〕溟濛：扣詩題中「雨後」，指雨霧迷濛貌。空翠：高聳的青山。

〔一三〕埋没：湮没，泯滅。瑜、瑾：均指美玉。喻山。

〔一四〕蒼梧：蒼梧山，又名九嶷山，位於湖南永州市寧遠縣境内。《史記·五帝本紀》：「舜南巡崩於蒼梧之野，葬於江南九嶷。」湘妃：舜二妃娥皇、女英。相傳二妃没於湘水，遂爲湘水之神。晉張華《博物志》卷八：「堯之二女，舜之二妃，曰湘夫人。舜崩，二妃啼，以涕揮竹，竹盡斑。」二句用此借喻山峰在朝霧迷濛中情態。

〔一五〕重陰：指雲層密布的陰天。解駁：離散。

〔一六〕靉靆：雲濃重貌。《文選·王延壽·魯靈光殿賦》「雲覆靉靆」吕延濟注：「靉靆，繁雲貌。」夕暉：夕陽的光輝。唐韋應物《送别河南李功曹》：「雲霞未改色，山川猶夕暉。」

〔一七〕娟娟：明媚貌。

〔一八〕出奇：謂出奇兵，用奇計。《孫子·勢》：「凡戰者，以正合，以奇勝，故善出奇者，無窮如天地，不竭如江河。」孫吴：春秋時孫武和戰國時吴起的並稱，二人皆古代著名兵家。孫武著《兵法》十三篇，吴起著《吴子》四十八篇。《荀子·議兵》：「孫吴用之，無敵於天下。」楊倞注：「孫，謂吴王闔閭將孫武；吴，謂魏武侯將吴起也。」

〔一九〕相降：互相敬重悦服。廉藺：戰國時趙國的廉頗和藺相如的並稱。兩人皆爲趙功臣。藺拜相，廉不服，欲與爲難。藺以國家利益爲重，不與計較。廉終於覺悟，兩人成刎頸之交。見《史記·廉頗藺相如列傳》。

〔二〇〕拱：環繞，拱衛。辰：指北極星。句本《論語·爲政》：「爲致以德，譬如北辰，居其所而衆星共之。」

〔二一〕入覲：諸侯於秋季入朝覲見天子。

〔二二〕接武：步履相接。形容親近；接近。朋簪：朋盍簪。語出《易經》：「九四，由豫，大有得，勿疑，朋盍簪。」唐孔穎達疏：「盍，合也；簪，疾也。若能不疑於物，以信待之，則衆陰群朋合聚而疾來也。」後因以謂朋友相聚。

〔二三〕承迎：歡迎；接待。儐儐：導引和接待賓客之人；陪從者。

〔二四〕負固：依恃險阻。吴楚：春秋吴國與楚國。三國魏曹冏《六代論》：「吴楚憑江，負固方城。」

〔二五〕爭長：爭奪霸主地位。齊晉：春秋時期的齊國和晉國，齊桓公、晉文公相繼稱霸。

〔二六〕怪詭：奇異。夷蠻：古代對東方和南方各族的泛稱。

〔二七〕駢羅：駢比羅列。漢王逸《九思·哀歲》：「群行兮上下，駢羅兮列陳。」貢琛賮：進貢寶物。琛：珍寶。常作貢物。《詩·魯頌·泮水》：「憬彼淮夷，來獻其琛。」毛傳：「琛，寶也。」賮：進貢的財物。南朝陳徐陵《與章司空昭達書》：「百越之賮，不供王府。」二句喻並玉諸峰像遠方進貢的奇異珍寶。

〔二八〕窘蹙：亦作「窘促」。困迫；局促。擒獲：捕獲，抓到。

〔二九〕係纍：束縛，捆綁；拘囚。《孟子·梁惠王下》：「若殺其父兄，係纍其子弟，毁其宗廟，遷其重器，如之何其可也？」趙岐注：「係纍猶縛結也。」釁：古代戰爭時殺俘虜或殺牲以行祭。

〔三〇〕應龍：古代傳説中善興雲作雨的神。

〔三一〕蟄臥：蟄伏，躲藏起來。奮迅：迅疾而有氣勢。

〔三二〕天駟：房宿的别名。《國語·周語下》：「昔武王伐殷，歲在鶉火，月在天駟。」韋昭注：「天駟，房星也。」杜甫《魏將軍歌》：「星纏寶校金盤陀，夜騎天駟超天河。」後用指駿馬。超軼：超越，勝過。

〔三三〕坰牧：猶坰外。亦指牧場。《爾雅·釋地》：「邑外謂之郊，郊外謂之牧，牧外謂之野，野外謂之林，林外謂之坰。」稅：通「脱」。羈：馬籠頭。靷：牛鼻繩。

〔三四〕「如雄」二句：用劉備與曹操對坐論英雄聞雷失箸典。《三國志·蜀志·先主傳》：「先主未出時，獻帝舅車騎將軍董承辭受帝衣帶中密詔，當誅曹公。先主未發。是時曹公從容謂先主曰：『今天下英雄，唯使君與操耳。本初之徒，不足數也。』先主方食，失匕箸。」裴松之注引《華陽國志》云：「于時正當雷震，備因謂操曰：『聖人云「迅雷風烈必變」，良有以也。一震之威，乃可至於此也！』」改容：動容。

〔三五〕無譁：不喧鬧，肅靜無聲。

〔三六〕魁傑：高大雄健。儼：《説文·人部》：「儼，昂頭也。」

〔三七〕光輔：多方面輔佐。《左傳·昭公二十年》：「神人無怨，宜夫子之光輔五君，以爲諸侯王也。」柱天：撐天，支天。《後漢書·齊武王縯傳》：「伯升自發春陵子弟，合七八千人，部署賓客，自稱柱天都部。」李賢注：「柱天者，若天之柱也。」

〔三八〕中興鎮：指中嶽嵩山。鎮：山鎮。指某一地區最有名的山。《周禮·夏官·職方氏》：「東南曰揚州，其山鎮曰會稽，其澤藪曰具區。」鄭玄注：「鎮，名山安地德者也。」孫詒讓正義：「此九州九山，亦並當州重大之山以鎮安地域者，故尊之曰鎮也。」

〔三九〕「降生」二句：《詩·大雅·嵩高》：「維嶽降神，生甫及申。維申及甫，維周之翰。」申與甫：周代名臣申伯和仲山甫的並稱，二人佐周宣王和穆王功績卓著，爲著名的中興功臣。僨：覆敗；滅亡。漢賈誼《新書·春秋》：「人主之爲人主也，舉錯而不僨者，杖賢也。」

〔四〇〕嵩高：指《詩·大雅·嵩高》篇。

〔四一〕磨不磷：指歷經打磨而不變薄。語出《論語·陽貨》：「不曰堅乎？磨而不磷。不曰白乎？涅而不緇。」此處引申爲永存世間，不可磨滅。

同希顔怪松〔一〕

嵩高地氣靈〔二〕，花木競妍秀〔三〕。玉峰西南趾〔四〕，有松獨怪陋〔五〕。偃蹇如蟠螭〔六〕，奮迅如攫獸〔七〕。葉勁須髯張〔八〕，皮古鱗甲皺〔九〕。菌蠢藤癭怒〔一〇〕，支離笻節瘦〔一一〕。月上虬影摇〔一二〕，風度雨聲驟。子落慰枯禪〔一三〕，枝樛礙飛鼬〔一四〕。盤根萬乘器〔一五〕，平蓋千歲壽。樵斤幸免尋〔一六〕，厦匠矧肯構〔一七〕。龍化會有時〔一八〕，天旱期汝救〔一九〕。

【注】

〔一〕希顔：雷淵，字希顔。怪松：在嵩山會善寺。雷淵有《會善寺怪松》詩，李純甫有《怪松謡》詩。

〔二〕嵩：嵩山。地氣：土地山川所賦的靈氣。

〔三〕妍秀：秀麗。

〔四〕玉峰：嵩山並玉峰。趾：脚。此處指山脚。

〔五〕怪陋：奇異醜陋。

〔六〕偃蹇：彎屈盤伸貌。漢淮南小山《招隱士》：「桂樹叢生兮山之幽，偃蹇連蜷兮枝相繚。」蟠螭：盤曲的無角之龍。

〔七〕奮迅：形容鳥飛或獸跑迅疾而有氣勢。攫獸：攫獸犬。《晉書·劉毅傳》：「毅將彈河南尹，司隸不許，曰：『攫獸之犬，鼷鼠蹈其背。』毅曰：『既能攫獸，又能殺鼠，何損於犬？』投傳而去。」攫：抓取，奪取。

〔八〕須髯：鬍鬚。喻松針。

〔九〕鱗甲：鱗介類的鱗片和甲殼。喻松樹皮。

〔一〇〕菌蠢：謂如菌類之短小叢生。《文選·張衡·南都賦》：「芝房菌蠢生其隈，玉膏滵溢流其隅。」李善注：「菌蠢，是芝貌也。」瘻：蟲瘻。樹木外部隆起如瘤者。

〔一一〕支離：分散，分裂。笻節：笻竹節。笻竹中實節高。二句言怪松分叉處横展如藤，臃腫如瘤，氣勢怒張；其枝驟然消瘦，勁挺如竹。

〔一二〕虬：傳説中的一種無角龍。虬影：狀松枝。

〔一三〕子：松籽。枯禪：佛教徒稱靜坐參禪爲枯禪。因其長坐不卧，呆若枯木，故又稱「枯木禪」。句言松籽墜落之聲使坐禪者在萬籟俱寂的禪境中體味到生物的律動。

〔一四〕樛：絞結，盤纏。鼬：此處指松鼠類動物。

〔一五〕萬乘：周制，天子地方千里，能出兵車萬乘，因以「萬乘」指天子。

〔一六〕樵斤：砍伐的斧斤。

〔一七〕「厦匠」句：《書·大誥》：「厥子乃弗肯堂，矧肯構？」孔傳：「子乃不肯爲堂基，况肯構立屋乎？」厦匠：建造大厦的工匠。矧：况且；而况。

〔一八〕龍化：如龍興起，飛騰發跡。

〔一九〕期：希望；企求。

王內翰若虛 三十八首

若虛字從之，藳城人〔一〕，承安二年經義進士。少日師其舅周德卿及劉正甫〔二〕，得其論議爲多。博學强記，誦古詩至萬餘首，他文稱是。善持論〔三〕。李屏山杯酒間談辯鋒起〔四〕，時人莫能抗，從之能以三數語窒之〔五〕，使噤不得語，其爲名流所推服類此。釋褐鄜州録事〔六〕，歷門山令〔七〕，入翰林，自應奉轉直學士，居冷局十五年〔八〕。崔立之變〔九〕，群小獻諂〔一〇〕，爲立起功德碑，以都堂命召從之〔一一〕。從之外若遜辭，而實欲以死守之，時議稱焉〔一二〕。北渡後，居鄉里。癸卯三月東游〔一三〕，與劉文季輩登泰山〔一四〕，憩於黄峴峰之萃美亭，談笑而化，時年七十。從之天資樂易，負海内重名，而不立崖岸〔一五〕。雖小書生登其門，亦折行輩交之。滑稽多智〔一六〕，而以雅重自持〔一七〕。謀事詳審〔一八〕，出人意表〔一九〕，人謂從之於中外繁劇〔二〇〕，無不堪任。直以投閑置散，故百不一試耳。自從之没，經學史學，文章人物，公論遂絶，不知承平百年之後，當復有斯人否也？子恕，字寬夫。

【注】

〔一〕藁城：縣名，金時屬河北西路真定府。今河北省藁城市。

〔二〕周德卿：周昂，字德卿，真定（今河北省正定縣）人。始入翰林，言事愈切。入拜監察御史。路鐸以言事被斥，昂送以詩，語涉謗訕，坐停銓。學術醇正，文筆高雅，諸儒皆師尊之。《金史》卷一二六有傳，《中州集》卷四有小傳。劉正甫：劉中，字正甫。漁陽（今天津市薊縣）人。明昌五年進士。以省掾從軍南下，爲主帥所重，常預密謀，書檄露布，皆出其手。軍還，授左司都事，卒。李純甫稱其詩清便可喜，賦得楚辭句法，文有韓柳氣象。《中州集》卷四有小傳。

〔三〕持論：立論，提出主張。《漢書·儒林傳·瑕丘江公》：「武帝時，江公與董仲舒並。仲舒通五經，能持論，善屬文。」

〔四〕李屏山：李純甫，號屏山居士。

〔五〕三數：表示爲數不多。金王若虚《五經辨惑》：「然見於史者才三數人。」

〔六〕鄜州：州名。金屬鄜延路。治今陝西省富縣。

〔七〕門山：縣名，金屬鄜延路延安府，今陝西省宜川縣。

〔八〕冷局：冷落的衙門。

〔九〕崔立之變：指天興二年正月二十三崔立兵變事。《金史·崔立傳》載，天興元年十二月，金哀宗東狩。二年正月，汴京西面元帥崔立發動兵變，自立爲鄭王，納款降蒙。劉祁《歸潛志·録大梁事》：「時崔立爲西面都尉、權元帥，同其黨韓鐸等舉兵。藥安國者，北方人，素驍勇，爲先鋒以進，横刀入尚書省，崔立繼之。二執政見而大駭曰：『汝輩有事當好議。』安國先殺習你阿不，次殺奴申，又殺左司郎中納合德暉，擊右司郎中楊居仁、聶天驥，創甚。省掾皆四走，竄匿民家。崔立既殺二人，提兵尚書省，號令衆庶曰：『吾爲二執政閉門誤衆，將餓死，今殺之以救一城民。』」

〔一〇〕獻諂：奉承諂媚。有關崔立碑事之緣起，劉祁《歸潛志》卷一二《録崔立碑事》曰：「崔立既變，以南京降。自負其有救一城生靈功，謂左司員外郎元裕之曰：『汝等何時立一石，書吾反狀耶？』時立國柄入手，生殺在一言，省庭日流血，上下震悚，諸在位者畏之。於是乎有立碑頌功德議。」

〔一二〕都堂：唐尚書省署居中，東有吏、户、禮三部，西有兵、刑、工三部，尚書省的左右仆射總轄各部，稱爲都省，其總辦公處稱爲都堂。宋金沿之。

〔一三〕時議：當時的輿論。

〔一三〕癸卯：蒙古乃馬真后二年（一二四三）歲次癸卯。

〔一四〕劉文季：劉郁，字文季。渾源（今山西省渾源縣）人。劉祁之弟。元王惲《渾源劉氏世德碑銘》云：「郁字文季，亦名士。中統元年，肇建中省，辟左右都事，出尹新河，召拜監察御史。能文辭，工書翰。别號歸愚。卒年六十一。」

〔一五〕厓岸：高峻的山崖、堤岸。比喻高傲，不平易。

〔一六〕滑稽：謂能言善辯，言辭流利。後指言語、動作令人發笑。《史記·滑稽列傳》：「淳于髡者，齊之贅壻也。長不滿七尺，滑稽多辯。」司馬貞索隱：「按：滑，亂也；稽，同也。言辨捷之人，言非若是，説是若非，言能亂異同也。」

〔一七〕雅重：雅正持重。自持：自守，自固。

〔一八〕詳審：周詳審慎。

〔一九〕出人意表：超出人們的意料之外。

〔二〇〕繁劇：指繁重的事務。

攄憤〔一〕

非存驕謇心〔二〕，非徼正直譽〔三〕。浩然方寸間，自有太高處〔四〕。平生少諧合〔五〕，舉足逢怨怒。禮義初不愆〔六〕，謗訕亦奚顧〔七〕。孔子自知明，桓魋非所懼〔八〕。孟軻本不逢，豈爲臧氏沮〔九〕。天命有窮達〔一〇〕，人情私好惡〔一一〕。以此常泰然〔一二〕，不作身外慮。

【注】

〔一〕攄憤：抒發怨憤。漢蔡邕《瞽師賦》：「撫長笛以攄憤兮，氣轟鍠而横飛。」

〔二〕驕謇：傲慢，不順從。《漢書·淮南厲王劉長傳》：「自以爲最親，驕蹇，數不奉法。」顔師古注：「蹇謂不順也。」

〔三〕徼：招致，求取。《國語·吴語》：「弗使血食，吾欲與之徼天之衷。」韦昭注：「徼，要也。」

〔四〕「浩然」二句：《孟子·公孫丑上》：「我善養吾浩然之氣……其爲氣也，至大至剛，以直養而無害，則塞於天地之間。」浩然：正大剛直之氣。方寸：指心。心處胸中方寸間，故稱。

〔五〕諧合：和合。

〔六〕不愆：無過錯，無過失。《詩·大雅·假樂》：「不愆不忘，率由舊章。」

〔七〕謗訕：毁謗譏刺。

〔八〕「孔子」二句：《史記·孔子世家》載：「孔子去曹適宋，與弟子習禮大樹下。宋司馬桓魋欲殺孔子，拔其樹。孔子去。弟子曰：『可以速矣。』子曰：『天生德於予，桓魋其如予何！』」自知明：自知之明。對自己有正確的估計。語自《老子》第三十三章：「知人者智，自知者明。」

〔九〕「孟軻」二句：孟子求見魯平公，被其身邊寵臣臧倉所沮。《孟子·梁惠王下》載，臧倉曰：「君所爲輕身以先於匹夫者，以爲賢乎？禮義由賢者出，而孟子之後喪逾前喪。君無見焉。」公遂不見。孟子曰：「行或使之，止或尼之。行止非人所能也。吾之不遇魯侯，天也。臧氏之子，焉能使予不遇哉！」

〔一〇〕窮達：困頓與顯達。

〔一一〕私：偏心。偏執。好惡：喜好與嫌惡。

〔一二〕泰然：安然。形容心情安定。

贈王士衡〔一〕

王生非狂者，乃以善哭稱。每至欲悲時，不問醉與醒〔二〕。音詞初惻愴①〔三〕，涕泗隨縱橫。問之無所言，坐客笑且驚。王生不暇卹〔四〕，若出諸其誠。嗟我與生友，此意猶未明。絲染動墨悲〔五〕，麟亡傷孔情〔六〕。韓哀峻嶺陟〔七〕，阮感窮途行〔八〕。涕流賈太傅〔九〕，音抗唐衢生〔一〇〕。古來哭者多，其哭非無名。生其偶然歟，何苦摧神形②〔一一〕。如其果有爲，爲爾同發聲。

【校】

① 詞：《滹南集》作「調」。

② 神形：毛本作「形神」。

【注】

〔一〕王士衡：王權，字士衡，真定（今河北省正定縣）人，又名之奇。從李純甫遊。爲人跌宕不羈，博學，無所不覽。劉祁《歸潛志》卷二有小傳。

〔二〕「王生」四句：劉祁《歸潛志》：「酣飲放歌，人以爲狂。屏山爲作《狂真贊》。」間：區别。

〔三〕惻愴：哀傷。

〔四〕不暇䘏：不介意。

〔五〕「絲染」句：用墨子見染絲而慨歎典故。《墨子・所染》：墨子見染絲者而歎曰：「染於蒼則蒼，染於黃則黃，所入者變，其色亦變，五入而已則爲五色矣。故染不可不慎也。非獨染絲然也，國亦有染。」

〔六〕「麟亡」句：用孔子泣麟典故。《公羊傳・哀公十四年》：春，西狩獲麟。麟者，仁獸也。有王者則至，無王者則不至。孔子曰：「孰爲來哉！孰爲來哉！」反袂拭面，涕沾袍。又：「西狩獲麟。孔子曰：『吾道窮矣。』」何休注：「麟者太平之符，聖人之類，時得麟而死，此亦天告夫子將没之徵，故云爾。」後以「泣麟」爲悲歎世衰道窮之典。

〔七〕「韓哀」句：唐韓愈被貶潮州途中作《左遷至藍關示侄孫湘》：「雲横秦嶺家何在，雪擁藍關馬不前。知汝遠來應有意，好收吾骨瘴江邊。」抒發内心的鬱憤以及前途未卜的憂傷。

〔八〕「阮感」句：用晉阮籍窮途之哭典故。《晉書·阮籍傳》：「時率意獨駕，不由徑路，車跡所窮，輒痛哭而返。」後用作因走投無路而悲慟之典。

〔九〕「涕流」句：用「賈誼哭時事」典故。賈誼：西漢洛陽人。文帝初，召爲博士。遷至太中大夫。後被大臣排擠，出爲長沙王太傅，又爲梁懷王太傅。曾多次上疏，議論時政。其《陳政事疏》曰：「臣竊惟事勢，可爲痛哭者一，可爲流涕者二，可爲長太息者六。」故唐白居易《寄唐生》有「賈誼哭時事」句。

〔一〇〕「音抗」句：用唐人唐衢傷哭典故。唐衢：滎陽（今屬河南）人，善詩，應試不第。常因憂傷國事而痛哭。白居易《寄唐生》：「唐生者何人？五十寒且飢。不悲口無食，不悲身無衣。所悲忠與義，悲甚則哭之。太尉擊賊日，尚書叱盗時。大夫死凶寇，諫議謫蠻夷。每見如此事，聲發涕輒隨。」音抗：歌聲高亢。《禮記·樂記》：「故歌者上如抗。」孔穎達疏：「上如抗者，言歌聲上響感動人意。」

〔二〕形神：身心。

貧士歎〔一〕

甑生塵①〔二〕，瓶無粟②，北風蕭蕭吹破屋。入門四顧何淒涼③，稚子低眉老妻哭〔三〕。世無魯子敬郭元振之真丈夫④〔四〕，故應餓死填坑谷⑤〔五〕。蒼天生我亦何意，蓋世虚名食不足⑥〔六〕。爭如只使冗且愚〔七〕，大腹便便飽粱肉⑦〔八〕。

【校】

① 生：《中州集》本均作「無」，語意不通，據《滹南集》改。

② 無：《滹南集》作「乏」。

③ 四顧：《滹南集》作「兩眼」。淒：《滹南集》作「悲」。

④ 郭元振：《滹南集》作「蔡明遠」。

⑤ 坑：《滹南集》作「溝」。

⑥ 「蓋世」句：《滹南集》作「蓋世功名實不足」。

⑦ 「爭如」二句：《滹南集》作「試將短刺謁朱門，甲第紛紛厭粱肉」。

【注】

〔一〕貧士：窮士，窮儒生。

〔二〕甑生塵：《後漢書・獨行傳》：「范冉字史雲……桓帝時，以冉爲萊蕪長，遭母憂，不到官……所止單陋，有時糧粒盡，窮居自若，言貌無改。閭里歌之曰：『甑中生塵范史雲，釜中生魚范萊蕪。』」甑：古代蒸飯的一種瓦器。

〔三〕低眉：抑鬱不伸貌；愁苦貌。

〔四〕魯子敬：三國時魯肅，字子敬，臨淮東城人。家富於財，性好施與，爾時天下已亂，肅不治家事，大散財貨，摽賣田地，以賑窮弊結士爲務，甚得鄉邑歡心。周瑜爲居巢長，將數百人故過候肅，并求資糧。肅家有兩囷米，各三千斛。肅乃指一囷與周瑜。事見《三國志・吴書・魯肅傳》。郭元振：唐人郭震，字元振，魏州貴鄉人。少有大志。十六歲，與薛稷、趙彦昭同爲太學生。家嘗送資錢四十萬，會有縗服者叩門，自言「五世未葬，願假以治喪」。元振皆與之，無少吝，亦不質名氏。事見《新唐書・郭元振傳》。

〔五〕坑谷：溝壑溪谷。

〔六〕蓋世：謂才能高出當代之上。

〔七〕冗且愚：愚冗。愚鈍無能。

〔八〕大腹便便：形容肚子肥大凸出。《後漢書・邊韶傳》：「韶口辯，曾晝日假卧，弟子私嘲之曰：『邊孝先，腹便便。嬾讀書，但欲眠。』」粱肉：以粱爲飯，以肉爲肴。指精美的膳食。杜甫《醉時歌》：「甲第紛紛厭粱肉，廣文先生飯不足。」

感秋

西風撼庭柯，疏葉鳴策策〔一〕。天地一蕭條〔二〕，羈懷亦岑寂〔三〕。青春怳如昨〔四〕，轉盼年半百〔五〕。自從長大來，轉覺日月迫〔六〕。功名非所慕，老大不足恤〔七〕。怛然感時心〔八〕，自亦不能釋。清晨理短髮①，已見數莖白。刀鑷雖可施〔九〕，殆似兒子劇〔一〇〕。此身委蜕耳〔一一〕，毁棄無足惜。况於毛髮間，而乃强修飾〔一二〕。青青如陸展，星星行復出〔一三〕。畢竟白滿頭，復將何所摘。

【校】

①理：《滹南集》作「梳」。

【注】

〔一〕策策：象聲詞。唐韓愈《秋懷詩》其一：「窗前兩好樹，衆葉光薿薿。秋風一披拂，策策鳴不已。」

〔二〕蕭條：寂寞冷落；凋零。《楚辭·遠遊》：「山蕭條而無獸兮，野寂漠其無人。」

〔三〕羈懷：旅居異鄉的情懷。岑寂：寂寞，孤獨冷清。

〔四〕怳：仿佛。

〔五〕轉盼：轉眼，喻時間短促。

〔六〕迫：急迫，緊迫。句謂時光流逝，時不我待。

〔七〕恤：憂慮，憂患。《易·泰》：「勿恤其孚，於食有福。」孔穎達疏：「故不須憂其孚信也。」

〔八〕怛然：憂傷貌。感時：感慨時序的變遷或時勢的變化。

〔九〕刀鑷：剃刀與鑷子。去除毛髮之工具。

〔一〇〕兒子劇：兒童的遊戲。

〔一一〕委蜕：謂自然所付與的軀殼。語自《莊子·知北遊》：「孫子非汝有，是天地之委蜕也。」

〔一二〕强修飾：指刻意去除拔白髮。

〔一三〕「青青」二句：用「陸展染鬢媚妾」典故。《宋書·謝靈運傳》：「（何長瑜）嘗於江陵寄書與宗人何勖，以韻語序義慶州府僚佐云：『陸展染鬢髮，欲以媚側室。青青不解久，星星行復出。』」

生日自祝

空囊無一錢，羸軀兼百疾〔一〕。况味何蕭條〔二〕，生意渾欲失〔三〕。清晨聞喧呼〔四〕，親舊作生日。我初未免俗〔五〕，隨分略修飾〔六〕。舉觴聊自祝，醉語盡情實〔七〕。神仙恐無從，富貴安可必。修短卒同歸〔八〕，何足喜與戚。一祈粗康强〔九〕，二願早閑適。衣食無大望〔一〇〕，但要了晨夕①〔一一〕。萬事不我攖〔一二〕，一心常自得。優遊終吾身〔一三〕，志願從此畢。

【校】

①要：毛本作「願」。

【注】

〔一〕羸：瘦弱。百疾：多種疾病。

〔二〕況味：境況和情味。蕭條：寂寞冷落。

〔三〕生意：生機，生命力。

〔四〕喧呼：喧鬧，呼叫。

〔五〕「我初」句：典出《世説新語·任誕》：「七月七日，北阮盛曬衣，皆紗羅錦綺。仲容（阮咸字）以竿掛大布犢鼻褌於中庭。人或怪之，答曰：『未能免俗，聊復爾耳。』」

〔六〕隨分：隨便。

〔七〕情實：真心。王若虚《君事實辨》：「宋主征李煜……初出師，撫曹彬背曰：『會取會取，彼本無罪，只是自家著他不得。』此則情實之語也。」

〔八〕修短：長短，指人的壽命。

〔九〕康强：安樂强健；康健。《書·洪範》：「身其康强，子孫其逢，吉。」

〔一〇〕大望：苛求，奢望。

〔一一〕了晨夕：滿足平常的生活。晉陶潛《移居》其一：「昔欲居南村，非爲卜其宅。聞多素心人，樂與數晨夕。」逯欽立校注：「數晨夕，算過了幾朝幾夕，言過日子。」

〔二〕「萬事」句：《莊子・庚桑楚》：「夫至人者，相與交食乎地而交樂乎天，不以人物利害相攖，不相與爲怪，不相與爲謀，不相與爲事，翛然而往，侗然而來。」成玄英疏：「夫至人虛心順世，與物同波。」攖：擾亂，糾纏。

〔三〕「優遊」句：《詩・小雅・采菽》：「優哉遊哉，聊以卒歲。」優遊：悠閑自得。

失子

妍妍掌中兒〔一〕，捨我一何遽〔二〕。其來誰使之，而復奄然去〔三〕。平生三舉子〔四〕，隨滅如朝露〔五〕。顧我能無悲，其如有天數①〔六〕。自從學道來〔七〕，衆苦頗易度〔八〕。有後固所期〔九〕，誠無亦何懼。人生得清安〔一〇〕，政以累輕故〔一一〕。婚娶眼前勞，託遺身後慮〔一二〕。百年曾幾何，爲此雛稚誤〔一三〕。顧語長號妻〔一四〕，此理亦應諭。

【校】

① 有天數：《滹南集》作「天有數」。

【注】

〔一〕妍妍：姣好貌。掌中：手掌之中。

〔二〕遽：急，倉猝。

〔三〕奄然：猶奄忽。指死亡。

〔四〕舉子：生育子女。句言育有三個子女。

〔五〕朝露：早上的露水。引申爲少年而死。宋蘇軾《答廖明略書》其一：「所幸平安，復見天日，彼數子者何辜，獨先朝露！」

〔六〕其如：怎奈；無奈。天數：指由上天給安排的命運。古人把一切不可解之事、不可抗禦之災難，都歸於上天所安排，認爲一切皆有定數，稱爲天數。

〔七〕學道：學習道行。

〔八〕「衆苦」句：言自己以順應天命的曠達情懷應對各種人生苦難，從而輕易度過令人心碎的日子。

〔九〕有後：有子嗣，後繼有人。

〔一〇〕清安：清平安逸。

〔一一〕累輕：拖累少。

〔一二〕託遺：委託安排身後之事。

〔一三〕雛稚：幼小稚氣的小孩子。

〔一四〕長號：大聲號哭。

憶之純三首〔一〕

幼歲求真契〔二〕，中年得偉人〔三〕。傾懷當一面，投分許終身〔四〕。燈火談玄夜〔五〕，鶯花逐勝春〔六〕。何時重一笑，胸次欲生塵〔七〕。

【注】

〔一〕之純：李純甫，字之純。王若虛與李純甫爲同年進士，二人交往甚密。

〔二〕真契：知己，志同道合者。

〔三〕偉人：功績卓著受人尊敬的人。指李純甫。

〔四〕「傾懷」二句：晉陸機《辯亡論》下：「故魯肅一面而身託，士燮蒙險而致命。」傾懷：盡情吐露情懷。一面：一次會面。投分：意氣相投合。

〔五〕玄夜：黑夜。南朝齊謝朓《雩祭樂歌·歌黑帝》：「白日短，玄夜深。」

〔六〕鶯花：鶯啼花開。泛指春日景色。二句追憶二人春游夜談的美好時光。

〔七〕胸次：胸間。此句用「渴心生塵」典，喻想望老友，思念殷切。語出唐盧仝《訪含曦上人》：「三入寺，曦未來。轆轤無人井百尺，渴心歸去生塵埃。」二句期盼與子純重逢。

又

面目三年隔〔一〕，音書萬里遥。宦途俱蹭蹬〔二〕，日事各蕭條〔三〕。志大謀常拙〔四〕，身孤道易消〔五〕。本無當世用，隱處會相招。

【注】

〔一〕面目：面孔，面貌。

〔二〕蹭蹬：路途險阻難行。比喻仕途困頓不順利。

〔三〕日事：猶「生計」。

〔四〕志大：志向遠大。謀常拙：拙於謀身。

〔五〕道易消：《易·否卦》：「内小人而外君子，小人道長，君子道消也。」南朝宋何承天《爲謝晦檄京邑》：「若使小人得志，君子道消。」

又

雋氣輕天下〔一〕，高情到古人〔二〕。銜杯曼卿放〔三〕，下筆老坡神〔四〕。時論誰優劣，人材自屈伸。窮愁須理遣〔五〕，不必淚沾巾。

【注】

〔一〕雋氣：英俊的氣概。

〔二〕高情：高雅的情致。

〔三〕曼卿放：曼卿之放達。曼卿：石延年（九九二——一〇四〇），字曼卿，北宋文學家。尤工詩，善書法，有《石曼卿詩集》行世。《宋史》卷四四二有傳。嘗攜妓遊山宴飲，狂放不羈。《中州集》卷三党懷英《吊石曼卿》詩序云：「又嘗攜妓飲山之石室間，鳴琴爲冰車鐵馬聲。」宋張舜民《畫墁録》：「蘇舜欽、石延年輩有名曰鬼飲，了飲，囚飲，鱉飲，鶴飲……囚飲者露頭圍坐。」《説郛》卷二四引宋彭乘《續墨客揮犀》：「（石曼卿）每與客痛飲，露髮跣足，着械而坐，謂之囚飲。」

〔四〕老坡：指蘇軾。軾別號東坡居士，故稱。宋范成大《寄題永新張教授無盡藏》：「快誦老坡《秋望賦》，大千風月一毫端。」句謂李純甫的詩文如蘇軾那樣天風海雨，不思而至。

〔五〕窮愁：窮困愁苦。理遣：從事理上得到寬解。

復寄二首

志大言高與世違〔一〕，拂衣真作竹林歸〔二〕。黄塵道口風波惡〔三〕，未必先生自處非〔四〕。

【注】

〔一〕與世違：願望與世相違。語自晉陶淵明《歸去來兮辭》：「歸去來兮，請息交以絶遊。世與我而相違，復駕言兮焉求？」

〔二〕拂衣：振衣而去。謂歸隱。唐王維《送張五歸山》：「幾日同攜手，一朝先拂衣。」竹林歸：歸隱山林。取典自「竹林七賢」。

〔三〕黄塵：比喻俗世；塵世。

〔四〕自處：猶自居；自持。

又

自笑趨塵亦强顔①〔一〕，食謀未免敢言閑〔二〕。紫芝果可充飢腹〔三〕，從子玉屏巖石間〔四〕。

【校】

① 亦：《滹南集》作「自」。

【注】

〔一〕趨塵：指仕途奔波。强顔：勉强地、無奈地做出愉快的樣子。

〔二〕食謀：謀食。謀求衣食和基本生活所需。句言爲貧而仕，不敢奢談隱逸。

〔三〕紫芝：也稱木芝，真菌的一種，似靈芝。菌蓋半圓形，赤褐色，有光澤及雲紋，菌柄長。生於山地枯樹根上。可入藥，能益精氣，堅筋骨。古人以爲瑞草，道教以爲仙草。

〔四〕玉屏：山名。李純甫隱居之處，並以爲號。

病中二首

學道今何得〔一〕，謀生久不成。藍衫幾棄物〔二〕，絳帳亦虚名〔三〕。事拙應天意〔四〕，交疏即世情〔五〕。煩憂時自解，感觸又還生。

【注】

〔一〕學道：學習道藝，即學習儒家學説，如仁義禮樂之類。《史記·仲尼弟子列傳》：「無財者謂之貧，學道不能行者謂之病。」

〔二〕藍衫：舊時八品、九品小官所穿的服裝。棄物：厭棄之物。

〔三〕絳帳：師門、講席之敬稱。典出《後漢書·馬融傳》：「融才高博洽，爲世通儒，教養諸生，常有千數……居宇器服，多存侈飾。常坐高堂，施絳紗帳，前授生徒，後列女樂，弟子以次相傳，鮮有入其室者。」

〔四〕事拙：謀事笨拙，事與願違。

〔五〕「交疏」句：意近唐孟浩然《歲暮歸南山》：「不才明主棄，多病故人疏。」言自己没有利用價值，故交往之人日益稀少。

又

鬱鬱窮愁意〔一〕，營營久病身〔二〕。詩情渾欲減〔三〕，藥物但相親。未得驅窮鬼〔四〕，終須問大鈞〔五〕。三時勞慰拊〔六〕，甚愧故人真。

【注】

〔一〕鬱鬱：鬱悶，不高興。

〔二〕營營：因疾病纏身而内心焦躁不安。

〔三〕渾：全。

〔四〕窮鬼：指使人窮困的鬼。六朝以來風俗，民間多於農曆正月某日作詩文祭送之，謂之送窮。

〔五〕大鈞：指自然、造物主。《文選·賈誼·鵩鳥賦》：「雲蒸雨降兮，糾錯相紛。大鈞播物兮，坱圠無垠。」李善注：「如淳曰：『陶者作器於鈞上，此以造化爲大鈞。』應劭曰：『陰陽造化，如鈞之造器也。』」

〔六〕三時：早、午、晚。慰拊：安撫；撫慰。

感懷

枉卻全家仰此身〔一〕，書生那是治生人〔二〕。百憂耿耿填胸臆〔三〕，强作歡顏慰老親。

【注】

〔一〕枉卻：猶辜負。仰：依賴。

〔二〕治生：經營家業，謀生計。

〔三〕百憂：種種憂慮。宋歐陽修《秋聲賦》：「百憂感其心，萬事勞其形。」耿耿：煩躁不安，心事重重。《詩·邶風·柏舟》：「耿耿不寐，如有隱憂。」

自笑

酒得數杯還已足①，詩過兩韻不能神②。何須豪逸攀時傑〔一〕，我自世間隨分人〔二〕。

【校】

①已：《滹南集》作「自」。

②過：《滹南集》作「高」。

【注】

〔一〕豪逸：猶言奔放灑脱。時傑：當代的俊傑。

〔二〕隨分：依隨本性；按照本分。南朝梁劉勰《文心雕龍·鎔裁》：「謂繁與略，隨分所好。」周振甫注：「隨分所好，跟着作者性分的愛好。分，性分，天性，個性。」

别家

到了身安是本圖〔一〕，何須身外覓浮虚〔二〕。誰能置我無飢地，卻把微官乞與渠〔三〕。

【注】

〔一〕到了：畢竟，最終。唐吴融《武關》：「貪生莫作千年計，到了都成一夢閒。」本圖：本來的意圖，本心。

〔二〕浮虚：指短暫無常的榮華富貴。

〔三〕微官：小官。乞：給。

慵夫自號〔一〕

身世飄然一瞬間〔二〕，更將辛苦送朱顔〔三〕。時人莫笑慵夫拙，差比時人得少閑〔四〕。

【注】

〔一〕詩題：王若虚自號慵夫，名其集爲《慵夫集》。慵夫：庸夫，平庸的人。

〔二〕身世：一生。飄然：飄泊貌，流落散失貌。

〔三〕朱顏：指青春年少。

〔四〕差：略微。

西城賞蓮呈晦之 晦之，自號放公①〔一〕。

舊賞回頭已隔年，高花又見出新妍〔二〕。偶成濁酒狂歌會〔三〕，恰及斜風細雨天〔四〕。樂事適來偏有興〔五〕，閑身常得分無緣〔六〕。作詩莫怪多誇語，差比放公先着鞭②〔七〕。

【校】

①② 公：《滹南集》作「翁」。

【注】

〔一〕晦之：周嗣明，字晦之，周昂之侄，自號放翁。從其叔北征，軍敗，二人俱死。《中州集》卷四周昂小傳附嗣明小傳：「短小精悍，有古俠士風，年未三十，交遊半天下，識高而志大，善談論而中節，作詩喜簡澹，樂府尤温麗，最長於義理之學。」《歸潛志》卷二有小傳。

〔二〕「高花」句：指詩題中之「蓮」，因其高挺出水面，故稱。

〔三〕「偶成」句：三國魏嵇康《與山巨源絶交書》：「時與親舊叙闊，陳説平生，濁酒一杯，彈琴一曲，志願畢矣。」句暗用此事，言西城賞蓮與友朋會飲之情形。

〔四〕「恰及」句：暗用唐張志和《漁歌子》：「西塞山前白鷺飛，桃花流水鱖魚肥。青箬笠，緑蓑衣，斜風細雨不須歸。」

〔五〕「樂事」句：南朝宋謝靈運《擬魏太子鄴中集詩序》：「天下良辰、美景、賞心、樂事，四者難并。」句言面對良辰美景，恰又有朋酒高會之樂事，而此刻卻偏偏想起去年與晦之賞蓮之情形，興發懷人之感。

〔六〕「閑身」句：言其官居閒職，常得閒暇，卻没有緣分與晦之歡聚。

〔七〕差比：略比。放公：指周嗣明。先着鞭：比喻搶先一步，占先。語自《晉書·劉琨傳》：「吾枕戈待旦，志梟逆虜，常恐祖生先吾著鞭。」

題淵明歸去來圖五首 此下皆中年所作

靖節迷途尚爾賒〔一〕，苦將覺悟向人誇①〔二〕。此心若識真歸處，豈必田園始是家〔三〕。

【校】

①苦：《滹南集》作「若」。

【注】

〔一〕靖節：即陶潛，字元亮，私謚靖節徵士。南朝宋顔延之《陶徵士誄》：「若其寬樂令終之美，好廉克己之操……詢諸友好，宜謚曰靖節徵士。」尚爾：仍然。賒：距離遥遠。

〔二〕「苦將」句：本晉陶潛《歸去來兮辭》：「悟已往之不諫，知來者之可追；實迷途其未遠，覺今是而昨非。」

〔三〕「此心」二句：本唐白居易《中隱》：「大隱住朝市，小隱入丘樊。」元好問《市隱齋記》：「前人所以有大小隱之辨者，謂初機之士，通道未篤，不見可欲，使心不亂，故以山林爲小隱；能定能應，不爲物誘，出處一致，喧寂兩忘，故以朝市爲大隱耳。」二句所言之理本此。

又

孤雲出岫暮鴻飛〔一〕，去住悠然兩不疑〔二〕。我自欲歸歸便了，何須更説世相遺〔三〕。

【注】

〔一〕孤雲出岫：晉陶潛《歸去來兮辭》：「雲無心以出岫，鳥倦飛而知還。」鴻飛：漢揚雄《法言·問明》：「治則見，亂則隱。鴻飛冥冥，弋人何慕焉？」鴻雁飛向高遠的天空。比喻隱者遠走高飛，全身避害。

〔二〕悠然：閒適貌；淡泊貌。晉陶潛《飲酒》其五：「采菊東籬下，悠然見南山。」

〔三〕世相遺：世人與我道不相同。句本陶潛《歸去來兮辭》：「世與我而相遺，復駕言兮焉求？」

又

拋卻微官百自由，應無一事掛心頭。銷憂更藉琴書力〔一〕，借問先生有底憂〔二〕。

【注】

〔一〕「銷憂」句：陶淵明《歸去來兮辭》：「悦親戚之情話，樂琴書以消憂。」銷消通。

〔二〕底：疑問代詞，何，什么。

又

得時草木竟欣榮，頗爲行休惜此生〔一〕。乘化樂天知浪語〔二〕，看君於世未忘情〔三〕。

【注】

〔一〕「得時」二句：陶淵明《歸去來兮辭》：「木欣欣以向榮，泉涓涓而始流。善萬物之得時，感吾生之行休。」行休：謂生命將到盡頭。

〔二〕乘化樂天：陶淵明《歸去來兮辭》：「聊乘化以歸盡，樂夫天命復奚疑。」浪語：空話，不切實際的話。

〔三〕忘情：無喜怒哀樂之情。《世説新語·傷逝》：「聖人忘情，最下不及情，情之所鍾，正在我輩。」

又

名利醉心濃似酒，貪夫衮衮死紅塵〔一〕。折腰不樂翻然去①〔二〕，此老猶爲千載人〔三〕。

【校】

①然：《滹南集》作「迴」。

【注】

〔一〕貪夫：貪婪之人。衮衮：相繼不絶貌。

〔二〕折腰不樂：《晉書·陶潛傳》：陶淵明爲彭澤令，郡遣督郵至縣，吏白應束帶見之。潛歎曰：「吾不能爲五斗米折腰，拳拳事鄉里小人邪！」義熙二年，解印去縣，乃賦《歸去來》。翻然：形容變化快而徹底。

〔三〕千載人：宋黄庭堅《跋子瞻和陶》：「彭澤千載人，東坡百世士。」本《孟子外書·性善辨》：「千年一聖。」謂陶淵明是千年一出的聖人，或千年之後仍爲人們所稱道的人。

翰長閑閑公命題《城南訪道圖》，戲作一詩，且爲解之云①〔一〕

得道由來不必勞〔二〕，癡兒舍父漫逋逃〔三〕。閑閑老子還多事，時向招提打一遭②〔四〕。

【校】

①詩題：《滹南集》作「趙内翰求《城南訪道圖》詩，辭不獲已，乃作絶句以戲，復爲解之云」。

②招提：《滹南集》作「伽藍」。

【注】

〔一〕翰長閑閑公：趙秉文，號閑閑。累拜禮部尚書、翰林學士。劉祁《歸潛志》卷八：「正大初，趙閑閑長翰苑。」趙任翰林學士爲正三品，與翰林學士承旨共掌翰苑，故稱之謂「翰長」。《城南訪道圖》：趙秉文所畫。畫成之後，多人題詩。劉祁《歸潛志》中「城南」作「南城」。「趙閑閑作《南城訪道圖》，諸公皆有詩，嘗有一齊希謙者，題云：『億劫夢中誇識解，一生紙上作風波。到今不肯抽頭去，畢竟南城有甚麽。』人頗傳之。」按：清郭元釪《全金詩》本補收齊希謙詩，詩題及詩中皆作「城南」。

〔二〕得道：佛教謂修行戒、定、慧三學而發斷惑證理之智爲得道，然後可以成佛。《法華經·方便品》：「我今所得道，亦應説三乘。」

〔三〕「癡兒」句：用癡兒舍父逃走典故。佛教公案之一。《法華經·信解品》：有人年幼無知，舍父逃走，在他鄉流浪乞食。其父思子遷居，家道富有。後來其子來到父所，其父欲將家財全部傳給其子，其子卻不敢相認。父爲了使之心安，采用了種種方便手段。窮子雖受厚遇，仍然以爲自己不過是「客作賤人」。疑懼之下，連夜逃走。逋逃：逃亡；流亡。禪宗以本心自性爲「父」，舍離本心，追逐外物，就是「舍父逃走」。漫：徒。

〔四〕招提：梵語。其義爲「四方」。四方之僧稱招提僧，四方僧之住處稱爲招提僧坊。北魏太武帝造伽藍，創招提之名，後遂爲寺院的别稱。打：繞；轉。

又

竹木蕭森蔭緑苔〔一〕，幽襟自愛北軒開〔二〕。主人無説吾何問〔三〕，乘興而來興盡迴〔四〕。

【注】

〔一〕蕭森：草木茂密貌。

〔二〕幽襟：猶幽懷。軒：窗户。三國魏阮籍《詠懷》其十九：「開軒臨四野，登高望所思。」

〔三〕主人無説：言畫中高僧没有闡説佛理。

〔四〕「乘興」句：用晉人王徽之「雪夜訪戴」典故。《世説新語·任誕》：「王子猷居山陰，夜大雪，眠覺，開室，命酌酒。四望皎然，因起彷徨，詠左思《招隱詩》，忽憶戴安道，時戴在剡。即便夜乘小船就之。經宿方至，造門不前而返。人問其故，王曰：『吾本乘興而行，興盡而返，何必見戴？』」

答鄭下辨禪師見戲代防禦高侯①〔一〕

酒肆淫房總道場〔二〕，偶然遊戲亦何妨。阿師自墮泥牛趣〔三〕，更笑春風柳絮狂〔四〕。

【校】

① 代防禦高侯：《滹南集》作「代高防禦」。

【注】

〔一〕鄭下：指鄭州。辨禪師：其人不詳。防禦高侯：其人不詳。

〔二〕「酒肆」句：《居士分燈録》：「明則淫房酒肆不離道場，絃管花鈿無非佛事。」酒肆淫房：世俗享樂之處。道場：成道修道之所。

〔三〕泥牛趣：《滹南集》作「泥犂獄」。泥犂，佛教語，即地獄。違背常理的組合，來闡明禪理，啟發禪機，消除人們對存在和現象的執著。

〔四〕柳絮：柳樹的種子。有白色絨毛，隨風飛散，因以爲稱。杜甫《絶句漫興》其五：「顛狂柳絮隨風舞，輕薄桃花逐水流。」宋道潛《口占絶句》：「禪心已作沾泥絮，肯逐春風上下狂。」

還家五首①〔一〕

日日他鄉恨不歸②，歸來老淚更沾衣。傷心何啻遼東鶴，不但人非物亦非③〔二〕。

【校】

① 詩題：《滹南集》作「再至故園抒懷五絶」。

② 他鄉：《滹南集》作「天涯」。

③ 但：《滹南集》作「獨」。

【注】

〔一〕詩題：金亡之後，王若虚微服北渡返回故鄉。此當作於歸里之後。

〔二〕「傷心」二句：用丁令威化鶴典故。舊題晉陶潛《搜神後記》卷一：丁令威，遼東人，學道於靈虚山。後化鶴歸遼，集城門華表柱。時有少年，舉弓欲射之。鶴乃飛，徘徊空中而言曰：「有鳥有鳥丁令威，去家千年今始歸。城郭如故人民非，何不學仙冢纍纍。」後人常以此歎世事變遷。何啻：猶何止，豈只。不但：不僅，不只。

又

荒陂依約認田園〔一〕，松菊存亡不足論〔二〕。我自無心更懷土〔三〕，不妨猶有未招魂〔四〕。

【注】

〔一〕陂：池塘。《淮南子・説林訓》：「十頃之陂可以灌四十頃，而一頃之陂可以灌四頃，大小之衰然。」高誘注：「畜水曰陂。」依約：隱約。

〔二〕「松菊」句：針對陶淵明《歸去來兮辭》「三逕就荒，松菊猶存」而言。不足論：謂算不了什麽。

〔三〕「我自」句：《晉書・王衍傳》：「衍曰：『聖人忘情，最下不及於情。然則情之所鍾，正在我輩。』」句言自己是凡夫俗子，不能像聖人那樣理智地忘情，久遭亂離，更懷故土。

〔四〕「不妨」句：杜甫《乾元中寓居同谷縣作歌》之五：「嗚呼五歌兮歌正長，魂招不來歸故鄉。」仇兆菴注引《楚辭》朱熹注：「古人招魂之禮，不專施於死者。公詩如『剪紙招我魂』，『老魂招不得』，『南方實有未招魂』，與此詩『魂招不來歸故鄉』，皆招生時之魂也。本王逸《〈楚辭〉注》。」

又

山杏溪桃化棘榛〔一〕，舞臺歌榭墮灰塵。春來底事堪行處〔二〕，門外流鶯枉唤人〔三〕。

【注】

〔一〕棘榛：荆棘。

〔二〕底事：何事。行處：值得出遊之處。

〔三〕流鶯：即黄鶯。流，謂其鳴聲婉轉。枉：徒然，白費力氣。

又

回思夢裏繁華事，幸及當年樂此身。閑立斜陽看兒戲，憐渠虛作太平人〔一〕。

【注】

〔一〕渠：他。

又

艱危嘗盡鬢成絲〔一〕，轉覺讙譁不可期〔二〕。幾度哀歌仰天問〔三〕，何如還我未生時〔四〕。

【注】

〔一〕艱危：艱難危急。鬢成絲：頭髮變白。

〔二〕讙譁：歡聚喧嘩。

〔三〕哀歌：悲傷地歌唱。

〔四〕還我未生時：佛家點破生死關之意。唐皎然《詩式·跌宕格》及范攄《雲溪友議》卷六皆引王梵志詩：「還你天公我，還我未生時。」《敦煌瑣掇》第三〇、三一種《五言白話詩》屢有「還我未生時」、「慈母不須生」、「慈母莫生我」之句。王若虛憂患餘生，取而點化，工於唱歎：「幾度哀歌向天問：何如還我未生時？」參見錢鍾書《管錐編》。

山谷於詩，每與東坡相抗。門人親黨遂有「言文首東坡，論詩右山谷」之語。今之學者亦多以爲然。漫賦四詩，爲商略之云①〔一〕

絶足由來不可追②〔二〕，汗流餘子費奔馳〔三〕。誰言直待南遷後，始是江西不幸時③〔四〕。

【校】

①詩題：《滹南集》作「山谷於詩，每與東坡相抗。門人親黨遂謂過之，而今之作者亦多以爲然，予嘗戲作四絶云」。

②絶足：《滹南集》作「駿步」。

③西：毛本作「南」。

【注】

〔一〕山谷：北宋詩人黄庭堅，字魯直，自號山谷道人。東坡：北宋詩人蘇軾，號東坡居士。相抗：對抗，相抗衡。門人：門生、弟子。親黨：親信黨羽。此指黄庭堅之追隨者及江西詩派中人。王若虚《滹南詩話》卷中：「山谷之詩，有奇而無妙，有斬絶而無横放，鋪張學問以爲富，點化陳腐以爲新，而渾然天成，如肺肝中流出者，不足也。此所以力追東坡而不及歟？或謂論文者尊東坡，言詩者右山谷，此門生親黨之偏説。」可合觀。商略：商討。

〔二〕絶足：喻指千里馬。漢孔融《論盛孝章書》：「燕君市駿馬之骨，非欲以騁道里，乃當以招絶足也。」此處代蘇軾。

〔三〕餘子：指黄庭堅及其追隨者。奔馳：猶奔波，奔走。

〔四〕「誰言」二句：針對宋人朱弁的詩學觀點而言。朱弁《風月堂詩話》：「東坡文章，至黄州以後人莫能及，唯黄魯直詩時可以抗衡。晚年過海，則雖魯直亦若瞠乎其後矣。或謂東坡過海，雖爲不幸，乃魯直之大不幸也。」王若虚《滹南詩話》卷中云：「東坡，文中龍也。理妙萬物，氣吞九州，縱橫奔放，若遊戲然，莫可測其端倪……魯直欲爲東坡之邁往而不能，於是高談句律，旁出樣度，務以自立而相抗，然不免居其下也。……世以坡之過海爲魯直不幸，由明者觀之，其不幸也舊矣。」二句亦即此意。江西：指「江西詩派」。北宋末，吕本中作《江西詩社宗派圖》，自黄庭堅以下，列陳師道等二十五人，以爲法嗣。因庭堅爲江西人，影響最大，故稱「江西詩派」。江西詩派論詩，崇尚瘦硬風格，要求詩作須字字有來歷，但又追求奇崛，喜作拗體，往往失於晦澀。參見宋胡仔《苕溪漁隱叢話前集·山谷》。

又

信手拈來世已驚〔一〕，三江衮衮筆頭傾〔二〕。莫將險語誇勍敵〔三〕，公自無心與物爭①〔四〕。

【校】

①物：《滹南集》作「若」。

【注】

〔一〕信手拈來：不加思索地隨手拿來。常用以形容寫作詩文時運用材料、駕馭語言的隨意或從容。

〔二〕三江：指四川境内的岷江、涪江和沱江。衮衮：即「滚滚」，形容大水奔流的樣子。句謂寫詩爲文時就像滚滚的江水一樣，豪放灑脱。以上二句贊譽蘇軾才思敏捷，揮灑自如。蘇軾《論文》：

「吾文如萬斛泉源，不擇地皆可出，在平地滔滔汩汩，雖一日千里無難。及其與石山曲折，隨物賦形，而不可知也。所可知者，常行於所當行，常止於不可不止。」

〔三〕險語：險怪之語。黄庭堅作詩喜用冷僻之典、稀見之字。還有意造拗句，押險韻，作硬語等。勍敵：有力的對手，多謂才藝相當的人。宋司馬光《續詩話》：「李長吉歌『天若有情天亦老』，人以爲奇絶無對。曼卿對『月如無根月長圓』，人以爲勍敵。」

〔四〕公：指蘇軾。物：指人，衆人。《左傳·昭公十一年》：「晉荀吴謂韓宣子曰：『不能救陳，又不能救蔡，物以無親。』」楊伯峻注引顧炎武曰：「物，人也。」此指黄庭堅。

又

戲論誰知出至公①〔一〕，蝤蛑信美恐生風〔二〕。奪胎換骨何多樣〔三〕，都在先生一笑中〔四〕。

【校】

①出：《滹南集》作「是」。

【注】

〔一〕戲論：漫不經心的言論。至公：最公正，極公正。

〔二〕「蝤蛑」句：宋胡仔《苕溪漁隱叢話》卷四九「山谷下」：「苕溪漁隱曰：元祐文章，世稱蘇、黄。然二公當時爭名，互相譏誚。東坡嘗云：『黄魯直詩文，如蝤蛑、江瑶柱，格韻高絶，盤飧盡廢，然不可多食，多食則發風動氣。』」二句就此而言。蝤蛑：也稱梭子蟹。海蟹的一類。味美，但不可多食。

〔三〕奪胎换骨：原爲道教語。謂脱去凡胎俗骨而换爲聖胎仙骨。後用以喻師法前人而不露痕跡，並能創新。宋惠洪《冷齋夜話·换骨奪胎法》引黄庭堅曰：「不易其意而造其語，謂之换骨法；窺入其意而形容之，謂之奪胎法。」王若虚予以抨擊，其《滹南詩話》卷下：「魯直論詩有奪胎换骨、點鐵成金之喻，世以爲名言。以予觀之，特剽竊之黠者耳。」

〔四〕先生：指蘇軾。

又

文章自得方爲貴〔一〕，衣鉢相傳豈是真〔二〕。已覺祖師低一着〔三〕，紛紛嗣法更何人①〔四〕。

【校】

① 紛紛嗣法更何人：《滹南集》作「紛紛法嗣復何人」。

【注】

〔一〕自得：自己有心得體會。《孟子·離婁下》：「君子深造之以道，欲其自得之也。自得之則居之安，居之安則資之深，資之深則取之左右逢其原，故君子欲其自得之也。」此句言文章要抒寫自我感受，有真情實感，還要能自鑄偉詞，語句精闢。此針對黃庭堅奪胎換骨、偷襲前人而言。

〔二〕衣鉢相傳：禪宗師徒間道法傳授，常常舉行授與衣鉢的儀式。比喻學術的師徒相傳。此喻指江西派奪胎換骨、資書以爲詩等一脈相承的詩作理論。

〔三〕祖師：創立某種學説而爲衆師法的人。此指黃庭堅。因其詩不能自鑄偉詞，而是剽竊前賢，故謂其「低一着」。

〔四〕嗣法：謂繼承法度或方法。宋吴炯《五總志》：「（黃庭堅）始受知于東坡先生，而名達夷夏，遂有『蘇黃』之稱……噫，坡谷之道一也，特立法與嗣法者不同耳。」句就江西詩派紛紛效仿黃詩而言。

王內翰子端詩「近來陡覺無佳思，縱有詩成似樂天」，其小樂天甚矣。漫賦三詩，爲白傅解嘲①〔一〕

功夫費盡謾窮年〔二〕，病入膏肓豈易鐫②〔三〕。寄語雪溪王處士〔四〕，恐君猶是管窺天〔五〕。

【校】

① 詩題：《滹南集》作「王子端云『近來陡覺無佳思，縱有詩成似樂天』，其小樂天甚矣。予亦嘗和爲四絶」。組詩本四

首，《中州集》選前三首。

② 豈易：《滹南集》作「不可」。

【注】

〔一〕王内翰子端：王庭筠，字子端，仕爲翰林直學士。王庭筠此詩《中州集》未收，已佚。樂天：白居易，號樂天居士。劉祁《歸潛志》卷一〇載趙秉文語：「王子端才固高，然太爲名所使。每出一聯一篇，必要時人皆稱之，故止是尖新。其曰：『近來徒覺無佳思，縱有詩成似樂天。』不免爲物議也。」小：輕視，小看。甚：過分。漫賦：率意賦詩，就某一問題發表意見。白傅：白居易。晚年曾官太子少傅，故稱。解嘲：因被人嘲笑而自作解釋。此處指爲白居易辯解。

〔二〕謾：徒然。窮年：終年，形容時間很久。

〔三〕「病入」句：古人把心尖脂肪叫「膏」，心臟與膈膜之間叫「肓」。病入膏肓，形容病情十分嚴重，無法醫治。比喻事情到了無法挽救的地步。鐫：削除；除去。宋蘇舜欽《出京後舟中有作》：「他人所至樂，惟我氣類寡。迂僻不能鐫，往往自嗟罵。」二句謂王庭筠作詩一味期人稱頌，遂至「尖新」之弊，積習難改。

〔四〕雪溪王處士：王庭筠中年隱居黄華山，故號黄華山主、黄華真隱、黄華老人，因黄華山瀑布，故又號雪溪。其《游黄華山六首》其四：「掛鏡臺西掛玉龍，半山飛雪舞天風。寒雲直上三千尺，人道高歡避暑宮。」劉祁《歸潛志》卷一載，趙秉文寄黄華詩云：「寄語雪溪王處士，年來多病復如何……情知不得文章力，乞與黄華作隱居。」元好問《游黄華山》：「黄華水簾天下絶，我初聞之雪溪翁。丹霞翠壁高歡宫，銀河下濯青芙蓉。」按此，雪溪在黄華山。

〔五〕管窺天：以管窺天。管：竹管；窺：從小孔或縫隙裏看。比喻見聞狹隘或看事片面。語自《莊子・秋水》：「是直用管窺天，用錐指地也，不亦小乎？」

又

東塗西抹鬬新妍〔一〕，時世梳妝亦可憐〔二〕。人物世衰如鼠尾〔三〕，後生未可議前賢。

【注】

〔一〕東塗西抹：以婦女裝飾爲喻，用作自己寫作或繪畫的謙詞。典出五代王定保《唐摭言・慈恩寺題名遊賞賦詠雜記》：唐薛逢晚年宦途失意，曾策瘦馬赴朝，值新科進士列隊而出，前導責逢回避。逢曰：「報導莫貧相！阿婆三五少年時，也曾東塗西抹來。」此有逞才鬬巧，不遵詩學、追求新奇之意。句就趙秉文所言「王子端才固高，然太爲名所使。每出一聯一篇，必要時人皆稱之，故止是尖新」（見劉祁《歸潛志》卷一〇）之病而説。

〔二〕可憐：可惜、可怪亦可憫可悲之意。劉祁《歸潛志》卷八：「明昌、承安間，作詩者尚尖新，故張翥由布衣而名，召用。其詩大抵皆浮豔語。」二句就此而言，謂王詩之尖新乃時代風尚使然。

〔三〕鼠尾：鼠尾由粗到細。比喻按順序排列。此句有一代不如一代之意。

又

妙理宜人入肺肝〔一〕，麻姑搔背豈勝鞭①〔二〕。世間筆墨成何事，此老胸中自一天②〔三〕。

【校】

① 鞭：《滹南集》作「便」。

② 自一天：毛本作「自有天」。《滹南集》作「具一天」。

【注】

〔一〕「妙理」句：此句是對白居易詩歌的贊美。謂其詩抒情説理均能打動人心。王若虛《滹南詩話》：「樂天之詩，情致曲盡，入人肝脾。」妙理：精微的道理。肺肝：比喻內心。

〔二〕麻姑：古仙女名。其手纖長似鳥爪，可搔背癢。典出晉葛洪《神仙傳》：「麻姑手爪似鳥，蔡經見之，心中念曰：『背大癢時，得此爪以爬背，當佳也。』遠（王方平）已知經心中所言，即使人牽經鞭之，謂曰：『麻姑，神人也。汝何忽謂其爪可以爬背耶？』」唐杜牧《讀韓杜集》：「杜詩韓筆愁來讀，似倩麻姑癢處搔。」

〔三〕此老：指白居易。自一天：言白居易詩另有天地，非可輕譏。

麻徵君九疇 三十一首

九疇字知幾，莫州人〔一〕。三歲識字，七歲能草書，作大字有及數尺者。故所至有神童之目。章廟召見〔二〕，問：「汝入宮殿中亦懼怯否？」對曰：「君臣，父子也。子寧懼父耶？」上大奇之。弱冠住太學〔三〕，有聲場屋間〔四〕。南渡後，讀書北陽山中〔五〕。其詩云：「讀書空山裏，落月低巖幽。山鬼語夜半，怪我非巢由〔六〕。」又云：「壯士半凋落，鐵花繡吴鈎〔七〕。」始以古學自力〔八〕，博通五經〔九〕，於《易》、《春秋》爲尤長。少時有惡疾，就道士學服氣〔一〇〕，數年疾遂平。又從宛丘張子和學醫〔一一〕，子和以爲能得其不傳之妙。大率知幾於學也專，故所得者深。飢寒勞苦，人所不能堪者，處之怡然，不以累其業也。嘗爲郾城張伯玉賦透光鏡〔一二〕，欽叔傳之京師〔一三〕，趙禮部大加賞異〔一四〕，貼壁間，坐卧讀之。興定末府試經義第一〔一五〕，詞賦第二，省試亦然〔一六〕，簾試以脱誤下第〔一七〕。知幾先有才名，又連中甲選〔一八〕，天下想望風采〔一九〕，雖牛童馬走亦能道麻九疇姓名〔二〇〕。正大三年，右相侯蕭公、趙禮部連章薦知幾可試館職〔二一〕，乃賜盧亞榜第二甲第一人及第〔二二〕，授太祝權太常博士，應奉翰林文字。知幾天資野逸〔二三〕，高蹇自便①〔二四〕，與人交，一語不相入，則逕去不返顧。自度終不能與世合，未幾謝病去。作詩工於賦物，如《夏英公篆韻》〔二五〕其詩云：「千狀萬態了不同，哭鬼號神自兹始。簡如庖羲地上畫〔二六〕，繁如神農日中市〔二七〕。圓如有娀乙鳥卵〔二八〕，方如姜嫄巨人履〔二九〕。傾如怒觸不周山〔三〇〕，遡如逆上蠶叢水〔三一〕。積如女媧石未煉〔三二〕，碎如昆吾瓦經毁〔三三〕。蚩尤旗張尾後曲〔三四〕，黄帝鼎成足下峙〔三五〕。五丈專車斷禹戈〔三六〕，九日横天落羿矢〔三七〕。流漦不去龍垂髯〔三八〕，銜書忽來鳳挽觜〔三九〕。方相四目闢門闕〔四〇〕，夔牛一脛踔階戺〔四一〕。貌似心猜未必然，賴君注釋車南指〔四二〕。」及《手植檜印章》等詩可見也。字畫正書八分皆有功〔四三〕。詩最其所長，少時猶失持擇〔四四〕。近詩精深峭刻〔四五〕，似其爲人。他文不及也。明昌以來以神童稱者五人：太原常添壽，四歲作詩云：「我有一卷經，不用筆寫成。展開無一字，晝夜放光明。」合河劉滋文榮，六歲有詩云：「鶯花新物態，日月老天公。」劉微伯祥，七歲被旨賦鳳皇來儀。新恩張漢臣世傑，五六歲亦召入，賦元妃素羅扇畫梅云：「前村消不得，移向月中栽。」其後常隱居不出，餘三人者皆無可稱道，獨知幾能自樹立〔四六〕，一日名重天下，耆舊如閑閑公且以「徵君」目之而不名也〔四七〕。壬辰歲〔四八〕，遇亂卒，年五十。平山常仲明之子德〔四九〕，葬之小商橋傍〔五〇〕，近趙莊。

【校】

①蹇：毛本作「騫」。

【注】

〔一〕莫州：金州名，治任丘。貞祐二年降爲鄚亭縣，屬河北東路。今河北省任丘市。按麻九疇籍貫，劉祁《歸潛志》卷二、《金史》本傳均作易州人。

〔二〕章廟：金章宗完顔璟廟號。

〔三〕太學：國學。古代設於京城的最高學府。西周已有太學之名。漢武帝元朔五年（前一二四）初置，東漢大爲發展。魏晉到明清，或設太學，或設國子學（國子監），或兩者同時設立，名稱不一，制度亦有變化，但均爲傳授儒家經典的最高學府。金代五品以上官員的子弟方可入國子監太學。《金史·選舉一》：「凡養士之地曰國子監，始置於天德三年，後定制，詞賦、經義生百人，小學生百人，以宗室及外戚皇后大功以上親、諸功臣及三品以上官兄弟子孫年十五以上者入學，不及十五者入小學。大定六年始置太學，初養士百六十人，後定五品以上官兄弟子孫百五十人，曾得府薦及終場人二百五十人，凡四百人。」

〔四〕場屋：科舉考試的地方，又稱科場。《資治通鑑·唐武宗會昌六年》：「景莊老於場屋，每被黜，母輒撻景讓。」胡三省注：「唐人謂貢院爲場屋，至今猶然。」

〔五〕北陽：比陽，今河南省泌陽。麻九疇讀書處，《歸潛志》和《金史》本傳均作遂平西山。遂平，蔡州屬縣，今河南省遂平縣。

〔六〕巢由：巢父和許由，堯時隱士。亦泛指隱居不仕者。

〔七〕鐵花：鐵繡。吴鈎：鈎，兵器，形似劍而曲。春秋時吴人善鑄鈎，故稱。泛指利劍。

〔八〕自力：靠自身之力。唐韓愈《示爽》：「才短難自力，懼終莫洗湔。」此處有「致力于」意。

〔九〕五經：五部儒家經典。漢班固《白虎通·五經》：「五經何謂？謂《易》、《尚書》、《詩》、《禮》、《春秋》也。」《新唐書·百官志三》：「《周易》、《尚書》、《毛詩》、《左氏春秋》、《禮記》爲五經。」

〔一〇〕服氣：吐納。道家養生延年之術。

〔一一〕張子和：張從正，字子和，號戴人，睢州考城（今河南省蘭考縣）人。金元四大醫家之一。世業醫，學宗劉完素。精醫術。曾被召入太醫院任太醫，旋及歸隱。强調病因多爲外邪傷正，將疾病分風、寒、暑、濕、燥、火六門。主張祛邪以扶正，治病善用汗、吐、下三法，後世稱「攻下派」。麻知幾等輯其草稿，整理其經驗，編成《儒門事親》十五卷。另著有《三復指迷》、《張氏經驗方》等。爲人放誕，無威儀，頗讀書，作詩。《金史》卷一三〇有傳，《歸潛志》卷六有小傳。

〔一二〕張伯玉：張瑴，字伯玉，許州臨潁（今河南省臨潁縣）人。美豐儀，有長髯至腹。少有俊才，爲人豪邁不羈。居許州郾城，有園囿，田宅甚豐。樂交遊，賓客滿門。好收古器物。年未五十，病腦疽死。《中州集》卷八有小傳附其兄後，《歸潛志》卷二有小傳。

〔一三〕欽叔：李獻能，字欽叔。貞祐三年狀元，授翰林應奉。

〔一四〕趙禮部：趙秉文，官禮部尚書。

〔一五〕府試：科舉考試府一級的考試。

〔一六〕省試：唐宋時由尚書省禮部主持舉行的考試。又稱禮部試，後稱會試。金代沿用。

〔一七〕簾試：亦稱「御試」，由皇帝主持的最高一級的考試。

〔一八〕甲選：即甲等。

〔一九〕想望風采：謂非常仰慕其人，渴望一見。風采，儀表風度。語本《漢書・霍光傳》：「（光）初輔幼主，政自己出，天下想聞其風采。」

〔二〇〕牛童馬走：舊時泛指地位卑下的人。牛童：牧童；馬走：猶僕役。此句謂麻九疇有名氣，婦孺皆知，家喻户曉。

〔二一〕右相侯蕭公：侯摯仕至平章政事，封蕭國公，故稱。趙禮部：趙秉文。連章：聯名上章。館職：統稱于昭文館（唐時又稱弘文館）、史館、集賢院等處擔任修撰、編校等工作的官職。宋宋敏求《春明退朝録》卷上：「唐制，宰相四人，首相爲太清宫使；次三相皆帶館職，弘文館大學士，監修國史，集賢殿大學士，以此爲次序。」宋洪邁《容齋隨筆・館職名存》：「國朝館閣之選，皆天下英俊，然必試而後命。一經此職，遂爲名流。其高者，曰集賢殿修撰、史館修撰，直龍圖閣，直昭文館、史館、集賢院、秘閣；次曰集賢、秘閣校理。官卑者，曰館閣校勘、史館檢討，均謂之館職。」

〔二二〕盧亞：偃師（今河南省偃師市）人，金哀宗正大四年丁亥科詞賦、經義狀元。及第：科舉應試中選。因榜上題名有甲乙次第，故名。宋高承《事物紀原・學校貢舉・及第》：「漢之取士，其射策中者，謂之高第，隋唐以來，進士諸科，遂有及第之目。」

〔二三〕野逸：指放縱不羈。

〔二四〕高蹇：高傲不屈貌。自便：按自己的方便行事。

〔二五〕夏英公：夏竦，字子喬，江州德安（今江西省德安縣）人。北宋古文字學家、文學家。官至同中書門下平章事，改樞密使，封英國公。贈太師中書令兼尚書令，賜謚「文莊」。竦以文學起家，自經史、百家、陰陽、律曆至佛老之書，無不通曉；爲文章，典雅藻麗。王珪《夏文莊公竦神道碑》曰：「祥符中，郡國多獻古鼎、鐘、盤、敦之器，而其上多科斗文字」，人多不識，「公乃學爲古文奇字，至偃臥以指畫侵膚，其勤若此。」著有文集百卷、《古文四聲韻》五卷、《聲韻圖》一卷等。《宋史》卷二八三有傳。

〔二六〕「庖羲」句：用「伏羲畫卦」傳説。司馬貞《三皇本紀》：「始畫八卦，以通神明之德。」《易・繫辭下》：「古者包犧氏之王天下也，仰則觀象於天，俯則觀法於法。觀鳥獸之文與地之宜，近取諸身，遠取諸物，於是始作八卦。」庖羲：即伏羲。

〔二七〕「神農」句：用「神農日中爲市」事。《易・繫辭下》：「（神農氏）日中爲市，致天下之民，聚天下之貨，交易而退，各得其所。」

〔二八〕有娀：古國名，故址在今山西省永濟縣。《史記・殷本紀》載：「殷契，母曰簡狄，有娀氏之女，爲帝嚳次妃。三人行浴，見玄鳥墮其卵，簡狄取吞之，因孕生契。」乙鳥：即《史記》所言玄鳥，燕的别名。

〔二九〕姜嫄：亦作「姜原」。周人始祖后稷之母。帝嚳之妻。傳説她於郊野踐巨人足跡懷孕生稷。《史記・周本紀》：「周后稷，名弃。其母有邰氏女，曰姜原。姜原爲帝嚳元妃。姜原出野，見巨人跡，心忻然説，欲踐之，踐之而身動如孕者。」

〔三〇〕「傾如」句：用共公怒觸不周山之神話。《淮南子·天文訓》：「昔者共工與顓頊爭爲帝，怒而觸不周之山，天柱折，地維絶。」不周山：古代傳説中的山名，在昆侖山西北。《楚辭·離騷》：「路不周以左轉兮，指西海以爲期。」王逸注：「不周，山名，在崑崙西北。」

〔三一〕遡：逆流而上。《漢書·揚雄傳上》：「楚漢之興也，揚氏遡江上，處巴江州。」顔師古注：「遡謂逆流而上也。」蠶叢：相傳爲蜀王的先祖，教人蠶桑。《藝文類聚》卷六引漢揚雄《蜀本紀》：「蜀始王曰蠶叢，次曰伯雍，次曰魚鳧。」李白《蜀道難》：「蠶叢及魚鳧，開國何茫然。」後以蠶叢路借指蜀地。李白《送友人入蜀》：「見説蠶叢路，崎嶇不易行。」

〔三二〕「積如」句：用女媧煉石補天之神話。《淮南子·覽冥訓》：「往古之時，四極廢，九州裂，天不兼覆，地不周載……於是女媧鍊五色石以補蒼天，斷鼇足以立四極。」

〔三三〕「碎如」句：用昆吾瓦典故。《佩文韻府》卷五十一之二：「昆吾瓦，《古史考》：夏時昆吾氏作瓦。」昆吾：夏商之間部落名。己姓，初封于濮陽（今河南省濮陽市）。夏衰，昆吾爲夏伯，遷于舊許（今河南省許昌市），後爲商湯所滅。其人善於製造陶器和鑄造銅器，夏啟曾命人在昆吾鑄鼎。

〔三四〕蚩尤旗：彗星名。古代以爲星出，主有征伐之事。《吕氏春秋·明理》：「有其狀若衆植華以長，黄上白下，其名蚩尤之旗。」《晉書·天文志中》：「（妖星）六曰蚩尤旗，類彗而後曲，象旗。」

〔三五〕「黄帝」句：用黄帝鑄鼎典故。《史記·封禪書》：「黄帝采首山銅，鑄鼎於荆山下。」鼎有三足。

〔三六〕「五丈」句：用禹殺防風氏典故。《史記·孔子世家》：「吴伐越，墮會稽，得骨節專車。吴使使問仲尼：『骨何者最大？』仲尼曰：『禹致群神於會稽山，防風氏後至，禹殺而戮之。其節專車，此爲大矣。』」集解韋昭曰：「骨一節，其長專車。專，擅也。……防風氏違命後至，故禹殺之。」

〔三七〕「九日」句：用后羿射日故事。《淮南子·本經訓》：「逮至堯之時，十日並出，焦禾稼，殺草木，而民無所食。猰貐、鑿齒、九嬰、大風、封豨、修蛇，皆爲民害。堯乃使羿誅鑿齒于疇華之野，殺九嬰于凶水之上，繳大風於青丘之澤，上射十日而下殺猰貐，斷修蛇於洞庭，禽封豨于桑林。萬民皆喜，置堯以爲天子。」

〔三八〕「流漦」句：《史記·封禪書》：「黄帝采首山銅，鑄鼎於荊山下。鼎既成，有龍垂胡髯下迎黄帝。黄帝上騎，群臣後宫從上者七十餘人，龍乃上去。餘小臣不得上，乃悉持龍髯，龍髯拔，墮，墮黄帝之弓。百姓仰望黄帝即上天，乃抱其弓與胡髯號。故後世因名其處曰鼎湖，其弓曰烏號。」漦：龍的涎沫。《國語·鄭語》：「（夏后）卜請其漦而藏之，吉。」韋昭注：「漦，龍所吐沫，龍之精氣也。」龍髯：龍之鬚。

〔三九〕「銜書」句：用「鳳凰銜書」典。《藝文類聚》卷九九引《春秋元命苞》：「火離爲鳳皇，銜書游文王之都，故武王受鳳書之紀。」本謂帝王受命的瑞應，後亦以謂帝王使者持送詔書。漢焦贛《易林·泰之益》：「鳳凰銜書，賜我玄圭，封爲晉侯。」

〔四〇〕「方相」句：《周禮·夏官·方相氏》：「方相氏，掌蒙熊皮，黄金四目，玄衣朱裳，執戈揚盾，帥百隸而時難，以索室毆疫。大喪，先匶，及墓，入壙，以戈擊四隅，毆方良。」方相氏，周官名。夏官之屬，由武夫充任，職掌驅除疫鬼和山川精怪。

〔四一〕「夔牛」句：《山海經·大荒東經》：「狀如牛，蒼身而無角，一足，出入水則必有風雨，其光如日月，其聲如雷，其名曰夔。」《説文解字》：「夔，神魖也，如龍一足。」一脛：一條腿。階戺：臺階兩旁所砌的斜石。借指堂前。《書·顧命》：「四人綦弁，執戈上刃，夾兩階戺。」孔傳：「堂廉曰戺，士所立處。」

〔四二〕車南指：即「帝車南指」。《史記·天官書》：「斗爲帝車，運于中央，臨制四鄉。分陰陽，建四時，均五行，移節度，定諸紀，皆繫於斗。」唐王勃《益州夫子廟碑》：「述夫帝車南指，遯七曜於中階；華蓋西臨，藏五雲於太甲。」

〔四三〕正書：書體名。也叫楷書、真書。相傳正書始于東漢王次仲，完備于三國魏鍾繇。八分：漢字書體名。字體似隸而體勢多波磔。相傳爲秦時上谷人王次仲所造。關於八分的命名，歷來説法不一，或以爲二分似隸，八分似篆，故稱八分；或以爲漢隸的波折，向左右分開，「漸若八字分散」，故名八分。見唐張懷瓘《書斷上》。

〔四四〕持擇：選擇，挑剔。

〔四五〕峭刻：形容文筆鋭利。

〔四六〕樹立：建樹。

〔四七〕耆舊：年老望重者。閑閑公：趙秉文號。徵君：徵士的尊稱。謂朝廷以禮招聘之賢才。《後漢書·黄憲傳》：「友人勸其仕，憲亦不拒之，暫到京師而還，竟無所就。年四十八終，天下號曰徵君。」麻九疇于哀宗朝曾經徵聘，故稱。不名：不直呼其名，表示優禮或尊重之意。《後漢書·梁冀傳》：「冀入朝不趨，劍履上殿，謁贊不名。」

〔四八〕壬辰：金哀宗天興元年（一二三二）歲次壬辰。

〔四九〕常仲明：名用晦。代州崞縣（今山西原平市）人。金末南渡，客居郾城，與麻知幾交密。金亡北遊，曾任真定府學教授。

〔五〇〕小商橋：在河南臨潁縣南二十里處，南鄰郾城。按《畿輔通志》卷四八「陵墓」：「河間府，麻九疇墓，在任丘縣廢莫州西。」此當後來遷葬之處。

賦伯玉透光鏡〔一〕

太陰淪魄元不耀〔二〕，太陽分光成一曜〔三〕。嗚呼怪銅盜此幻〔四〕，透影在壁與背肖〔五〕。奩開燿燿光走庭〔六〕，劃如剸犀乍脱鞘〔七〕。泓澄秋落百丈潭，疑有龍向天門跳〔八〕。秦娃漢婉化鴛土〔九〕，寵雨恩雲埋鳳詔〔一〇〕。當年椒塗鑑桃李〔一一〕，身後泉臺映蓬藋〔一二〕。枕簟無情草木香〔一三〕，笙歌不暖梟狐嘯〔一四〕。髑髏一醜不再妍，不知持此將安照〔一五〕。萬斛珠璣委俑人〔一六〕，喚得偷兒成鬼剽〔一七〕。借問金椎一控時〔一八〕，何如海上青蠅弔〔一九〕。壽如金石佳且好，此銘此篆兩奇峭〔二〇〕。今誰子後囊誰先，贏得紐樞經蟻竅〔二一〕。千古繁華一夢醒，恍然入手稱神妙。丹砂□紫翠羽青〔二二〕，萬金難買人年少。君侯新自洛陽來〔二三〕，玉臺人物今温嶠〔二四〕。相看大笑古人癡，收鏡入奩還白笑。

【注】

〔一〕伯玉：張毅，字伯玉，許州臨潁（今河南省臨潁縣）人。少有俊才，爲人豪邁不羈。居許州郾城，有園囿，田宅甚豐。樂交遊，賓客滿門。好收古器物。年未五十，病腦疽死。《中州集》卷八有小傳附其兄後，《歸潛志》卷二有小傳。家多古鏡。《中州集》卷八其兄張瑴小傳：「家多法書名畫，古物秘玩，周秦以來鏡至百餘枚，他物稱是。」劉祁《歸潛志》小傳亦云：「獨好收古人器物，所在購求，以是叢于家，古鏡尤多，其樣制不可遍識。」透光鏡：西漢中晚期製作的具有特殊效果的銅鏡。因在陽光照射下其背面的圖紋能映到牆上而得名。其透光原理今人認爲或爲鑄造研磨，或爲淬火處理，上海歷史博物館藏有兩面西漢時期的透光鏡。

〔二〕太陰：謂月亮。魄：月初出或將没時的微光。一説，指月初生或圓而始缺時不明亮處。《書·康誥》：「惟三月哉生魄。」陸德明《釋文》：「月三日始生兆朏，名曰魄。」宋程大昌《演繁露·月受日光》：「則其魄也，是銀圜之背日而暗者也，故闇昧無覩也……過望則月輪轉與日遠，爲之圜者，但能偏側受照而光彩不全，故其暗處遂名爲魄也。魄者，暗也。」元李翀《日聞録》：「月者，太陰之精……日光照之，則見其明；日光所不照，則謂之魄。」句謂月亮本身昏暗并不發光。

〔三〕二曜：亦作「二耀」，指日月。句謂月亮是在反射太陽光線照耀，才發光發亮的。

〔四〕怪銅：奇怪的銅鏡。指詩題中的透光鏡。幻：指日。

〔五〕「透影」句：謂映在牆上的圖紋與鏡子背面的圖紋相一致。

〔六〕燿燿：晶瑩閃爍貌。

〔七〕劃：突然。蘇軾《次韻孔毅父集古人句見贈》：「劃如太華當我前，跛牂欲上驚崷崒。」剸犀：漢王褒《聖主得賢臣頌》：「及至巧冶鑄干將之璞，清水淬其鋒，越砥斂其鍔，水斷蛟龍，陸剸犀革。」後用指利劍。清唐孫華《挽磐庵弟》：「未試剸犀鋒，已折干將鋭。」

〔八〕「泓澄」二句：形容銅鏡明淨如秋日潭水，其光照如柱，似百丈瀑布，疑有龍從潭中飛向天門。泓澄：指清澈的水。

〔九〕秦娃漢婉：秦漢宮中美女。鴛土：後宮廢墟。鴛：指鴛鴦殿，漢未央宮殿名。《三輔黄圖·未央宮》：「武帝時，後宮八區，有昭陽……鴛鴦等殿。」後泛指皇后所居宮名。唐賈島《上杜駙馬》：「鴛鴦殿裏參皇后，龍鳳堂前賀至尊。」

〔一〇〕鳳詔：即皇帝的詔書。

〔一一〕椒塗：皇后居住的宮室。因用椒和泥塗壁，故名。代後宮。鑒桃李：形容年輕貌美的女子光彩四射，輝映椒宮。《詩·召南·何彼襛矣》：「何彼襛矣，華如桃李。」

〔一二〕泉臺：墓穴。蓬藋：蓬草和藋草。泛指草叢。

〔一三〕枕簟：枕席。泛指卧具。

〔一四〕梟狐嘯：唐白居易《凶宅》：「梟鳴松桂枝，狐藏蘭菊叢。」梟：貓頭鷹一類的鳥。

〔一五〕髑髏：死人的頭骨。二句謂美人死後，寶鏡也失去了它的用途。

〔一六〕俑人：古代殯葬用的木製或陶製的偶人。

〔一七〕偷兒：指盜墓賊。鬼剽：掠奪死人的財物。

〔一八〕「借問」句：《莊子·外物》：「儒以《詩》《禮》發冢。大儒臚傳曰：『東方作矣，事之何若？』小儒曰：『未解裙襦，口中有珠。』『詩固有之曰：青青之麥，生於陵陂。生不布施，死何含珠爲？接其鬢，壓其顪，儒以金椎控其頤，徐別其頰，無傷口中珠。』」控：小心輕擊。金椎：鐵鑄的捶擊具。

〔一九〕「何如」句：用虞翻「青蠅吊」典故。指生罕知己，死無吊客。《三國志·吴志·虞翻傳》裴松之注引《虞翻別傳》：「自恨疏節，骨體不媚，犯上獲罪，當長没海隅，生無可與語，死以青蠅爲弔客，使天下一人知己者，足以不恨。」

〔二〇〕銘：鑄、刻或寫在器物上記述生平、事跡或警誡自己的文字。篆：書寫篆字。奇峭：謂筆墨雄健而不同流俗。

〔二一〕紐樞：樞紐。指主門户開合之樞與提繫器物之紐。比喻事物的關鍵或相互聯繫的中心環節。

蟻竅：喻盜墓賊所鑿小洞。

〔二〕翠羽：翠鳥的羽毛，多用作珍貴之物的裝飾。《文選·曹植·七啟》：「戴金摇之熠燿，揚翠羽之雙翹。」劉良注：「金摇，釵也；……又飾以翡翠之羽於上也。」

〔三〕君侯：指張伯玉。

〔四〕「玉臺」句：典出《世説新語·假譎》：「温公（嶠）喪婦。從姑劉氏家值亂離散，唯有一女，甚有姿慧，姑以屬公覓婚。公密有自婚意，答云：『佳婿難得，但如嶠比云何？』姑云：『喪敗之餘，乞粗存活，便足慰吾餘年，何敢希汝比。』卻後少日，公報姑云：『已覓得婚處，門地粗可，婿身名宦，盡不減嶠。』因下玉鏡臺一枚。姑大喜。既婚交禮，女以手披紗扇，撫掌大笑曰：『我固疑是老奴，果如所卜。』玉鏡臺是公爲劉越石長史北征劉聰所得。」句調侃張穀亦可如温嶠，以此鏡當信物以續弦。

跋范寬秦川圖〔一〕

山水人傳范家筆，畫史推尊爲第一〔二〕。朅來因看秦川圖〔三〕，天下丹青能事畢。大山巖巖如國君〔四〕，小山鬱鬱如陪臣〔五〕。大石盤盤社與稷〔六〕，小石落落士與民〔七〕。一山一形似爭長〔八〕，一石一態如布軍〔九〕。想君胸中有全秦〔一〇〕，見鑢削鑢鑢乃真〔一一〕。掌上長安近於日，千樹萬樹生青春〔一二〕。憶昔岐山鳳皇語〔一三〕，蔥蔥柞棫霑新雨〔一四〕。昆夷束手密須降〔一五〕，不見功勳見歌舞。黄金鑄牛西入僰，五丁雲棧通中國〔一六〕。驪山宫闕九天高〔一七〕，六處孱王走銜璧〔一八〕。不信詩書信法家〔一九〕，關東半被魚書惑〔二〇〕。盡卷圖籍亦大好〔二一〕，五十年凶都一掃〔二二〕。章邯董翳舉如毛〔二三〕，沐猴冠委金陵道〔二四〕。北原兵自天而下〔二五〕，漢室傾頹如解瓦〔二六〕。祁山六出縱無功，渭水猶堪飲君馬〔二七〕。螭蟠老將骨未朽〔二八〕，草附那能濟陽九〔二九〕。技癢投鞭抵歲星〔三〇〕，歸來鹿死何人手〔三一〕。神武空矜賀六渾〔三二〕，投機常落周人後〔三三〕。竟令馮翊軟沙邊，東風一夜吹新柳〔三四〕。侵尋皂角相料理〔三五〕，抛擲龍津浮汴水〔三六〕。鵲頭過處已非隋〔三七〕，不覺晉陽人姓李〔三八〕。華清高宴戛宫梧〔三九〕，舞馬如何護兩都〔四〇〕。縱得青騾還蜀道〔四一〕，肉得沙場白骨無〔四二〕。興亡自取不足吁〔四三〕，可憐神州爲盜區〔四四〕。貪徵往古山川事，忘卻題詩賞畫圖〔四五〕。

【注】

〔一〕范寬：宋代著名畫家，山水主師法自然。元陶宗儀《説郛》卷九二：「（范寬）游秦中，遍觀奇勝，落筆雄偉老硬，真得山之骨法。」秦川：指秦嶺以北甘肅、陝西一帶山川。元好問《遺山集》卷三有《范寬秦川圖》小序：「張伯玉殁後，同麻徵君知幾賦。」張伯玉，張轂，字伯玉。元好問詩後自注叙述了此畫的收藏情况以及與麻九疇題畫的緣起。「予七年前過郾城，伯玉知予來，而都無賓主意，予亦偃蹇而去。爾後雖願交而髯殁矣，未嘗不以爲恨也。今日子思兄弟出此圖，求予賦詩，酒惡無聊中勉爲賦此。畫本米元章家物，有韓子蒼題名。」可知范寬所畫《秦川圖》，曾被宋代書法家米芾收藏，有北宋秘書省正字韓駒題名。元好問與張伯玉無交往，此次是應子思即張伯玉之子邀請，與麻九疇同題此畫。狄寶心《元好問詩編年校注》據元氏元光元年過郾城之行跡及「予七年前過郾城」語，定在正大七年作。可參。

〔二〕「山水」二句：元好問《密公寶章小集》：「宋《畫譜・山水》以李成爲第一。國朝張太師浩然、王內翰子端奉旨品第書畫，謂成筆意繁碎，有畫史氣象，次之荆、關、范、許之下。密公識賞超詣，亦以此論爲公。」宋米芾《畫史》：「李成淡墨如夢霧中，石如雲動，多巧少真意。范寬勢雖雄傑，然深暗如暮夜晦暝，土石不分，物象之幽雅，品固在李成上。」《畫史會要》卷二「范寬」：「米海岳（米芾）云：『范寬山水，嶫嶫如恒岱，遠山多正面，折落有勢。晚年用墨太多，土石不分，本朝自無人出其右。』」明張羽《青弁雲林圖》：「前代何人畫山水，長安關仝營丘李。華原特起范中立，三子相望古莫比。」

〔三〕朅來：近來。

〔四〕巖巖：高大，高聳。

〔五〕鬱鬱：繁多貌。陪臣：古代天子以諸侯爲臣，諸侯以大夫爲臣，大夫又自有家臣。因之大夫對於天子，大夫之家臣對於諸侯，都是隔了一層的臣，稱爲「陪臣」。

〔六〕盤盤：巨大貌。社與稷：古代帝王、諸侯所祭的土神和穀神。後用以代表國家。

〔七〕落落：堆積的樣子。

〔八〕爭長：猶爭霸。

〔九〕布軍：布列軍隊。

〔一〇〕全秦：秦川全景、全貌。史載范寬曾遍歷秦中，觀覽奇勝，故胸中才會有全秦。元好問《范寬秦川圖》：「雲興霞蔚幾千里，著我如在峨嵋巔……全秦天地一大物，雷雨澒洞龍頭軒。」

〔一一〕「見鐻」句：用莊子「梓慶削鐻」典故。《莊子·達生》：「梓慶削木爲鐻，鐻成，見者驚猶鬼神。」成玄英疏：「鐻者，樂器，似夾鐘。亦言鐻似虎形，刻木爲之。」後用爲神志專注，或造形逼真的典實。

〔一二〕青春：青緑。

〔一三〕「憶昔」句：相傳周文王在岐山時，有鳳凰在附近的山上棲息鳴叫。《詩·大雅·卷阿》：「鳳凰鳴矣，于彼高崗；梧桐生矣，于彼朝陽。」

〔一四〕柞棫：櫟樹與白桵樹。《詩·大雅·緜》：「柞棫拔矣，行道兑矣。」鄭玄箋：「柞，櫟也；棫，白桵也。」

〔一五〕昆夷：殷周時中國西北部族名。《詩·小雅·采薇序》：「文王之時，西有昆夷之患，北有玁狁之難。」鄭玄箋：「昆夷，西戎也。」密須：古國名，在今甘肅靈臺縣西，商時姞姓之國。周文王滅之，以封姬姓。《詩·大雅·皇矣》：「密人不恭，敢距大邦。」朱熹集傳：「密，密須氏也，姞姓之國，在今寧州。」

〔一六〕「黄金」二句：用古蜀道「石牛糞金、五丁開道」典故。《括地志》：「昔秦伐蜀，路無由入，乃刻石爲牛五頭，置金於後，僞言此牛能屎金，以遺蜀。蜀侯貪信之，乃令五丁共引牛，塹山堙谷，致之成都。秦遂尋道伐之。」《太平御覽》卷八八八《蜀王本紀》曰：秦惠王時，蜀王不降秦，秦亦無道出於蜀。秦王乃刻五石牛，置金其後，蜀人見之，以爲牛能大便金。蜀王以爲然，即發卒千人，令五丁力士拖牛，成道，置三枚于成都。秦道乃得通，石牛之力也。僰：古代居住在西南的一少數民族。

〔一七〕驪山：秦嶺北側支脈。因遠望山勢如同一匹駿馬，故名驪山。宫闕：驪山温泉噴湧，風景秀麗，自西周以來就成爲帝王遊樂寶地，營建過許多離宫别墅。此處指秦朝宫殿。

〔一八〕「六處」句：記秦滅六國事。六處：趙、魏、韓、燕、楚、齊六國，相繼爲秦所滅。孱王：懦弱的君王。走：敗逃，逃奔。銜璧：稱國君投降。典出《左傳・僖公六年》：「許男面縛銜璧，大夫衰經，士輿櫬。」杜預注：「縛手於後，唯見其面，以璧爲贄，手縛故銜之。」

〔一九〕詩書：儒家經典《詩經》和《尚書》。《左傳・僖公二十七年》：「《詩》、《書》，義之府也；《禮》、《樂》，德之則也。」此處代儒家。法家：先秦諸子中的重要一派，主張法治，以商鞅、韓非爲代表人物。

〔二〇〕「關東」句：用陳勝、吴廣起義時以魚書迷惑衆人事。《史記・陳涉世家》：「陳勝、吴廣喜，念鬼，曰：『此教我先威衆耳。』乃丹書帛曰『陳勝王』，置人所罾魚腹中。卒買魚烹食，得魚腹中書，固以怪之矣。又間令吴廣之次所旁叢祠中，夜篝火，狐鳴呼曰：『大楚興，陳勝王。』卒皆夜驚恐。旦日，卒中往往語，皆指目陳勝。」關東：指潼關以東原六國故地的人民。

〔二一〕「盡卷」句：《史記·蕭相國世家》：「沛公至咸陽，諸將皆爭走金帛財物之府分之，何獨先入收秦丞相御史律令圖書藏之……漢王所以具知天下阸塞、户口多少，彊弱之處，民所疾苦者，以何具得秦圖書也。」圖籍：地圖和户籍。

〔二二〕「五十」句：言暴秦滅亡。周赧王五十九年（前二五六），秦滅周。自次年（昭襄王五十二年），史家以秦王紀年，至前二〇九年被滅，凡四十七年，此舉整數言之。

〔二三〕「章邯」句：記秦末群雄蜂起事。章邯：秦末著名將領，上將軍。秦二世時，攻陳勝，敗田臧、魏咎、田儋、項梁等。鉅鹿之戰中被項羽擊敗，後投降，隨項羽入關，封雍王。董翳：秦末都尉，晉國太史董狐後裔。輔佐章邯作戰，後投降楚軍，被項羽封爲翟王。楚漢戰爭中，章邯、董翳軍被劉邦擊敗，自殺。

〔二四〕「沐猴」句：《史記·項羽本紀》：「項王見秦宫室皆以燒殘破，又心懷思欲東歸。曰：『富貴不歸故鄉，如衣繡夜行，誰知之者。』説者曰：『人言楚人沐猴而冠耳，果然。』」句指項羽兵敗垓下，突圍至烏江（今安徽省和縣東北）自刎事。金陵：今江蘇省南京市之古稱。項羽欲歸江東，烏江地近金陵，故曰金陵道。

〔二五〕「北原」句：指董卓由山西至洛陽，進京主政事。《後漢書・董卓傳》：「（卓）於是駐兵河東，以觀時變。及帝崩，大將軍何進、司隸校尉袁紹謀誅閹官，乃私呼卓將兵入朝，以脅太后。卓得召，即時就道。」

〔二六〕漢室傾頹：指東漢政權的衰敗、崩潰。解瓦：猶瓦解。瓦片碎裂。比喻崩潰或分裂、分離。《淮南子・泰族訓》：「武王左操黃鉞，右執白旄以麾之，（紂之師）則瓦解而走，遂土崩而下。」

〔二七〕「祁山」二句：謂三國蜀諸葛亮曾六出祁山攻魏，雖無功而返，渭水上游一帶亦曾光復。事實上，諸葛亮攻魏凡六次，但出祁山僅兩次，即後主建興六年攻祁山戰於街亭；建興九年圍祁山。其餘皆經漢中一帶。事見《三國志・蜀志・諸葛亮傳》。

〔二八〕螭蟠：亦作「螭盤」。如螭龍盤據。指諸葛亮。因人稱卧龍先生，故云。

〔二九〕草附：依草附木。指鬼神依憑草木而作爲。此處指諸葛亮的靈魂。陽九：指厄運，此處代滅國。二句當指諸葛亮子瞻於綿竹製諸葛亮木刻遺像迎戰鄧艾事，此不見正史，當民間傳之，後入《三國演義》第一百一七回。

〔三〇〕「投鞭」句：此句用前秦苻堅「投鞭斷流」事。公元三五二年，氐族貴族苻健稱帝，建都長安（今陝西省西安市西北），史稱前秦。其孫苻堅即位後，統一了北方。他決定南下伐東晉時，大臣勸諫：「今歲鎮星守斗牛，福德有吴。懸象無差，弗可犯也。」又稱長江天險，不易攻下。苻堅卻不屑地回應：「吾聞武王伐紂，逆歲犯星。天道幽遠，未可知也。」「以吾之衆旅，投鞭于江，足斷其流。」事見《晉書·苻堅載記》。苻堅一意孤行，敗于淝水，前秦從此一蹶不振，不久爲後秦所滅。

技癢：指具有某種技能的人，一遇機會就想表現一下。

〔三一〕鹿死何人手：不知政權會落在誰的手裏。語自《晉書·石勒載記》：「朕若逢高皇，當北面而事之，與韓、彭競鞭而爭先耳；脱遇光武，當並驅于中原，未知鹿死誰手。」二句言前秦淝水戰敗後分崩離析，終至亡國。

〔三二〕神武：北齊高祖神武帝高歡，名賀六渾。鮮卑化的漢人，東魏大丞相、都督中外諸軍事，領渤海王，掌軍政大權。他以晉陽爲基地，東征西討。其子高洋建立北齊，追尊爲高祖神武帝。

〔三三〕投機：切中時機。周：北周。北朝西魏恭帝三年，掌握西魏政權的宇文泰死，其子宇文覺繼任大冢宰，自稱周公。次年廢恭帝自立，國號周，都長安（今陝西省西安市），史稱北周。北齊在公元五七七年被北周所滅。

〔三四〕「竟令」二句：西魏大統三年，宇文泰大敗東魏高歡於大荔縣沙苑後，命士兵就地植柳七千，以旌武功。沙苑：位於大荔南洛水與渭水間，東西八十里，南北三十里。馮翊：郡名，治今陝西省大荔縣。事見《北史·周帝紀上》。

〔三五〕侵尋：漸進，漸次發展。皂角：皂角林，地名，在揚州府江都縣。句指隋煬帝經營揚州離宫事。

〔三六〕龍津：河津，龍門。漢辛氏《三秦記》：「河津，一名龍門，水險不通，黿魚之屬莫能上，江海大魚薄集門下數千，不得上，上則爲龍。」汴水：隋煬帝所開通濟渠東段，自河南滎陽市北引黄河東南流，經安徽、江蘇入淮。

〔三七〕鷁：水鳥的一種。毛白色，能高飛，遇風不避。古人常畫鷁像於船頭，所以稱船頭爲「鷁頭」。此處代指隋煬帝遊運河時的龍舟。唐胡曾《汴水》：「千里長河一旦開，亡隋波浪九天來。錦帆未落干戈起，惆悵龍舟更不回。」《隋書・煬帝上》載，仁壽四年煬帝即位，「發丁男數十萬掘塹，自龍門東接長平，汲郡，抵臨清關，度河，至浚儀、襄城，達於上洛，以置關防。」大業元年三月，「發河南諸郡男婦百餘萬，開通濟渠，自西苑引穀、洛水達於河，自板渚引河通於淮。」二句言煬帝窮奢極欲，廢棄防衛，南下揚州事。

〔三八〕晉陽人姓李：唐高祖李淵，起兵于晉陽。

〔三九〕華清高宴：唐玄宗與華清池歡宴。《舊唐書・玄宗本紀下》載，玄宗每年十月帶大批車仗甲從到驪山華清宮遊樂，至次年正月、三月方回。

〔四〇〕舞馬：唐代的一種馬戲樂舞表演活動。玄宗曾命教舞馬四百蹄，分爲左右，各有部。馬衣以文繡，絡以金銀，飾其鬃鬣，間雜珠玉，隨曲樂奮首鼓尾，縱横應節。又施三層板牀，乘馬而上，施轉如飛。或命壯士舉一榻，馬舞於榻上，樂工數人立左右前後，皆衣淡黄衫，文玉帶，必求少年而姿貌美秀者。每逢千秋節命舞於勤政樓下。舞馬之曲爲《傾杯樂》、《升平樂》。事見《明皇雜録》。兩都：指長安、洛陽。

〔四一〕青騾還蜀道：安史之亂爆發，唐玄宗倉皇幸蜀。唐元稹《望雲騅馬歌》：「路傍垂白天寶民，望騅禮拜見雛哭。皆言明皇當時無此馬，不免騎騾來幸蜀。」

〔四二〕「肉得」句：句謂舞馬在戰場上被宰殺以供食用。肉：吞噬，欺凌。清顧炎武《秦皇行》：「秦肉六國啖神州，六國之士皆秦仇。」

〔四三〕吁：歎息。

〔四四〕盜區：盜賊藏身、活動的地區。《新唐書・藩鎮宣武彰義澤潞傳贊》：「唐中衰，奸雄圜睨而奮，舉魏、趙、燕之地，莽爲盜區，挐叛百年，夷狄其人，而不能復。」

〔四五〕畫圖：指《范寬秦川圖》。

松筅同希顏欽叔裕之賦〔一〕

犧尊青黃災木命〔二〕，羈絆剪剔傷馬性〔三〕。折松爲筅得之天，此君幸免戕殘橫〔四〕。初緣形似有代無，不料奇功乃差勝〔五〕。人間斤斧不須勞〔六〕，坐中活火鳴笙簫〔七〕。千秋蟄骨養霜雪，一日奮鬣翻雲濤〔八〕。巖煙擊拂殷雷起〔九〕，顛風蹴踏銀山高〔一〇〕。莫嫌勺水懦無力，如捲三江都一吸①〔一一〕。借汝歲寒姿，扶我衰朽質〔一二〕。掃除幻夢不到眼，洗刷埃霾下胸臆〔一三〕。捫霞直與羨門期〔一四〕，一笑桑田海波白〔一五〕。

【校】

① 三：毛本作「西」。

【注】

〔一〕松筅：用松子做成的調茶用具。宋徽宗趙佶《大觀茶論》：「茶筅以勁竹老者爲之，身欲厚重，筅欲疏勁。本欲壯面末必眇。當如劍尖之狀。蓋身厚重，則持之有力，易於運用。筅疏動如劍尖，則出拂而浮沫不生。」希顔：雷淵字希顔。欽叔：李獻能字欽叔。裕之：元好問字裕之。

〔二〕「犧尊」句：《莊子·天地》：「百年之木，破爲犧樽，青黄而文之，其斷在溝中。比犧樽於溝中之斷，則美惡有間矣，其於失性一也。」成玄英疏：「犧，刻作犧牛之形，以爲祭器，名曰犧樽也。間，别。既削刻爲牛，又加青黄文飾，其一斷棄之溝瀆，不被收用。若將此兩斷相比，則美惡有殊，其於失喪木性一也。」句言佳木因有用而刻雕文飾，喪失本性。

〔三〕羈絆：束縛或牽制馬的籠頭。剪剔：修剪毛髮。傷馬性：損害馬的天性，本性。

〔四〕「折松」二句：言此松筅天生如此，不需刻削。戕殘：傷殘。

〔五〕「初緣」二句：言初因松枝形似筅而折之，原想用以調茶，聊勝於無，不料它的功效比專門製作的竹筅還略勝一籌。

〔六〕斤斧：斧頭。句言松筅天然成形，未經刻削。

〔七〕活火：煎茶用的有焰的火，烈火。唐趙璘《因話録·商上》：「茶須緩火炙，活火煎。活火謂炭火之焰者也。」宋陸游《夏初湖村雜題》其三：「寒泉自换菖蒲水，活火閑煎橄欖茶。」

〔八〕「千秋」二句：言用松筅攪動烹茶之鍋時的情形。蟄：動物冬眠，潛伏期間不食不動。《易·繫辭下》：「龍蛇之蟄，以存身也。」虞翻注：「蟄，潛藏也。」奮鬣：豎起頸毛。

〔九〕殷雷：轟鳴的雷聲。形容煮茶時的聲音。

〔一〇〕蹴踏：踩；踏。指用筅調茶。銀山：煮茶時的白色浮沫。

〔一一〕「莫嫌」二句：言勺飲所烹之茶，量雖不多，但它盡收水中精華。《禮記・中庸》：「今夫水，一勺之多；及其不測，黿鼉蛟龍魚鱉生焉，貨財殖焉。」捲：包括全部，盡其所有。三江：古代各地衆多水道的總稱。《書・禹貢》：「三江既入，震澤底定。」

〔一二〕「借汝」二句：本《論語・子罕》：「歲寒，然後知松柏之後凋也。」指松筅。

〔一三〕埃霾：猶陰霾。塵世間的鬱悶不快。

〔一四〕羨門：古仙人，名子高。《史記・秦始皇本紀》：「始皇至碣石，使燕人盧生求羨門、高誓。」《集解》：「羨門，古仙人。」

〔一五〕桑田海波：喻世事的巨大變遷。典出晉葛洪《神仙傳・麻姑》：「麻姑自説云：『接侍以來，已見東海三爲桑田。向到蓬萊，水淺於往者，會時略半也。豈將復還爲陵陸乎？』」

竹癭冠爲李道人賦〔一〕

東方有物字豐隆〔二〕，以鳴爲職驅群聾〔三〕。萬頭濈濈囚凍窟〔四〕，欲出不出愁天公。迴寒作暖出一噫〔五〕，黑帝不敢藏昆蟲〔六〕。所以獨爲六子長①〔七〕，揮斥元氣周神功〔八〕。車轟鼓震頃萬里，六甲雲風隨喚起〔九〕。四陰用事合收聲〔一〇〕，猶奮狂陽鳴不已〔一一〕。號令非時遭物玩〔一二〕，草木不凋花再蕾。惱得司秋訴帝閽〔一三〕，漏泄機緘法當死〔一四〕。天公大怪下桎梏〔一五〕，推落車中墮巖谷。非程非馬亦非人〔一六〕，化作蒼筤一枝竹〔一七〕。勁氣剛風難遽銷〔一八〕，夜聞風雨猶蕭蕭〔一九〕。聳身直上三千尺，天公又怪干雲霄〔二〇〕。鬼壓神縛不聽出〔二一〕，只見白雲鎖三日〔二二〕。雲散惟餘青屈盤〔二三〕，頤隱於臍變仙質〔二四〕。道人真是萬物盜，斫取爲冠就天巧〔二五〕。秋霜爭敢上頭顱，常與春風同醉倒。此冠固奇惜未大，有冠獨在方之外〔二六〕。日月爲藤織四時〔二七〕，煙霞爲樺綿千載〔二八〕。天潢絶漢梁虛碧〔二九〕，北斗旋衡簪沆瀣〔三〇〕。不隨脂粉侶狻猊〔三一〕，不逐風霜陪獬豸〔三二〕。一任旋乾復轉坤，頭上峨峨終古在〔三三〕。欲作檀那施此冠〔三四〕，不識先生若爲戴〔三五〕。

【校】

① 子：李本、毛本作「字」。

【注】

〔一〕李道人：名若愚，號愛詩。山西汾州（今山西省汾陽市）人。本爲儒生，後皈依道家。金末不堪兵亂，歸隱嵩山，詩畫自娱。與麻九疇交遊。《中州集》所收麻九疇詩中，寫給李道人的有三首。除這首詠竹癭冠詩外，另二首爲題畫詩，《李道人嵩陽歸隱圖》、《李道人家山圖》。雷淵、元好問等亦有贈詩。

〔二〕豐隆：古代神話中的雷神。後多用作雷的代稱。《淮南子·天文訓》：「季春三月，豐隆乃出，以將其雨。」高誘注：「豐隆，雷也。」

〔三〕驅群聾：宋釋寶曇《上葉丞相》：「閉户不見雷充充，願公一震驚群聾。」句謂豐隆爲雷神，其職責是以轟鳴震醒蟄伏冬眠的動物。

〔四〕萬頭：指冬眠的動物。濈濈：聚集貌。《詩·小雅·無羊》：「爾羊來思，其角濈濈。」毛傳：「聚其角而息，濈濈然。」此處指群龍聚集在一起。

〔五〕噫：呼氣，吐氣。《莊子·齊物論》：「夫大塊噫氣，其名爲風。」成玄英疏：「大塊之中，噫而出氣，仍名此氣而爲風也。」陳鼓應今注：「噫氣，吐氣出聲。」此處指豐隆吐氣出聲，春風起，春雷響。蘇軾《次韻秦太虚見戲耳聾》：「人將蟻動作牛鬬，我覺風雷真一噫。」

〔六〕黑帝：五天帝之一。古指北方之神。主司冬。《史記·天官書》：「黑帝行德，天關爲之動。」昆蟲：蟲類的總稱。此指蟄伏過冬的蟲類被春雷驚起，開始活動。二句言雷聲震動，萬物復蘇，司冬之神再不敢施展淫威，使昆蟲躲藏。

〔七〕六子長：《漢書·郊祀志下》：「《易》有八卦，乾坤六子。」顔師古注：「乾爲父，坤爲母，震爲長男，巽爲長女，坎爲中男，離爲中女，艮爲少男，兑爲少女。」《易·震》：「《象》曰：洊雷，震。」故稱雷爲「六子長」。

〔八〕「揮斥」句：謂豐隆縱放自然之氣，成就了神靈的功力。揮斥：奔放；縱放。《莊子·田子方》：「夫至人者，上闚青天，下潛黃泉，揮斥八極，神氣不變。」郭象注：「揮斥，猶放縱也。」元氣：泛指宇宙自然之氣。《楚辭·王逸〈守志〉》：「食元氣兮長存。」原注：「元氣，天氣。」周：完成，成就。宋彭乘《續墨客揮犀·史稱諸葛亮用度外人》：「能用度外人，然後能周大事也。」神功：神靈的功力。

〔九〕六甲：道教神名，供天帝驅使的陽神。《宋史·律曆志四》：「六甲，天之使，行風雹，筴鬼神。」

〔一〇〕四陰：四時中冬季極寒閉藏，主氣爲陰，故曰「四陰用事」。收聲：銷聲。《禮記·月令》：「（仲秋之月）是月也，日夜分，雷始收聲。」

〔一一〕「猶奮」句：謂雷在秋冬季節張揚陽氣，震鳴不已。鳴不已：指雷聲不斷。

〔一二〕號令：發布的號召或命令。《禮記·月令》：「（季秋之月）是月也，申嚴號令。」非時：不是時候。不在正常、適當或規定的時間内。物玩：指植物不依時凋謝。

〔一三〕司秋：司秋之神。帝閽：古人想像中掌管天門的人。《楚辭·離騷》：「吾令帝閽開關兮，倚閶闔而望予。」王逸注：「帝，謂天帝也；閽，主門者。」

〔一四〕機緘：《莊子·天運》：「天其運乎？地其處乎？日月其爭於所乎？孰主張是？孰維綱是？孰居無事推而行是？意者其有機緘而不得已邪？」成玄英疏：「機，關也；緘，閉也……謂有主司關閉，事不得已。」

〔一五〕怪：責怪。桎梏：古代刑具。戴在手上的爲梏，戴在脚上的爲桎。類似于近世的手銬脚鐐。句謂天公責令懲罰生事的豐隆。

〔一六〕「非程」句：《莊子・至樂》：「久竹生青寧。青寧生程，程生馬，馬生人。」殷敬順釋文：「《尸子》云：程，中國謂之豹，越人謂之貘。」宋沈括《夢溪筆談・辯證一》：「《莊子》云『程生馬。』……余至延州，人至今謂虎豹爲『程』，蓋言『蟲』也。」程：特指虎豹。

〔一七〕蒼筤：青色。多指竹。《易・説卦》：「爲蒼筤竹。」孔穎達疏：「竹初生之時，色蒼筤，取其春生之美也。」

〔一八〕遽：短時間裏。銷：消除，消散。

〔一九〕蕭蕭：象聲詞。常用指風雨聲、草木摇落聲、樂器聲。此指竹子在風雨中發出不平之氣。

〔二〇〕干：冲犯。雲霄：天際，高空。

〔二一〕聽：聽憑，任憑。出：此處指竹子直沖天空，高聳入雲。

〔二二〕鎖：封鎖。

〔二三〕屈盤：曲屈盤繞。

〔二四〕頤隱於臍：兩腮低到肚臍以下，狀畸人支離疏的怪異外貌。語自《莊子・人間世》：「支離疏者，頤隱於齊，肩高於頂。」仙質：仙人的形貌氣質。

〔二五〕天巧：天然成形，不需人工製作。

〔二六〕方之外：方外，世外。指仙境或僧道的生活環境。

〔二七〕四時：四季。《易·恒》：「四時變化而能久成。」《禮記·孔子閒居》：「天有四時，春秋冬夏。」

〔二八〕樺：落葉喬木或灌木，有紅樺、白樺、亮光樺多種。其皮輕虛軟柔，可製頭巾之類。唐寒山《詩》之二〇五：「樺巾木屐沿流步，布裘藜杖繞山迴。」綿：延續；連續。《穀梁傳·成公十四年》：「長轂五百乘，緜地千里。」范寧注：「緜猶彌漫。」《文選·張衡·思玄賦》：「潛服膺以永靖兮，緜日月而不衰。」舊注：「緜，連也。」

〔二九〕天潢：亦稱「天横」。屬畢宿，共五星，即御夫座。漢：天河；銀河。梁：指冠上横脊。封建時代區分官階的冠飾。《後漢書·輿服志下》：「公侯三梁，中二千石以下至博士兩梁，自博士以下至小史私學弟子皆一梁。」虛碧：清澈碧藍的天空。

〔三〇〕北斗：指北斗星。旋衡：指北斗七星中的第二星和第五星。《晉書·天文志上》：「魁第一星曰天樞，二曰琁，三曰璣，四曰權，五曰玉衡，六曰開陽，七曰摇光。」旋，通琁。沆瀣：夜間的水氣，露水。二句言仙人冠以天潢爲冠之梁，以北斗爲冠之簪。

〔三一〕狻猊：兽名。獅子。《爾雅·釋獸》：「狻麑如虦貓，食虎豹。」郭璞注：「即師子也，出西域。」按句中脂粉語，此指閨房中的獅型香爐。

〔三二〕獬豸：傳説中的異獸。一角，能辨曲直，見人相鬭，則以角觸邪惡無理者。此指古代御史等執法官戴的獬豸冠。《後漢書·輿服志下》：「法冠，一曰柱後。高五寸，以纚爲展筩，鐵柱卷，執法者服之，侍御史、廷尉正監平也。或謂之獬豸冠。獬豸，神羊，能别曲直，楚王嘗獲之，故以爲冠。」

〔三三〕峨峨：高貌。《文選·楚辭·招魂》：「增冰峨峨，飛雪千里些。」吕向注：「峨峨，高貌。」

〔三四〕檀那：梵語音譯。施主。

〔三五〕若爲：怎樣，如何。

彈琴懷山中人

門前雪垂垂〔一〕，室中理朱絲〔二〕。手按十三徽〔三〕，心飛天一涯。故人渺何許，萬里驚鴻飛〔四〕。試憑朱絲語，一聲聲亦悲。一彈雪欲落，再彈雪正作。只在此山中，故人今憂樂。我欲彈文王，岐山雲渺茫〔五〕。我欲鼓曾子，無田可耘耔〔六〕。道遠望不及，千山復萬水。思君復思君，正恐須鬢皤〔七〕。后夔若不來，奈此宫商何〔八〕。春風早晚起，百鳥喧庭柯〔九〕。時攜一尊酒，爲君奏雲和〔一〇〕。

【注】

〔一〕垂垂：下落貌。

〔二〕朱絲：即朱絃。用熟絲製的琴絃。後借指琴瑟。

〔三〕十三徽：指七絃琴琴面上的十三個指示音節的標識。《文選·嵇康·琴賦》：「絃以園客之絲，徽以鍾山之玉。」李周翰注：「取此絲爲絃，以玉爲徽。」宋朱熹《雜著·琴律説》：「蓋琴之有徽，所以分五聲之位，而配以當位之律，以待抑按而取聲。而其布徽之法，則當隨其聲數之多少，律管之長短，而三分損益，上下相生以定其位。」

〔四〕鴻飛：語本漢揚雄《法言·問明》：「治則見，亂則隱。鴻飛冥冥，弋人何慕焉？」比喻隱者遠走高飛，全身避害。

〔五〕「我欲彈」二句：暗用周文王渭水訪姜尚典故，有期待當政者禮賢下士而希望渺茫意。岐山：在今陜西省岐山縣境。上古稱「岐」。地處八百里秦川西部，今屬陜西寶雞市所轄。周文化的發祥地。《書·禹貢》：「導岍及岐，至于荆山。」孔傳：「三山皆在雍州。」《詩·大雅·緜》：「率西水滸，至于岐下。」《文選·張衡·西京賦》：「岐、梁、汧、雍。」薛綜注引《説文》：「岐山在長安西美陽縣界，山有兩岐，因以名焉。」

〔六〕「我欲鼓」二句：《莊子·讓王》：「曾子居衛，緼袍無表，顔色腫噲，手足胼胝。三日不舉火，十年不製衣，正冠而纓絶，捉衿而肘見，納屨而踵决。曳縱而歌《商頌》，聲滿天地，若出金石。天子不得臣，諸侯不得友。故養志者忘形，養形者忘利，致道者忘心矣。」二句謂自己欲像曾參那樣安貧樂道，但無田可種，無糧可食，這是性命攸關的大問題。

〔七〕皤：形容白色。

〔八〕「后夔」二句：暗用伯牙知音典。意謂友人不再，無人識琴曲意。后夔：人名。相傳爲舜時掌樂之官。《文選·張衡·東京賦》：「伯夷起而相儀，后夔坐而爲工。」薛綜注：「后夔，舜臣，掌樂之官。」宫商：五音中的宫音與商音。泛指音樂、樂曲。

〔九〕庭柯：庭園中的樹木。用晉陶潛《停雲》「翩翩飛鳥，息我庭柯」意。

〔一〇〕雲和：絃樂器的統稱。《文選·張協·七命》：「吹孤竹，拊雲和。」李周翰注：「雲和，瑟也。」

夏日

亭柯碧合龍蛇影〔一〕，睡起轆轤鳴曉井〔二〕。一簾曉雨捲不晴，槐花滿地黄金冷。屈指西風又到門，相思團扇欲生塵〔三〕。何時萬户垂楊裏〔四〕，高揖金鞭逢故人〔五〕。

【注】

〔一〕龍蛇：喻彎曲的樹幹。唐李商隱《武侯廟古柏》：「蜀相階前柏，龍蛇捧閟宫。」劉學鍇等集解：「段文昌《古柏文》：武侯祠前，柏壽千齡，盤根擁門，勢如龍形。」

〔二〕轆轤：井上汲水裝置。

〔三〕「屈指」二句：漢班婕妤《怨歌行》：「裁爲合歡扇，團團似月明。出入君懷袖，動摇微風發。常恐秋節至，涼飆奪炎熱。棄捐篋笥中，恩情中道絶。」屈指：彎着指頭計數，比喻時間短。句謂夏去秋來，團扇將久被閒置。

〔四〕萬户垂楊：李白《相逢行》：「萬户垂楊裏，君家阿那邊。」

〔五〕高揖：雙手抱拳高舉過頭作揖。古代作爲辭别時的禮節。後亦指辭謝告退。故人：舊交，老朋友。

牛歎

誰憐宿料一生無〔一〕，身後仍遭金十奴〔二〕。帷蓋卻教蒙狗馬〔三〕，不知何事負農夫〔四〕。

【注】

〔一〕宿料：隔夜的草料。

〔二〕金十奴：唐韓愈《下邳侯革華傳》中的虚擬人物，精於加工牛皮。「太原人金十奴與新鄭人斛斯生相逢，薦華於五木大夫，是後稍稍得成其名。」句謂牛死後牛皮被剥離、切割事。

〔三〕「帷蓋」句：語出《禮記·檀弓下》：「敝帷不棄，爲埋馬也；敝蓋不棄，爲埋狗也。」句言牛享受不到馬狗的待遇。

〔四〕負：違背，背棄。

清明

村村榆火碧煙新〔一〕，拜掃歸來第四辰〔二〕。城裏看家多白髮，遊春總是少年人。

【注】

〔一〕榆火：古時鑽木取火，春鑽榆柳，夏鑽棗杏，秋鑽柞楢，冬鑽檀槐。《周禮·夏官·司爟》「四時變國火」漢鄭玄注：「鄭司農説以鄹子曰：『春取榆柳之火。』」唐《輦下歲時紀》：「清明日取榆柳之火以賜近臣。」唐戴叔倫《清明日》：「曉廚新變火，輕柳暗飛霜。」此句所言即是這種取火習俗。

〔二〕拜掃：在墓前祭奠，掃墓。清明節有踏青、掃墓的習俗。唐薛逢《君不見》：「清明縱便天使來，一把紙錢風樹杪。」第四辰：第四個時辰。即卯時，指早上五點至七點。

暮春山家 二首

山煙向晚白濛濛〔一〕，人過梨花樹底風。一犬不鳴村徑黑，野燈孤起遠林中。

【注】

〔一〕向晚：天色將晚，傍晚。

又

語闌壯氣欲消磨〔一〕，奈此青燈永夜何〔二〕。壁上取琴彈一曲，不知天外落銀河。

【注】

〔一〕闌：將盡。消磨：消耗；磨滅。宋劉子翬《出郊》：「平生豪横氣，未老半消磨。」

〔二〕永夜：長夜。

手植檜印章〔一〕

梁折山摧入小成〔二〕，日華留得寸暉明〔三〕。不盈一握空蟲篆〔四〕，未喪斯文粗姓名〔五〕。草木西周朝有暮〔六〕，圖書東觀死猶生〔七〕。二千年後司封紐〔八〕，未信裁時出此情。

【注】

〔一〕手植檜：曲阜孔廟檜樹，爲孔子手植，曾「三枯三榮」。宋孔傳《東家雜記·手植檜》：「先聖手植檜三株：兩株雙立御贊殿前，各高六丈餘，圍一丈四尺；其一在杏壇之東南，高五丈餘，圍一丈三尺。晉永嘉三年枯死，至隋義寧元年復生。唐乾封二年又枯，至本朝康定年一枝復生。」金貞祐二年毀於兵火，樹枯而又發新枝。取火餘檜木刻像事，金孔元措有《手植檜刻聖像記》：「貞祐甲戌春正月，兵火及曲阜，焚我祖廟，延及三檜。聿收灰燼之餘，攜至闕下，分遺妻弟省知除開封李世能，乃命工刻爲先聖容暨從祀賢像，召元措瞻仰。」元楊奂《東遊記》記麻九疇題詩事：「手植檜三，而兩株在贊殿之前，一株在壇之南，焚檝無復孑遺。好事者或爲聖像，或爲簪笏，而香氣特異。趙太學秉文、麻徵君九疇有頌有詩，世多傳誦之。」

〔二〕梁折山摧：指孔子去逝。《禮記·檀弓下》：「孔子蚤作，負手曳杖，逍遥於門，歌曰：『泰山其頽乎，梁木其壞乎，哲人其萎乎。』後七日而卒。」入小成：《莊子·齊物論》：「道隱于小成，言隱于榮華。」言道之不明，言之不行，以小成榮華者隱之。句言孔子逝後英靈之氣進入檜樹，枝葉繁茂。

〔三〕「日華」句：用唐孟郊《遊子吟》：「誰言寸草心，報得三春暉。」言孔子逝後其手植檜繁盛，有寸草春暉之報應之意。

〔四〕不盈一握：不足一把。蟲篆：蟲書。秦八體書之一。王莽變八體爲六體。又名鳥蟲書。《漢書·藝文志》：「六體者：古文、奇字、篆書、隸書、繆篆、蟲書。」顔師古注：「蟲書，謂爲蟲鳥之形，所以書幡信也。」句謂將手植檜鏤刻成篆字印章。

〔五〕未喪斯文：語本《論語·子罕》：「子畏于匡，曰：『文王既没，文不在兹乎？天之將喪斯文也，後死者不得與於斯文也；天之未喪斯文也，匡人其如予何？』」句指貞祐二年兵火及三檜，用其餘枝粗略雕刻印章，勾勒姓名事。斯文：指儒家文化。

〔六〕「草木」句：言周文王、武王、周公以來的傳統，如草木之枯而復生，它遲早總會到來。

〔七〕東觀：東漢宫廷中貯藏檔案、典籍和從事校書、著述的處所。死猶生：指儒家經典經秦火後死而復生。《漢書·藝文志》：「武帝末，魯共王壞孔子宅，欲以廣其宫，而得古文《尚書》及《禮記》、《論語》、《孝經》凡數十篇，皆古字也。」這些古文經被獻給朝廷，藏于秘府。

〔八〕司封紐：掌管封印取信之職，指檜樹被刻爲印章。紐，器物上用以提攜懸繫的鼻紐。

贈裕之〔一〕

向來三度見君詩〔二〕，常望西山有所思〔三〕。誰料并州天絶處〔四〕，相逢梁苑雪消時〔五〕。賢人樂古聲猶在〔六〕，聱叟文高世豈知〔七〕。只恐神嵩不留客〔八〕，秦川如畫渭如絲〔九〕。

【注】

〔一〕裕之：元好問，字裕之。

〔二〕三度：指三次，有時亦指多次。

〔三〕西山：指太行山之西元好問的家鄉。

〔四〕并州：古州名。其地約當今河北保定和山西太原、大同一帶地區。《周禮·夏官·職方氏》：「乃辨九州之國……正北曰并州，其山鎮曰恒山。」三國以後則以太原附近地區爲并州。此指元好問的家鄉。句言元好問的家鄉被蒙古侵占。

〔五〕梁苑：西漢梁孝王所建的東苑。故址在今河南省商丘市東南。此指汴京。興定末，麻知幾試汴，二人初識，當在此時。

〔六〕「賢人」句：語本《論語·述而》：「我非生而知之者，好古，敏以求之者也。」樂古即好古，喜愛古代的事物。元好問之兄名好古，字敏之，自己的名字亦出《書·仲虺之誥》：「好問則裕之。」故句以此稱之。

〔七〕聱叟：唐元結之别號。元結自稱浪士，及有官，人呼爲漫郎。後移居武昌樊口，左右皆漁者，少長相戲，又呼爲聱叟。放情山水，以耕釣自娱，悉心著書。此處代元好問。

〔八〕神嵩：嵩山。

〔九〕「秦川」句：用唐韓琮《駱谷晚望》「秦川如畫渭如絲，去國還家一望時」詩句。言元好問不會一直隱居嵩山，勸勉其外出遊歷，增長見識。

秋懷

江山如畫衣冠盡，蒲柳無情宫殿秋。亦用此韻者也。

昨夜新涼御褐裘〔一〕，一番節物弄清愁〔二〕。月懸雙杵若爲夜〔三〕，人在一隅偏覺秋。敗葉只能驚畫扇〔四〕，啼螿終不到朱樓〔五〕。還鄉夢斷寒衾曉，依舊雲山是蔡州〔六〕。

【注】

〔一〕褐裘：粗麻布做的大衣。

〔二〕節物：各個季節的風物景色。晉陸機《擬明月何皎皎》：「踟躕感節物，我行永已久。」清愁：淒涼的愁悶情緒。

〔三〕「月懸」句：本杜甫《夜》：「疏燈自照孤帆宿，新月猶懸雙杵鳴。」清何焯《義門讀書記》：「『雙杵鳴』謂聞砧聲也，非月中搗藥之杵。」元王禎《農書》：「砧杵，搗練具也……蓋古之女子，對立，各執一杵，上下搗練於砧，其丁冬之聲，互相應答。」若爲：怎堪。唐王維《送楊少府貶郴州》：「明到衡山與洞庭，若爲秋月聽猿聲？」句謂月夜聽到擣衣聲，頓起思歸情緒，情何以堪。

〔四〕「敗葉」句：本宋歐陽修《蝶戀花》「一霎秋風驚畫扇」句。《宋書·張敷傳》：「（敷）生而母没……年十許歲，求母遺物，而散施已盡，唯得一畫扇，乃緘録之。每至感思，輒開笥流涕。」句言秋來思鄉念親。

〔五〕啼螿：即寒蟬，蟬的一種，體小墨色，有黄緑色斑點，秋天鳴叫。朱樓：謂富貴人家華美的樓閣。

〔六〕蔡州：金州名，治今河南省汝南縣。麻知幾南渡後久居蔡州。二句言夢歸故鄉，被凍醒後所見到的仍是蔡州景物。

和伯玉食蒿醬韻〔一〕

九尺東方生，不如一侏儒〔二〕。飲啄各有程，厚薄與生俱〔三〕。文蒲及屈芰〔四〕，何乃淡以枯。正如謝三旌，甘心作羊屠〔五〕。伊蒿本薪材，豈足充庖廚〔六〕。薄雪草堂徑，新霜古城隅。河南地差暖，冬有不死蕪〔七〕。青來澗邊筥，緑入几上盂〔八〕。微香能侶菊，小苦賢於茶〔九〕。酷烈變醯醢〔一〇〕，薰醲破脂酥〔一一〕。書生喜倒説，食亦變精粗〔一二〕。借問冰茶者，何如羔酒乎〔一三〕。況爾蓼彼蕭〔一四〕，蓬茆固其徒〔一五〕。偶然躐一等，遽欲忘樵夫〔一六〕。邇來歲頗飢，大半殣在途〔一七〕。攘肉或至犬，首丘不如狐〔一八〕。命賤秪求死，計窮交議逋〔一九〕。尚有紈袴兒，朝夕食於株〔二〇〕。寧知掃野稗〔二一〕，一飽不易圖。遂令人輕生，不畏鑕與鈇〔二二〕。如君有蒿醬，猶是千金軀。

【注】

〔一〕和韻：依照別人詩作的原韻作詩。伯玉：張瑴，字伯玉。蒿：蒿草。《詩·小雅·鹿鳴》：「呦呦鹿鳴，食野之蒿。」朱熹集傳：「蒿，菣也。即青蒿也。」唐韓愈《陪杜侍御遊湘西兩寺獨宿有題》：「澗蔬煮蒿芹，水果剥菱芡。」

〔二〕「九尺」二句：用東方朔憤慨賢愚不分事。《漢書·東方朔傳》：「臣朔生亦言，死亦言。侏儒長三尺餘，奉一囊粟，錢二百四十。臣朔長九尺餘，亦奉一囊粟，錢二百四十。侏儒飽欲死，臣朔飢欲死。」

〔三〕「飲啄」二句：《莊子·養生主》：「澤雉十步一啄，百步一飲，不蘄蓄乎樊中。」本謂鳥類飲食隨心，後也泛指人的飲食之豐瘠，乃由天命。《太平廣記》卷一五八引《玉堂閑語·貧婦》：「諺云：『一飲一啄，系之於分。』」《景德傳燈録·尸利禪師》：「一飲一啄，各自有分，不用疑慮。」唐徐夤《讀史》：「須知飲啄由天命，休問黄河早晚清。」

〔四〕文蒲：似竹的一種多年生水草。屈芰：菱。《國語·楚語上》：「屈以嗜芰。」韋昭注：「芰，菱也。」

〔五〕「正如」二句：用屠羊説謝絶封賞典故。吴國攻打楚國，楚昭王失國，屠羊説走而從昭王。昭王反國，將賞從者，及屠羊説。屠羊説曰：「大王失國，説失屠羊；大王反國，説亦反屠羊。臣之爵禄已復矣，又何賞之有！」昭王以其處卑賤而陳義高，以三旌之位延之。屠羊説曰：「夫三旌之位，吾知其貴于屠羊之肆也；萬鍾之禄，吾知其富於屠羊之利也；然豈可以貪爵禄而使吾君有妄施之名乎！説不敢當，願復反吾屠羊之肆。」遂不受也。事見《莊子·雜篇·讓王》。三旌：三公。羊屠：即屠羊説。楚昭王時市井屠夫。

〔六〕「伊蒿」二句：謂蒿草本是用作柴火的材料，哪里能用來製作美味佳餚。

〔七〕「河南」二句：謂黄河以南的冬天比較暖和，還有野草可以生長。

〔八〕「青來」二句：言至澗水邊采擇青蒿入筐，經烹飪緑色食品展現在桌上的盤中。筥：盛物的圓形竹筐。盂：盛湯漿或飯食的圓口器皿。《漢書·東方朔傳》：「置守宫盂下。」顔師古注：「盂，食器也。若盋而大，今之所謂盋盂也。」

〔九〕荼：古書上説的一種苦菜。二句謂蒿醬有菊花的清香，又有一絲淡淡的苦味，遠比苦味濃重的茶菜好吃。

〔一〇〕酷烈：濃烈。《文選·司馬相如·上林賦》：「芬芳漚鬱，酷烈淑郁。」郭璞注：「香氣盛也。」醯：指醋。因調製肉醬必用鹽醋等作料，故稱。醓醢：指魚肉做成的醬。句謂用蒿做成醬，其濃鬱的香味與醓醢一樣。

〔一一〕薰醲：香味濃厚。脂酥：油脂。

〔一二〕「書生」二句：意謂讀書人喜歡正話反説，顛倒是非，把粗劣的食物也説成是美味珍饈。

〔一三〕羔酒：酒名。元宋伯仁《酒小史》：「汾州乾和酒，山西羊羔酒。」蘇軾《二月三日點燈會客》：「試開雲夢羔兒酒，快瀉錢塘藥玉船。」二句謂涼開水怎能與美酒相比。

〔一四〕蓼：植物名。爲一年生或多年生草本。有水蓼、紅蓼、刺蓼等。味辛，又名辛菜，可作調味用。《詩·周頌·良耜》：「以薅荼蓼。」毛傳：「蓼，水草也。」蕭：蒿類植物的一種。即艾蒿。《詩·王風·采葛》：「彼采蕭兮，一日不見，如三秋兮。」陸璣疏：「今人所謂荻蒿者是也。或云牛尾蒿，似白蒿。白葉，莖粗，科生，多者數十莖。」

〔一五〕蓬茆：蓬草和茅草。徒：同類。

〔一六〕「偶然」二句：言人們偶然把蒿由草變爲菜，就想要忘卻它作爲柴火的身份。躐：即躐升，謂越級升遷。遽：遂，就。

〔一七〕「邇來」二句：謂近來頻發災荒，人多餓死。據《金史》記載，興定初河南連年旱災，朝廷多有祈雨事。元好問《遺山集》卷五《寄趙宜之》：「自我來嵩前，旱乾歲相仍。耕田食不足，又復違親朋。」

〔一八〕「攘肉」二句：言人因缺糧去殺牲，以至看家的狗也被烹食盡淨，欲如狐死首丘而不得。首丘不如狐：狐死首丘。典出《禮記·檀弓上》：「古之人有言曰：『狐死正丘首。』」孔穎達疏：「所以正首而向丘者，丘是狐窟穴根本之處，雖狼狽而死，意猶向此丘。」

〔一九〕計窮：再無辦法可想。逋：逃亡。句謂百姓没有辦法，只好互相商議，結夥離家逃荒。

〔二〇〕株：泛指草木。

〔二一〕野稗：一年生草本植物，長在稻田裏或低濕的地方，形狀像稻，是稻田的害草。果實可釀酒、做飼料。

〔二二〕鑕與鈇：古代斬人的刑具。鑕爲砧板，鈇即斧。句謂飢餓者欲鋌而走險，不惜以身試法。

復次韻 二首〔一〕

五臟太多可〔二〕，張頤託臞儒〔三〕。自非何曾家，安得海陸俱〔四〕。莊周幸有粟，不至魚肆枯〔五〕。何勞夷門市，下車朱亥屠〔六〕。春韭與秋菘〔七〕，歲晚不供廚。蒿腹不蒿目〔八〕，大方果無隅〔九〕。爲醬非負口〔一〇〕，猶勝范萊蕪〔一一〕。豈無青精飯〔一二〕，駐顔炊一盂〔一三〕。豈無菖蒲歜〔一四〕，辟邪如神荼〔一五〕。又豈無椒花〔一六〕，除瘟等醍酥〔一七〕。蒿於數品中，頗同武官粗。數品雖異饌，置之醬可乎。猶材各有施，豈必皆吾徒。公綽優爲老，劣於滕大夫〔一八〕。大抵食如土，取之非一塗〔一九〕。君詩誌其味，食經有董狐〔二〇〕。彼哉黿羹指〔二一〕，斵棺終莫逋〔二二〕。彼哉萍虀手，竟死珊瑚株〔二三〕。寧如醬以蒿，不出本草圖〔二四〕。蓋後人好奇，一洗腥砧鈇〔二五〕。爲謝饞祟鬼〔二六〕，渠今離我軀〔二七〕。

【注】

〔一〕次韻：也稱步韻，和詩的一種。即按照原詩的韻脚及用韻次序來和詩。此詩即次上詩韻。

〔二〕多可：指吃什麼都行，不挑揀。

〔三〕頤：口腔下部。臞儒：清瘦的儒者。語本《漢書・司馬相如傳》：「相如以爲列仙之儒居山澤間，形容甚臞。」二句謂貧窮的儒者口不擇食，只願填飽肚子存活。

〔四〕「自非」二句：用何曾「日食萬錢」典故。何曾（一九九——二七八）字穎考，西晉初官太尉。「性奢豪，務在華侈。帷帳車服，窮極綺麗；廚膳滋味，過於王者。每燕見，不食太官所設，帝輒命取其食。蒸餅上不拆作十字不食。食日萬錢，猶曰無下箸處。」見《晉書・何曾傳》。海陸：指山珍海味。

〔五〕「莊周」二句：用莊子「涸轍之鮒」故事。《莊子・外物》：莊周家貧，故往貸粟於監河侯。監河侯曰：「諾。我將得邑金，將貸子三百金，可乎？」莊周忿然作色曰：「周昨來，有中道而呼者。周顧視車轍中，有鮒魚焉。周問之曰：『鮒魚來！子何爲者邪？』對曰：『我，東海之波臣也。君豈有斗升之水而活我哉？」周曰：『諾。我且南游吳越之王，激西江之水而迎子，可乎？』鮒魚忿然作色曰：『吾失我常與，我無所處。吾得斗升之水然活耳，君乃言此，曾不如早索我於枯魚之肆！』」

〔六〕「何勞」二句：用戰國魏信陵君禮賢下士典。《史記・魏公子列傳》載，夷門監者侯嬴老而賢明，信陵君置酒大會賓客，自迎侯生。侯生又謂公子曰：「臣有客在市屠中，願枉車騎過之。」公子引車入市。侯生下見其客朱亥，俾倪，故久立與其客語。以試探公子誠意。夷門：戰國魏都城大梁的東門。朱亥：侯生友人，世之豪傑，因莫能知，故隱屠間。

〔七〕韭：韭菜。《詩・豳風・七月》：「獻羔祭韭。」菘：蔬菜名。通常稱白菜。《南史・周顒傳》：「文惠太子問顒菜食何味最勝，顒曰：『春初早韭，秋末晚菘。』」

〔八〕「蒿腹」句：承上詩「蒿醬」，言雖以粗劣之食填腹，但人的眼界不因食蒿而低下。蒿目：語本《莊子・駢拇》：「今世之仁人，蒿目而憂世之患。」俞樾《諸子評議・莊子二》：「蒿乃睢之叚字。《玉篇・目部》：『睢，庚鞠切，目明，又望也。』」

〔九〕「大方」句：用老子《道德經》語：「大方無隅，大器晚成。」大方：方正之極；無隅：無邊。句言食蒿能明目，以致高遠的眼界無邊無際。

〔一〇〕負口：謂飲食差，有負於口。宋王令《送窮文》：「負口苦身，中藏外貧，磨針續髮，補故代新，此名曰吝。」

〔一一〕范萊蕪：范丹，字史雲，漢桓帝時任爲萊蕪長。遭黨人禁錮，顛沛流離，所止單陋，有時絶粒，窮居自若，言貌無改。閭里歌之曰：「甑中生塵范史雲，釜中生魚范萊蕪。」事見《後漢書·獨行列傳》。二句謂有蒿醬還算不錯，總比范丹的甑生塵、釜生魚要好得多。

〔一二〕青精飯：宋陸游《晨坐道室有感》：「一鉢青精便有餘，世間萬事總成疏。」錢仲聯注：「青精，青精飯，道家所食。」清厲荃《事物異名録·南燭草》：「青精……又曰墨飯草，以其可以染黑飯也。故黑飯亦名青精。」

〔一三〕駐顔：使容顔不衰老。

〔一四〕菖蒲：多年生水生草本植物。葉狹長，似劍形。可入藥。辛温芳香，祛痰化濕而開竅。民間在端午節常用來和艾葉紮束，掛在門前避邪。歡：氣盛，氣味沖。

〔一五〕神荼：門神。漢王充《論衡·訂鬼》引《山海經》：「滄海之中，有度朔之山，上有大桃木……其枝間東北曰鬼門，萬鬼所出入也。上有二神人，一曰神荼，一曰鬱壘，主閲領萬鬼……門户畫神荼、鬱壘與虎，懸葦索以禦凶魅。」句言菖蒲掛門的辟邪功能如神荼一樣。

〔一六〕椒花：椒花酒。用椒花浸泡製成的酒，元旦飲用，辟疫癘不正之氣。南朝梁宗懔《荆楚歲時記》：「俗有歲首用椒酒。椒花芬香，故采花以貢樽。正月飲酒，先小者，以小者得歲，先酒賀之。老者失歲，故後與酒。」《四民月令》：「過臘一日謂之小歲，拜賀君親，進椒酒從小起。椒是玉衡星精，服之令人身輕能老。」北周庾信《正旦蒙賚酒》：「正朝辟惡酒，新年長命杯。柏葉隨銘至，椒花逐頌來。」

〔一七〕酴酥：酒名，亦作「屠蘇」。古代風俗，正月初一全家喝屠蘇酒，可除百病，兼驅邪和躲避瘟疫。唐韓鄂《歲華紀麗》：「屠蘇酒起於晉。昔人有居草庵，每歲除夕，遺閭里藥一帖，令囊浸井中。至元日，取水置酒尊，闔家飲之，不病瘟疫，謂曰『屠蘇酒』。」二句謂椒花酒和屠蘇酒一樣，都有除邪避瘟之功用。

〔一八〕「公綽」二句：《論語·憲問》句：「孟公綽爲趙魏老則優，不可以爲滕薛大夫。」《論語集解》孔曰：「公綽，魯大夫。趙、魏，皆晉卿。家臣稱老。公綽性寡欲，趙、魏貪賢，家老無職，故優。滕、薛小國，大夫職煩，故不可爲。」《朱子集注》：「大家勢重，而無諸侯之事；家老望尊，而無官守之責。優，有餘也。滕薛，二國名。大夫，任國政者。滕薛國小政繁，大夫位高責重。然則公綽蓋廉靜寡欲而短於才者也。楊氏曰：知之弗豫，枉其才而用之，則爲棄人矣。此君子所以患不知人也。言此，則孔子之用人可知矣。」

〔一九〕一塗：一種途徑，一條渠道。二句謂取食材與選拔人才一樣，有多種目的途徑。

〔二〇〕董狐：春秋晉國太史，亦稱史狐。《左傳·宣公二年》：「趙穿攻靈公於桃園。宣子（趙盾）未出山而復。太史書曰：『趙盾弑其君。』以示於朝。宣子曰：『不然。』對曰：『子爲正卿，亡不越竟（境），反不討賊，非子而誰？』……孔子曰：『董狐，古之良史也，書法不隱。』」二句謂張伯玉的蒿醬詩記述其味，直書不隱，放在叙述食物一類的書中有秉筆直言的良史精神。

〔二一〕「彼哉黿」句：用鄭國公子宋「染指蘸鼎」弑君典故。《左傳·宣公四年》載：鄭靈公請大臣們吃甲魚，故意不給子公（公子宋）吃。「子公怒，染指於鼎，嘗之而出。公怒，欲殺子公。子公與子家謀先。……夏，弑靈公。」

〔二二〕斲棺：劈開棺材。古人生前犯大罪，死後還會遭斲棺戮尸之罰。《三國志·魏志·王凌傳》：「齊崔杼、鄭歸生（子家）皆加追戮，陳尸斲棺。」逋：逃罪。二句言公子宋因非分嘗黿羹導致弑君，終獲劈棺戮尸之罪。

〔二三〕「彼哉」二句：用王愷、石崇典故。石崇與王愷爭豪，曾用鐵如意擊碎武帝賜給王愷的高二尺許的珊瑚樹，而出以高三四尺者六七株，條幹絶俗，光彩耀日，令愷怳然自失。王愷每以三事不及石崇爲恨：崇爲客作豆粥，咄嗟便辦；每冬得韭蓱虀；嘗與愷出遊，爭入洛城，崇牛迅若飛禽，愷絶不能及。事見《晉書·石崇傳》。蓱虀：韮蓱虀。二句言石崇因豪奢鬭氣而被殺。史載中書令孫秀因求索石崇愛妓緑珠不果，遂勸趙王倫誅之。

〔二四〕本草：《神農本草經》的省稱，古代著名藥書。因所記各藥以草類爲多，故稱《本草》。句謂以蒿做醬，《本草》中没有收録。

〔二五〕砧鈇：砧斧。二句謂後世之人奇思妙想，以蒿爲醬，以致砧板和菜刀也不再沾染肉類葷腥。

〔二六〕饞祟鬼：饞鬼。

〔二七〕渠：他，它。此處指饞祟鬼。二句言饞肉的欲望如今已蕩然無存，對它的消失深表感謝。

又

翌日，又爲履道所戲。其意似欲窮吾技，再和前章，書呈伯玉〔一〕。

菣可爲炙啖，博哉釋草儒〔二〕。奈何騷人詠，不與蘭茝俱〔三〕。青青發陳荄，嫩勝稊生枯〔四〕。面柔似張禹〔五〕，氣冽如申屠〔六〕。忽逢易牙口〔七〕，一日登君廚〔八〕。君兄昔在日〔九〕，作事太廉隅〔一〇〕。遊宦三十年①，不治一室蕪〔一一〕。嘗載米之郡，政如置水盂〔一二〕。不義獲八珍〔一三〕，棄之猶堇荼〔一四〕。相對話終日，茗椀無鹽酥〔一五〕。見客惟恐遲，遇飯不擇粗。無食但有名，窮不亦宜乎。我本寒素士〔一六〕，卧雪袁司徒〔一七〕。臭味偶相似，豈是敦薄夫〔一八〕。見君食蒿醬，取嘲於仕途。和君蒿醬詩，緼袍隨衣狐〔一九〕。詩醬兩情苦，此債無由逋〔二〇〕。蒿荻無棄材，奈此蒼松株〔二一〕。何當列鉶甕〔二二〕，一依饗禮圖〔二三〕。唯聞廣廷樂〔二四〕，不見轅門鈇〔二五〕。此日雖無醬，猶堪養羸軀。

【校】

① 遊宦：毛本作「宦遊」。

【注】

〔一〕翌日：第二天。履道：其人不詳。窮：用盡、用完。伯玉：張瑴，字伯玉。

〔二〕菣：青蒿。《詩·小雅·鹿鳴》：「呦呦鹿鳴，食野之蒿。」朱熹集傳：「蒿，菣也。即青蒿也。」亦稱

「香蒿」。《爾雅·釋草》「蒿菣」郭璞注：「今人呼青蒿香中炙啖者爲菣。」炙啖：用火燒烤吃。此指用火煮食。唐韓愈《陪杜侍御遊湘西寺獨宿有題獻楊常侍》：「澗蔬煮蒿芹，水果剥菱芡。」博：指知識淵博、廣博。釋草儒：指《爾雅》的作者。

〔三〕「奈何」二句：謂在屈原的作品中，未將蒿與蘭茝等香草并列。騷人：屈原。楚辭中多香草名。蘭茝：木蘭與蕙茝，香草名。

〔四〕「青青」二句：描寫春天蒿草剛萌發出來的嫩芽。陳荄：宿草之根；多年生草之根。《文選·潘岳·懷舊賦》：「陳荄被於堂除，舊圃化而爲薪。」李善注：「鄭玄《禮記》注曰：宿草，陳根也。」稊：草名。形似稗，結實如小米。

〔五〕「面柔」句：謂蒿的莖葉柔順媚嫵似西漢的張禹。《漢書·張禹傳》後贊言張禹等以儒宗居宰相位，「服儒衣冠，傳先王語，其醖藉可也。然皆持禄保位，被阿諛之譏。」朱雲目之爲「佞臣」。

〔六〕申屠：申屠剛，字巨卿，東漢扶風茂陵人。剛質性方直，常慕史鰌、汲黯之爲人。拜侍御史，遷尚書令。光武嘗欲出遊，剛以隴蜀未平，不宜宴安逸豫。諫不見聽，遂以頭軔乘輿輪，帝遂爲止。事見《後漢書》本傳。句謂蒿的氣味濃烈。

〔七〕易牙：人名。又稱狄牙、雍巫。春秋時齊桓公寵臣，長於調味，善逢迎。後多以指善烹調者。

〔八〕君廚：指張伯玉的廚房。

〔九〕君兄：指張轂兄張轂，字伯英。大定二十八年進士。同知河南府，遷河東南路轉運使。性友愛，以謹願、純厚著稱。《金史》卷一二八有傳。《中州集》卷八、《歸潛志》卷四有小傳。昔在日：以前活着的時候。張瑴卒于興定元年。

〔一〇〕廉隅：比喻廉潔正直的行爲、品性。《漢書·揚雄傳上》：「不汲汲於富貴，不戚戚於貧賤，不修廉隅以徼名當世。」劉祁《歸潛志》卷四載：「公（張瑴）涖官以廉，俸禄未嘗妄糜，布衣蔬食，泊如也。」

〔一一〕「遊宦」二句：張瑴大定二十八年進士及第，釋褐寧陵縣主簿，至興定元年遷河東南路轉運使，以病卒。爲官三十多年。《金史》本傳：「瑴天性孝友，任子悉先諸弟，俸入所得亦委其弟掌之，未嘗問有無云。」二句言張瑴爲官多年，没有改善居住環境，居所仍一片荒蕪。

〔一二〕水盂：盛水的器皿。宋董嗣杲《讀舊書有感》：「饑食托飯鉢，渴飲藉水盂。」二句言張瑴曾運米糧之州郡，解決緊缺如渴中送水，雪中送炭。

〔一三〕不義：不合乎道義。《國語·周語中》：「佻天不祥，乘人不義。」八珍：八種珍貴食品。泛指珍饈美味。

〔一四〕堇茶：堇，野菜名，可入藥。茶，苦菜。

〔一五〕「相對」二句：劉祁《歸潛志》卷四載：「（張瑴）後以母喪，歸居許之西城，有園圃號小斜川……公日在其間行吟坐嘯。客至，一觴一詠，盡歡。襟韻翛然，君子儒也。」茗椀：茶碗。茗，原指某種茶葉，後泛指喝的茶。鹽酥：用牛羊奶加鹽製成的食品。代茶點。

〔一六〕寒素士：門第寒微、地位低下、生活清苦簡樸的文士。

〔一七〕「卧雪」句：袁安，字邵公，漢明帝時任司徒。《後漢書・袁安傳》李賢注引晉周斐《汝南先賢傳》：「時大雪，積地丈餘，洛陽令身出案行，見人家皆除雪出，有乞食者。至袁安門，無有行路。謂安已死，令人除雪入户，見安僵卧。問何以不出。安曰：『大雪人皆餓，不宜干人。』令以爲賢，舉爲孝廉。」

〔一八〕「豈是」句：《孟子・盡心下》：「孟子曰：『聖人，百世之師也……聞柳下惠之風者，薄夫敦，鄙夫寬。』」敦：厚重，篤實。《易・艮》：「敦艮，吉。」孔穎達疏：「敦，厚也……在上能用敦厚以自止，不陷非妄，宜其吉也。」程頤傳：「敦，篤實也。」薄夫：刻薄的人。二句言自己寧可凍餓不肯干人的稟性與袁安臭氣相投，何止是後天受他的影響。

〔一九〕緼袍：以亂麻爲絮的袍子。古爲貧者所服。《論語・子罕》：「衣敝緼袍，與衣狐貉者立，而不恥者，其由也與？」朱熹集注：「緼，枲著也；袍，衣有著者也。蓋衣之賤者。」衣狐：穿着狐皮大衣。句以此喻自己所作的和詩，遠不能與原詩相比。

〔二〇〕逋：拖欠。二句言詩人的情感苦，所吃的蒿醬亦苦，胸中如噎，不吐不快，他人要求和作，如同負債，無理由拖欠。

〔二一〕「蒿荻」二句：言蘆蒿尚且不是廢材，更何況堪作棟梁的松樹呢。松株：喻張伯玉。

〔二二〕鉶甕：鉶，羹器。甕：陶製貯物器皿。古代皆爲祭拜陳設之禮器。

〔三〕饗禮：古代一種隆重的宴飲賓客之禮。《周禮·秋官·大行人》：「饗禮九獻。」

〔四〕廣廷樂：鈞天廣樂。《史記·趙世家》：「趙簡子疾，五日不知人……居二日半，簡子寤，語大夫曰：『我之帝所甚樂，與百神游於鈞天，廣樂九奏萬舞，不類三代之樂，其聲動人心。』」後因以指天上的音樂，仙樂。廣廷：廣大的宫廷。

〔五〕轅門鈇：官署的腰斬刑具。上四句希望張伯玉能得到當局的重視和禮遇，不可因個性耿介而摧抑之。

元裕之以山遊見招，兼以詩四首爲寄，因以山中之意仍其韻〔一〕

石華政可採，負我孤舟篷〔二〕。胡爲紅塵裏，擾擾槐安宫〔三〕。山間緑蘿月，一照千巖空。洪崖去不返〔四〕，清遊誰與同〔五〕。空餘松根泉，雜佩流無窮〔六〕。人心墮泥滓〔七〕，不如與天通。舉頭視霄漢〔八〕，浩露洗心胸〔九〕。

【注】

〔一〕詩題：興定五年，麻知幾與元好問同在汴京參加省試，麻廷試因誤絀，歸遂平西山。元進士及第後，因謗而不就選，徑歸嵩山，遂有招麻遊嵩山事。詩四首指元好問《繼愚軒和党承旨雪詩四首》，其三及麻知幾，有「老麻卧雲壑，澗松上崢嶸」諸語。仍其韻：依照元詩韻脚所用字的順序步韻。

〔二〕「石華」二句：《中州集》王予可小傳：「其題嵩山石淙云：『石裂雯華漬秋月。』蓋石淙之石皆狀若湖玉，其高有五六十尺者。石之紋如蟲蝕木，如太古篆籀，奇峭秀潤，一在潭水中。親到其處，知詩爲工也。」按詩題「因以山中之意」，二句謂嵩山石淙的石華正可採取，可以乘一葉小舟，暢遊于潭水之中。

〔三〕擾擾：形容紛亂的樣子。槐安宫：夢中槐安國中的宫殿。比喻人生如夢、富貴無常。唐李公佐《南柯太守傳》載，淳于棼酒醉古槐樹下，恍惚間被兩使臣邀至古槐穴内大槐安國招爲駙馬，任南柯郡太守，享盡榮華富貴。三十年，敵國進犯，因戰敗失寵被遣。一覺醒來原來是一夢。二句言塵世人所追逐的名利，虚浮無常，猶如夢幻，何必分心于此。

〔四〕洪崖：傳説中的仙人名，一作洪涯。《文選·張衡·西京賦》：「女娥坐而長歌，聲清暢而逶迤。洪涯立而指麾，被毛羽之襳襹。」薛綜注：「洪涯，三皇時伎人。」

〔五〕「清遊」句：晉葛洪《神仙傳》卷八載，衛叔卿成仙後，其子度世入華山尋父。于絶巖之下，望見其父與數人博戲于石上，紫雲鬱鬱于其上……度世曰：「不審向與父並坐是誰也？」叔卿曰：「洪崖先生、許由、巢父、火低公、飛黄子、王子晉、薛容耳。」句用此典。

〔六〕雜佩：連綴在一起的各種佩玉。形容泉聲。

〔七〕泥滓：泥渣。喻指追求名利等俗物。

〔八〕霄漢：天河。亦借指天空。《後漢書·仲長統傳》：「不受當時之責，永保性命之期。如是，則可以陵霄漢，出宇宙之外矣。」

〔九〕浩露：濃重的露水。洗心胸：洗滌心胸。比喻除去惡念或雜念。《易·繫辭上》：「聖人以此洗心。」漢董仲舒《士不遇賦》：「退洗心而内訟，固亦未知其所從。」

又

日月兩角蝸〔一〕，天地一粒粟〔二〕。老盆可徑醉〔三〕，豈擇瓦與玉。大笑區中人〔四〕，朱門丐粱肉〔五〕。清曉登少室〔六〕，日夕眺王屋〔七〕。紫煙晞吾髮〔八〕，碧霞貯我腹①〔九〕。溪中有白雲，萬事付濯足〔一〇〕。物物愜幽情〔一一〕，不獨蘭與菊。

【校】

①我：毛本作「吾」。

【注】

〔一〕角蝸：蝸角。蝸牛的觸角。比喻微小之地。

〔二〕一粒粟：喻物之細微渺小。蘇軾《赤壁賦》：「寄蜉蝣於天地，渺滄海之一粟。」

〔三〕老盆：即老瓦盆。陳舊的陶製酒器。杜甫《少年行》其一：「莫笑田家老瓦盆，自從盛酒長兒孫。」分門集注引蘇軾曰：「陳暄好飲，一日，貴客笑暄用陶器，暄曰：『莫笑此老瓦盆，多見興廢也。』客無語。」

〔四〕區中：人世間。

〔五〕丐：乞討。二句言塵世中人爲追求些許利禄，奔走富貴之門，卑躬屈膝，諂媚乞憐，實在可笑。

〔六〕少室：指嵩山西峰少室山。

〔七〕王屋：王屋山。在濟源縣西八十里處。道教聖地。唐司馬承禎《天地宫府圖·十大洞天》曰：「第一王屋山洞，周迴萬里，號曰小有清虚之天，在洛陽河陽兩界，去王屋縣六十里。」

〔八〕紫煙：山谷中的紫色煙霧。李白《望廬山瀑布水》其二：「日照香爐生紫煙，遥看瀑布掛前川。」晞：曬乾。

〔九〕碧霞：青色的雲霞。多用以指隱士或神仙所居之處。李白《題元丹丘山居》：「羨君無紛喧，高枕碧霞裏。」

〔一〇〕濯足：本謂洗去脚汙。後比喻清除世塵，保持高潔。語出《孟子·離婁上》：「滄浪之水清兮，可以濯我纓；滄浪之水濁兮，可以濯我足。」

〔一一〕愜：稱心；滿足。幽情：深遠或高雅的情懷。漢班固《西都賦》：「攄懷舊之蓄念，發思古之幽情。」

又

南風入桂樹，高葉碧崢嶸〔一〕。舉手戲攀折，上與雲煙撐〔二〕。黄金間白玉，遍地先晶熒〔三〕。笙簫坐間發，鸞鶴空中鳴〔四〕。浩歌山谷應，起舞衣裳輕。一尊石上酒，如我浩氣盈〔五〕。目送飛鴻盡〔六〕，青雲萬里平。

【注】

〔一〕崢嶸：形容植物茂盛。

〔二〕撐：支拄。句謂桂樹高聳入雲。

〔三〕晶熒：明亮閃光。二句言攀上高聳入雲的桂樹後所見雲蒸霞蔚、恍如仙境之狀。

〔四〕「笙簫」二句：舊題漢劉向《列仙傳》卷上：「王子喬者，周靈王太子晉也。好吹笙，作鳳凰鳴。游伊、洛之間，道士浮丘公接以上嵩高山。三十餘年後……見柏良，曰：『告我家，七月七日待我于緱氏山巔。』至時，果乘白鶴駐山頭。」二句暗用此事，以王子晉比元好問。

〔五〕「一尊」二句：承詩題「元裕之以山遊見招」，言好友元氏置酒于嵩山石上，邀我去共充正大剛直的浩然之氣。如：去。

〔六〕目送飛鴻：用三國魏嵇康《四言贈兄秀才入軍詩》其一：「目送歸鴻，手揮五絃。俯仰自得，游心太玄。」句言承蒙友人相邀，心思神往，久久不已。

又

國風久已熄〔一〕，如火不再然〔二〕。流爲玉臺詠〔三〕，鉛粉嬌華年〔四〕。政須洗妖冶〔五〕，八駿踏芝田〔六〕。青苔明月露，碧樹涼風天。塵土一一盡，象緯昭昭懸〔七〕。寂寥抱玉辨，爭競搖尾憐〔八〕。幸有元公子〔九〕，不爲常語牽〔一〇〕。

【注】

〔一〕國風：即十五國風，《詩經》的一部分，所收爲西周至春秋間各諸侯國的民歌。此處指周代民歌所蘊涵的風雅精神。

〔二〕然：同「燃」。

〔三〕流：流轉變遷。玉臺詠：《玉臺新詠》，繼《詩經》《楚辭》後的又一部詩歌總集。南朝梁徐陵所編，收録上至西漢、下迄南朝梁代的詩歌。以「選録豔歌」爲編纂宗旨，多收男女閨情之作。

〔四〕鉛粉：也稱鉛白。古代婦女用來搽臉。喻指齊梁詩歌中盛行的豔體詩。

〔五〕妖冶：妖媚而不莊重，豔而不正。指詩風淫靡綺豔。

〔六〕八駿踏芝田：用西王母觴周穆王于瑤池事。周穆王馭八龍之馬，巡行天下。西巡至瑤池，會西王母。芝田：傳説中仙人種靈芝的地方。二句言詩壇上的妖冶之風應該清洗。

〔七〕象緯：指星象經緯，謂日月五星。上四句以秋後天空乾淨、星象清明，喻詩壇廓清邪氣後的清麗景象。

〔八〕「寂寥」二句：用「汴和獻玉」典。漢劉向《新序·雜事五》：「荆人卞和得玉璞而獻之。荆厲王使玉尹相之，曰：『石也。』王以和爲謾而斷其左足……和乃奉玉璞而哭于荆山中。」二句以卞和喻自己上述詩學之見識，以玉尹喻趨迷于妖冶詩風者，言自己的觀點難被詩壇所接受，人微言輕，有口難辨。

〔九〕元公子：元好問。

〔一〇〕常語：通常的話語。元好問《繼愚軒和党承旨雪詩四首》其二有「大雅久不作，聞韶信忘肉」語，其四云：「愚軒具詩眼，論文貴天然。頗怪今時人，雕鐫窮歲年。君看陶集中，飲酒與歸田。此翁豈作詩，直寫胸中天。天然對雕飾，真贗殊相懸。乃知時世妝，粉緑徒爭妍。枯淡足自樂，勿爲虚名牽。」二句就此而言。「常語」指當時詩壇盛行的「時世妝」。

許方郵即事　聯句體〔一〕

披熱達許方，山巔青漫漫。野黄麥初割，畦緑蔬纔灌。村籬蘇葉深〔二〕，巷樹春花亂。煙長見新冶，風遠聞清鍛〔三〕。濯衣女在溪，販鐵人棲館〔四〕。牆危壘破石，路黑沾遺炭。山雲頃刻雨，沙地須臾暵〔五〕。鐸鳴駕犢耕〔六〕，罩密防雞散〔七〕。繰餘殘繭掛〔八〕，釣罷么絲貫〔九〕。沽酒有客賒，鬻李何人唤。朴慘官始威〔一〇〕，牒煩民更玩〔一一〕。歷險小車多〔一二〕，逢人黯衣半〔一三〕。縣遠肉難求，山近寇可逭〔一四〕。何當卜隱居〔一五〕，尋我杖藜伴。

【注】

〔一〕許方郝：其所在地不詳。按詩意，當在河南省許昌市一帶古許國地。聯句：古代作詩的一種方式，指一首詩由兩人或多人共同創作，每人一句或數句，聯結成篇。聯句體：指近似每人一聯爲一單元，兩聯之間意脈關聯，像算盤珠一樣組成的一首詩。

〔二〕檾：《爾雅翼·釋草八》：「檾，枲屬，高四五尺，或六七尺，葉似苧而薄，實如大麻子，今人績以爲布及造繩索。」

〔三〕「煙長」二句：謂村裏的鍛造鋪新近開張，在很遠處就能聽到打鐵鑄造的聲音。冶：熔煉金屬。據下文「販鐵人」可知，此處指煉鐵。鍜：即鍛。把金屬放在火裏燒，然後用錘子敲打。

〔四〕棲館：在館舍裏休息。棲：居留，停留。館：旅客食宿的房舍。

〔五〕「山雲」二句：謂在很短的時間裏，山雲就會下雨。同樣，下到沙地上的雨水在很短的時間裏就會乾涸。暵：乾旱。

〔六〕鐸：大鈴，形如鐃、鉦而有舌。

〔七〕罩：即雞罩。飼養雞鴨等用的竹籠了。

〔八〕繅：繅絲，抽繭出絲。

〔九〕么：細。貫：穿，連。

〔一〇〕朴：本爲打人的用具。《史記・陳涉世家》：「及至始皇……履至尊而治六合，執敲朴以鞭笞天下。」司馬貞索隱引臣瓚曰：「短曰敲，長曰朴。」句謂官吏通過杖擊百姓顯示威風。

〔一一〕牒：官府公文的一種。唐白居易《杜陵叟》：「昨日里胥方到門，手持敕牒榜鄉村。」玩：刁頑。漢荀悦《申鑒・時事》：「皇民敦，秦民弊，時也；山民樸，市民玩，處也。」明何景明《法行篇》：「夫法清則政寬而人威，法亂則政煩而人玩。」句謂官府的政令繁多，百姓敷衍塞責，不把政令當回事。

〔一二〕歷險：指經歷險阻。《戰國策・齊策三》：「歷險乘危，則騏驥不如狐狸。」小車：《釋名・釋車》：「小車，駕馬輕小之車也。駕馬宜輕，使之局小也。」

〔一三〕「逢人」句：言所遇之人衣着黑髒破爛。

〔一四〕逭：逃避。

〔一五〕卜隱居：選擇隱居之處。

梁山宫圖〔一〕

梁山宫高高切雲〔二〕，秦家簫鼓空中聞〔三〕。宫殿作雲王作龍〔四〕，何人敢謁滈池君〔五〕。珠圍翠繞窮天下〔六〕，道上行人衣半赭〔七〕。不覺生靈血液枯，化爲宫上鴛鴦瓦〔八〕。朝盧生，暮侯生〔九〕，師事二人學羨門〔一〇〕。焉知以政藏其身〔一一〕，神仙亦死何曾神。空能詐取六孱國〔一二〕，不識盧生真間客〔一三〕。種成間隙盧生去〔一四〕，尚令道士作鬼語〔一五〕。祖龍竟墮此機中，以璧見欺猶未悟〔一六〕。魚腥引得扛鼎來〔一七〕，梁山火滅漢旗開〔一八〕。何如後世丹青手〔一九〕，一夫不役千樓臺〔二〇〕。梁山之圖卻傳世，梁山之宮安在哉。

【注】

〔一〕詩題：此爲題畫詩。梁山宮：秦始皇行宮，在今陝西省乾縣西。《史記·秦始皇本紀》：「始皇帝幸梁山宮。」張守節正義引《括地志》云：「俗名望宮山，在雍州好畤縣西十二里，北去梁山九里。」

〔二〕切雲：上摩青雲。《楚辭·九章·涉江》：「帶長鋏之陸離兮，冠切雲之崔嵬。」

〔三〕秦家簫鼓：泛指秦朝的歌舞吹奏聲。

〔四〕王作龍：秦王成祖龍。《史記·秦始皇本紀》：「有人持璧遮使者，曰：『爲吾遺滈池君。』因言曰：『今年祖龍死。』」祖龍：指秦始皇。

〔五〕滈池君：一曰水神，一曰武王。《史記》裴駰集解：「服虔曰：『水神也。』張晏曰：『武王居鎬，鎬池君則武王也。武王伐商，故神云始皇荒淫若紂矣，今亦可伐也。』」司馬貞索隱：「服虔云水神，是也。江神以璧遺滈池之神，告始皇之將終也。」

〔六〕「珠圍」句：謂宮中財富、美女極多，生活奢侈，而民間財富被搜刮一空。

〔七〕「道上」句：謂道上行人大半爲囚徒，極言秦朝的嚴刑酷法。赭：赭衣，赤褐色的囚衣。

〔八〕鴛鴦瓦：指匹配成對的瓦。唐白居易《長恨歌》：「鴛鴦瓦冷霜華重，翡翠衾寒誰與共。」

〔九〕盧生：燕人，曾爲秦始皇尋找古仙人羡門、高誓。侯生：韓國人。與韓終、石生一起爲秦始皇求不死之藥。

〔一〇〕「師事」句：寫秦始皇拜方士爲師，學長生成仙之道。羡門：古仙人。《史記·秦始皇本紀》：「三十二年，始皇之碣石，使燕人盧生求羡門、高誓。」

〔一一〕「焉知」句：本《禮記·禮運》：「故政者君之所以藏身也。」孔穎達正義：「此一節以上文云政之不正則國亂君危……若政之美盛，則君身安靜，故云政者所以藏身也者。」句言秦始皇不懂施行善政就是安身延年之道理。

〔一二〕詐取：用詐術吞併。六孱國：相繼爲秦所滅的趙、魏、韓、燕、楚、齊六國。孱：弱。

〔一三〕間客：從事離間活動的人。

〔一四〕間隙：嫌隙。因離間而産生矛盾。盧生所種禍患有二：其一，讓秦始皇隱匿行蹤，大興土木，生活奢侈。盧生謂始皇，要想獲取不死之藥，需毋令人知其居處。始皇乃令咸陽之旁二百里内，宫觀二百七十復道甬道相連，帷帳鐘鼓美人充之，各案署不移徙。行所幸，有言其處者，罪死。其二，謗王逃走，激怒始皇，禍及儒生，導致坑儒事件。始皇曰：「盧生等吾尊賜之甚厚，今乃誹謗我，以重吾不德也。諸生在咸陽者，吾使人廉問，或爲訞言以亂黔首。」于是使御史悉案問諸生，諸生傳相告引，乃自除犯禁者四百六十餘人，皆阬之咸陽，使天下知之，以懲後。

〔一五〕道士作鬼語：指華陰平舒道上持璧之士對使者言「今年祖龍死」等語。

〔一六〕「祖龍」二句：《史記·秦始皇本紀》：「使者奉璧具以聞。始皇默然良久，曰：『山鬼固不過知一歲事也。』……使御府視璧，乃二十八年行渡江所沉璧也。于是始皇卜之，卦得游徙吉。」

〔一七〕「魚腥」句：指秦末陳勝、吳廣等諸路反秦武裝相繼揭竿而起，最終滅亡了秦朝。魚腥：《史記·陳涉世家》：「乃丹書帛曰『陳勝王』，置人所罾魚腹中。卒買魚烹食，得魚腹中書，固以怪之矣。」陳勝是推翻秦朝的先鋒，《史記》本傳稱「陳勝雖已死，其所置遣侯王將相竟亡秦，由涉首事也」。扛鼎：指項羽。項羽是亡秦的主力。《史記·項羽本紀》：「籍長八尺餘，力能扛鼎，才氣過人。」項羽于秦二世元年隨叔父舉事反秦，後率部摧毀秦軍主力。

〔一八〕「梁山」句：指項羽入咸陽火燒秦宮，劉邦又擊敗項羽建立漢朝事。

〔一九〕丹青手：畫師。

〔二〇〕「一夫」句：贊賞畫家的藝術創造力，言其不用勞民傷財，單憑畫筆就能繪出千座樓臺。

跋伯玉命簡之臨米元章楚山圖〔一〕

巴東峽壁如駮霞〔二〕，天鑿荆門當虎牙〔三〕。下有奔湍沉碧沙〔四〕，直衝北固如投家〔五〕。雲煙昏曉互明滅〔六〕，朝看沃日暮吞月〔七〕。遠山如指近如拳，過客那知空一瞥。高人廬此恨來晚〔八〕，不厭孤篷疊往返〔九〕。莫言造物好窮人〔一〇〕，許大乾坤富君眼〔一一〕。以心爲鏡照諸山，山如人面紛殊顔〔一二〕。扁舟日日青山上，青山卻在滄波間。人道癡兒固貪取〔一三〕，我怪高人亦如許〔一四〕。已將胸次衽長江〔一五〕，更把豪端扛巨楚〔一六〕。薺列楓林葉浮舸〔一七〕，巧促魁梧入幺麽〔一八〕。丈尋收拾無邊春〔一九〕，千里遊遨坐中我〔二〇〕。自此頭吴尾甌越〔二一〕，蠻煙五月髡人髮〔二二〕。江山多處乃爾毒〔二三〕，始信中原天下甲。楚山可覽不可上，水氣昏昏且多恙〔二四〕。畫山縱不到真山，有楚之峰無楚瘴〔二五〕。靜明居士見山饞〔二六〕，想在庵中得飽參〔二七〕。戲呼老李臨君畫〔二八〕，已坐君貪我更貪〔二九〕。

【注】

〔一〕跋：跋文。寫在書籍、文章、字畫、金石拓片等後面的短文，内容多爲評介、鑒定、考釋、記述之類。此爲動詞，作跋文。伯玉：張轂，字伯玉。簡之：李仲略，字簡之，李晏子。《金史·李仲略傳》：「仲略，字簡之。聰敏力學，登大定十九年詞賦進士第，調代州五臺主簿。」米元章：米芾，字元章。宋代書畫家。擅長枯木竹石，尤工水墨山水。

〔二〕駮：古通駁。駮霞：光彩斑斕貌。《文選·王延壽·魯靈光殿賦》：「霞駮雲蔚，若陰若陽。」吕延濟注：「言有光明如霞之斑駮。」

〔三〕荆門：山名。在今湖北省宜都縣西北，長江南岸，隔江與虎牙山相對。此處江水湍急，形勢險峻，歷來爲巴蜀荆吴間要塞。虎牙：虎牙山。

〔四〕奔湍：急速的水流。此指長江。碧沙：緑色的沙灘。南朝宋謝靈運《行田登海口盤嶼山》：「遨遊碧沙渚，遊衍丹山峰。」

〔五〕北固：山名。在今江蘇鎮江市東北。有南、中、北三峰。北峰三面臨江，形勢險要，故稱「北固」。投家：回家。句謂長江直奔北固山歸海而去。

〔六〕明滅：或明或暗。

〔七〕沃日：衝蕩日頭。形容波浪大。晉木華《海賦》：「濯汧濩渭，蕩雲沃日。」

〔八〕高人：志行高尚的人。多指隱士、修道者。《晉書・邵續傳》：「續既爲勒（石勒）所執，身灌園鬻菜，以供衣食。勒屢遣察之，歎曰：『此真高人矣。不如是，安足貴乎！』」廬：結廬。

〔九〕疊：連續，接連。

〔一〇〕好：交好，友愛。窮人：不得志的人。

〔一一〕許大：這般大，如此大。《金史・五行志》：「我先笑者，笑許大天下將相無人。」富：通「福」。降福。《詩・大雅・瞻卬》：「天何以刺？何神不富？」毛傳：「富，福。」

〔一二〕紛：盛多貌。

〔一三〕癡兒：俗言庸夫俗子。宋黄庭堅《登快閣》：「癡兒了卻公家事，快閣東西倚晚晴。」

〔一四〕「我怪」句：謂以淡泊爲懷的高人對山水美景亦如此貪戀，甚是奇怪。

〔一五〕衽：懷衽，懷藏，指胸中懷有。句謂畫家胸懷長江，成竹在胸。

〔一六〕豪端：毫毛的末端。代畫筆。扛：承擔，承載。

〔一七〕薺：草本植物，莖細弱，多分枝。《顔氏家訓》卷上：「《羅浮山記》云：『望平地樹如薺。』故戴高詩云：『長安樹如薺。』」舸：大船。句言畫中楓林如薺菜般排列，大船如水上漂浮的樹葉。

〔一八〕巧促：巧妙地將大縮小。么麽：微細貌。

〔一九〕丈尋：指畫幅的高度。尋：古代長度單位。一般爲八尺。《詩・魯頌・閟宫》：「是斷是度，是尋是尺。」鄭玄箋：「八尺曰尋。或云七尺、六尺。」收拾：收聚，收集。句謂在丈幅畫面内，囊括了楚山的無限春色。

〔二〇〕「千里」句：謂畫家邀請觀畫者在千里楚山美景中暢遊。邀：招，邀請。

〔二一〕「自此」句：襲用「楚尾吴頭」語。宋朱熹《鉛山立春》：「雪擁山腰洞口，春回楚尾吴頭。」指楚地下游和吴地上游首尾相接之地。此指從吴地之西到越地之東。甌越：亦稱「東甌」，居于東南沿海的少數民族，是「百越」的重要組成部分。

〔二二〕蠻煙：指南方少數民族地區山林中的瘴氣。宋張詠《舟次辰陽》：「山連古洞蠻煙合，地落秋畬楚俗歡。」髡人髮：剃去頭髮。

〔二三〕乃爾：猶言如此。毒：指南方能致病死的瘴氣和熱毒。漢王充《論衡・言毒》：「夫毒，太陽之熱氣也。」宋王讜《唐語林・豪爽》：「時暑毒方甚，上在凉殿坐後，水激扇車，風獵衣襟。」

〔二四〕 昏昏：昏暗貌；陰暗貌。 恙：傳説中的一種齧蟲。《玉篇·心部》：「恙，噬蟲，善食人心。」《史記·刺客列傳》：「爲老母幸無恙。」司馬貞索隱引《易傳》：「上古之時，草居露宿。恙，齧蟲也，善食人心，俗悉患之，故相勞云『無恙』。恙非病也。」

〔二五〕 楚瘴：楚地山林中濕熱蒸鬱、致人疾病的瘴癘之氣。

〔二六〕 靜明居士：張穀，字伯玉，號靜明居士。 饞：貪羨，極想滿足欲望。

〔二七〕 飽參：指品評、鑒賞、玩味圖畫，充分領略畫理。

〔二八〕 老李：李仲略。 以上三句點題，即伯玉想于家中飽參米芾《楚山圖》，命李仲略臨摹此畫。

〔二九〕 已坐：以致。 南朝宋鮑照《觀圃人藝植》：「居無逸身伎，安得坐粱肉。」

秋雨小霽湖陽道中〔一〕

一雨初晴菊瘁花〔二〕，朝來啼殺報晴鴉〔三〕。 地鄰異域空懷古〔四〕，人對殘秋更憶家〔五〕。 十月紅爐是明日〔六〕，往年新火醉流霞〔七〕。 匆匆又上湖陽道，何處還堪駐客槎〔八〕。

【注】

〔一〕 霽：雨止天晴。 湖陽：縣名，金時屬河南府路唐州，故址在今河南省唐河縣南湖陽鎮。《中州集》小傳稱麻九疇：「南渡後，讀書北陽山中。」詩當作于此時。

〔二〕瘁：殘毀。句謂一場秋雨之後，原本盛開的菊花在風吹雨打中殘敗。

〔三〕啼殺：啼叫不停。

〔四〕異域：指南宋疆域。湖陽屬金南京路唐州，其地與南宋京西南路相鄰。唐州地處宋金交界處，戰亂前沿，是宋金雙方反復爭奪之地。金熙宗皇統二年金從宋割得，八年後歸宋；金世宗大定四年，宋金議和，金又割得唐州，改名裕州。

〔五〕「人對」句：古人每到秋季要縫寄衣物給在外的遊子，且文人悲秋，故有此言。

〔六〕「十月」句：十月有小陽春之稱，故云。紅爐：燒得很旺的火爐。明日：强盛的太陽。句言下月應該由寒返暖，陽光明媚。

〔七〕新火：傳説上古鑽木取火，四季各用不同的木材。易季時所取之火謂之新火。流霞：浮動的彩雲。

〔八〕「何處」句：用乘筏游天河遇牛女事。晉張華《博物志》卷一〇：「舊説云：天河與海通。近世有人居海上者，年年八月有浮槎去來，不失期。人有奇志，立飛閣於槎上，多齎糧，乘槎而去。……遥望宫中多織婦，見一丈夫牽牛渚次飲之。牽牛人乃驚問曰：『何由至此？』此人具説來意，并問此是何處，答曰：『君還至蜀郡訪嚴君平則知之。』竟不上岸，因還如期。後至蜀，問君平，曰：『某年月日，有客星犯牽牛宿。』計年月，正是此人到天河時也。」句言哪個地方還能使我久留。

秋望

雲氣東南壯〔一〕，風煙正北長〔二〕。遠人投屋小〔三〕，寒草帶城荒。馴鴨便秋潦〔四〕，飢牛背夕陽。閑情儘堪畫，未要雨浪浪〔五〕。

【注】

〔一〕「雲氣」句：《晉書·張華傳》：「初，吴之未滅也，斗牛之間常有紫氣，道術者皆以吴方彊盛，未可圖也。」句暗用此典，寓指貞祐南渡後，金宣宗因南宋停止進納歲幣而頻頻南征，常常失利的戰局。

〔二〕「風煙」句：或喻金廷南遷後河朔戰爭交織、曠日持久之狀。

〔三〕「遠人」句：言自己從家鄉避亂河南，生活困窘。

〔四〕便：習慣，適應。秋潦：秋季因久雨而形成的積水。

〔五〕浪浪：象聲詞。形容雨聲。

堂谿城南感寓〔一〕

斷岸崩崖帶草長，茂林高塏晚生涼〔二〕。田頭經水成駒卧〔三〕，雲色因風變狗蒼〔四〕。戰地尚餘唐壘柵〔五〕，故城曾入楚封疆〔六〕。牛童趁日貪捫蝨〔七〕，那解興亡事可傷。

【注】

〔一〕堂谿：地名，也作「裳谿」。春秋時屬楚地，故址在今河南省遂平西北，以出産精良兵器而著名，也是兵家必爭之地。

〔二〕高塏：指高而乾燥之地。

〔三〕「田頭」句：言田地裏成長的莊稼經大水浸衝倒臥，其狀如馬駒躺倒。

〔四〕「雲色」句：即白雲蒼狗意，比喻世事變幻無常。杜甫《可歎》：「天上浮雲似白衣，斯須改變如蒼狗。」

〔五〕「戰地」句：當指唐憲宗時吴元濟據蔡州叛亂，發生著名的平淮西戰役。壘柵：營牆與栅欄，多作軍事防禦用。

〔六〕「故城」句：指堂谿舊城在春秋時曾屬楚地。亦兼指唐州一帶在金初曾一度歸南宋事。

〔七〕「牛童」句：言牧童趁着日暖，脱衣捫蝨。

俳優〔一〕

施能賣晉移君貳〔二〕，旃解譏秦救陛郎〔三〕。多少諫臣翻獲罪〔四〕，卻教若輩管興亡〔五〕。

【注】

〔一〕俳優：古代演滑稽戲雜耍的藝人。

〔二〕施：優施，春秋時晉獻公寵優，參與了晉獻公夫人驪姬讒害太子申生一事。事見《國語·晉語一》。移：除去。君貳：指太子。

〔三〕旃：戰國時秦國優人。身材短小，善戲謔笑談。曾諷諫秦始皇修苑囿、秦二世漆城。事見《史記·滑稽列傳》。陛郎：即陛楯，指執楯立于陛側的侍衛。《史記·滑稽列傳》載，「秦始皇時，置酒而天雨，陛楯者皆沾寒」，經旃巧言，「始皇使陛楯者得半相代」。

〔四〕諫臣：直言規勸之臣。翻：反而。北周庾信《卧疾窮愁》：「有菊翻無酒，無絃則有琴。」

〔五〕若輩：這些人，這等人。指上面所舉俳優。

李道人家山圖〔一〕

見説高齋住太行〔二〕，溪山襟帶古祠堂〔三〕。圭桐葉落周家雨〔四〕，鐵樹根盤晉國霜〔五〕。烽火不堪耕夜月，畫圖猶可掛殘陽〔六〕。自憐不及汾州雁〔七〕，春去秋來過石梁〔八〕。

【注】

〔一〕李道人：名若愚，號愛詩。汾州（今山西省汾陽市）人。善畫。金末不堪兵革之亂，歸隱嵩山，詩畫自娱。與麻九疇交遊。《中州集》所收麻九疇詩中，寫給李道人者有三首。除此題畫詩外，還有《竹瘦冠爲李道人賦》和《李道人嵩陽歸隱圖》。家山：謂故鄉。

〔二〕高齋：高雅的書齋。常用作對他人屋舍的敬稱。太行：山名，爲山西與河北、河南間界山。

〔三〕襟帶：謂山川屏障環繞，如襟似帶。比喻險要的地理形勢。

〔四〕「圭桐」句：用周成王桐葉封弟事。《史記·晉世家》：「成王與叔虞戲，削桐葉爲珪以與叔虞，曰：『以此封若。』史佚因請擇日立叔虞。成王曰：『吾與之戲耳。』史佚曰：『天子無戲言。言則史書之，禮成之，樂歌之。』於是遂封叔虞於唐。」古晉國出自周成王弟唐叔虞，疆域爲今山西省南部。

〔五〕鐵樹：指上句之梧桐樹。《顔氏家訓》卷上：「有諱桐者，呼梧桐爲白鐵樹。」句謂唐叔虞子孫將始祖基業發揚光大，最終成爲雄據中原、綿延悠久的晉國，就像桐葉長成參天大樹一般。

〔六〕「烽火」二句：言李道人家鄉汾州一帶今已成爲蒙金久戰之地，明媚秀麗的山川只能憑藉圖畫寄思。

〔七〕汾州：州名，金時屬河東北路，治今山西省汾陽市。

〔八〕石梁：古橋名，爲春秋時晉荀林父所建，後用爲地名，在今長治市平順縣。《山西通志》卷五八「潞城縣」：「石梁北四十里，《左傳》晉荀林父敗赤狄於曲梁，時伐石爲梁，今名里閈曰石梁。《上黨記》：曲梁在城西十里，今名石梁。」

李道人嵩陽歸隱圖〔一〕

城郭維崇〔二〕，井里維通〔三〕。冠蓋維錯〔四〕，紈綺維叢〔五〕。云誰之子〔六〕，招子歸嵩。舍我筝筑〔七〕，樂彼潺淙〔八〕。食彼瓦缶〔九〕，遺我鼎鐘〔一〇〕。云誰之子，繪子歸嵩。離人友鹿，避俗朋松。石嚙我足，泉癭我嚨〔一一〕。吾恐時人，笑子歸嵩。有山有怪，有水有龍。盜出寇没，嘯兕咻熊〔一二〕。吾恐狂人〔一三〕，詆子歸嵩〔一四〕。子謂我言，决意歸嵩。歸嵩何如？如鴻避弋〔一五〕，如鶴脱籠。與幻俱化〔一六〕，與化俱融〔一七〕，是以歸嵩。南山重重，翠如植葱。北山隆隆〔一八〕，紺如堆銅〔一九〕。仰嵩俛嵩，雨濯雲烘。嵩之爲我，我之爲嵩。我聞子言，衣如張風。心先去鳥，層雲盪胸〔二〇〕。靜言思之，富爲目蒿〔二一〕，貴爲心蓬〔二二〕。飾説干令①，詎知任公〔二三〕。歸嵩良是，生龜脱筒〔二四〕。子不歸嵩，送子歸嵩。

【校】

① 干：底本原作「于」。訛，典出《莊子》，故從李本改。

【注】

〔一〕詩題：李道人《嵩山歸隱圖》，時人多有題詠。除麻九疇此詩之外，尚有元好問《李道人嵩陽歸隱圖》，雷淵《愛詩李道人若愚嵩陽歸隱圖》，劉勳《愛詩李道人嵩陽歸隱圖》，史學《李道人嵩陽歸隱圖》，段成己《嵩陽歸隱圖》等。元好問詩中有「可笑李山人，嗜好世所稀。逢人覓詩句，不恤怒與譏」，可知李道人曾攜此畫四處請人題詩。

〔二〕城郭：城牆。城：指内城的牆；郭：指外城的牆。崇：高。

〔三〕井里：鄉里。古代同井而成里，故稱。通：通達，暢通。

〔四〕冠蓋：泛指官員的冠服和車乘。錯：形容車多，縱横交錯。

〔五〕紈綺：細絹和有花紋圖案的精美絲織品。此代指穿着華麗的有錢人。叢：聚集。

〔六〕云誰之子：這個人是誰。云，爲，是。之子：這個人。

〔七〕箏筑：二種絃樂器，以木竹製成。

〔八〕潺淙：流水聲。

〔九〕瓦缶：小口大腹的瓦器。

〔一〇〕鼎鐘：鐘鳴鼎食。擊鐘列鼎而食。形容富貴豪華。

〔一一〕「泉癭」句：形容猛飲泉水，喉嚨阻脹似腫瘤一般。

〔一二〕嘯兕咻熊：犀牛和熊在喘息吼叫。

〔一三〕狂人：放誕不羈的人。李白《廬山謡寄盧侍御虚舟》：「我本楚狂人，鳳歌笑孔丘。」

〔一四〕誑：欺騙。

〔一五〕弋：帶繩子的箭。

〔一六〕幻：指不停變化的世界。《列子·周穆王》：「昔者，老聃之徂西也。顧而告予曰：『有生之氣，有形之狀，盡幻也。』」化：交融。

〔一七〕化：造化。自然的功能。與化俱融：與大自然融爲一體，物我合一。《莊子·大宗師》「故聖人將游于物之所不得遯而皆存」郭璞注：「聖人游于變化之途，放於日新之流，萬物萬化，亦與之萬化；化者無極，亦與之無極。」二句本此。

〔一八〕隆隆：隆起，高大厚重貌。

〔一九〕紺：微帶紅的黑色。

〔二〇〕「心先」二句：化用杜甫《望嶽》「盪胸生層雲，決眥入歸鳥」詩意。

〔二一〕目蒿：猶蒿目，極目遠望。語出《莊子·駢拇》：「今世之仁人，蒿目而憂世之患。」俞樾《諸子評議·莊子二》：「蒿乃睢之叚字。《玉篇·目部》：『睢，庾鞠切，目明，又望也。』是睢爲望視貌……睢與蒿古音相近，故得通用。」句言登高望遠，胸懷萬物，堪稱爲富。

〔二二〕心蓬：即蓬心。語出《莊子·逍遥遊》：「今子有五石之瓠，何不慮以爲大樽而浮乎江湖？而憂其瓠落無所容，則夫子猶有蓬之心也夫。」原指心如蓬草堵塞，比喻不開竅。後常作自喻淺陋的謙詞。唐獨孤授《運斤賦》：「蒿目猶視，蓬心自師。」句言心如《莊子》寓言中不開竅的渾沌，樸實自然，堪稱可貴。

〔三〕「飾説」二句：用莊子典故。《莊子・外物》：「任公子爲大鉤巨緇，五十犗以爲餌，蹲乎會稽，投竿東海，旦旦而釣，期年不得魚。已而大魚食之……離而腊之，自制河以東，蒼梧以北，莫不厭若魚者……飾小説以干縣令，其於大達亦遠矣。是以未嘗聞任氏之風俗，其不可與經於世亦遠矣。」二句言精心於以瑣屑的言論奔走權門，干取功名的俗人，哪里能領會到任公子那樣的氣魄風貌呢？

〔四〕「生龜」句：語本《莊子・秋水》：「莊子持竿不顧，曰：『吾聞楚有神龜，死已三千歲矣，王巾笥而藏之廟堂之上。此龜者，寧其死爲留骨而貴乎？寧其生而曳尾於塗中乎？』二大夫曰：『寧生而曳尾塗中。』莊子曰：『往矣。吾將曳尾於塗中。』」生龜脱筒：亦作「生龜脱笥」，喻指摒棄富貴名利之束縛，順性依歸自然。宋黄庭堅《書贈俞清老》：「生龜脱笥，亦難堪忍。」元顧瑛《餞謝子蘭》：「寒蠅穴窗死鑽紙，泥龜曳尾生脱笥。」

陽夏何正卿作疊語四句未成章，予復以疊語寄之，凡四變文〔一〕

緼緼蠢蠢何等民〔二〕，矯矯亢亢内守真〔三〕。昂昂藏藏獨異俗〔四〕，落落莫莫不厭貧〔五〕。歸與歸與且糊口〔六〕，鳳兮鳳兮德衰久〔七〕。樂云樂云無絃琴，命乎命乎一杯酒〔八〕。匪鱣匪鮪故爲藏〔九〕，避言避世必也狂〔一〇〕。至大至剛秣吾馬〔一一〕，爰清爰淨修我牆〔一二〕。用之舍之時所係〔一三〕，晉如摧如寧復計〔一四〕。暖然淒然任春秋〔一五〕，優哉遊哉聊卒歲〔一六〕。

【注】

〔一〕陽夏：秦縣名。隋改爲太康，夏王太康遷都於此，死後又葬於此，故名。今河南省太康縣。何正卿：其人未詳。疊語：指疊字詩，即用疊字所完成之詩。章：段落。變文：此指所用疊字調換前後位置的變化。

〔二〕緼緼蠢蠢：懵懂愚昧，無思無慮。緼：本指新舊混合的亂絮，此形容混沌無知之狀。

〔三〕矯矯亢亢：與衆違異，以示高尚狀。三國魏嵇康《卜疑集》：「尊嚴其容，高自矯抗。」守真：保持真元，保持本性。語出《莊子・漁父》：「慎守其真，還以物與人，則無所累矣。」

〔四〕昂昂藏藏：氣度軒昂超群出衆貌。異俗：與時俗相異，超凡脱俗。

〔五〕落落莫莫：落拓潦倒貌。

〔六〕歸與：語本《論語・公冶長》：「子在陳，曰：『歸與！歸與！』」句言極想回家，但爲糊口姑且客居他鄉。

〔七〕鳳兮：《論語・微之》：「楚狂接輿歌而過孔子曰：『鳳兮鳳兮，何德之衰。往者不可諫，來者猶可追。已而，已而！今之從政者殆而。』」句言世亂道衰已久，從政爲官乃險途，亂世應當歸隱。

〔八〕「樂云」二句：《論語・陽貨》：「子曰：『禮云禮云，玉帛云乎哉？樂云樂云，鐘鼓云乎哉？』」無絃琴：《陶靖節傳》：「淵明不解音律，而蓄無絃琴一張，每酒適，輒撫弄以寄其意。」陶淵明性嗜酒，其《停雲》：「有酒有酒，閒飲東窗。」二句言歸隱的陶淵明有無絃琴可彈奏取樂，有酒可進入醉鄉，樂天知命。

〔九〕匪鱣匪鮪：本《詩·小雅·四月》：「匪鱣匪鮪，潛逃于淵。」孔疏：「鱣也，鮪也，長大之魚，乃潛逃于淵。今賢者非鱣非鮪也，何爲隱遁避亂如魚之潛逃于淵也，是貪殘居位，不可得而治，大德潛遁，不可得而用，所以大亂而不振也。」鱣：其狀似鱘。鮪：古書上指鱘魚。

〔一〇〕避言避世：語本《論語·憲問》：「賢者辟世，其次辟地，其次辟色，其次辟言。」言有的賢者因退避惡濁的社會而隱居，次一等的躲避惡言。

〔一一〕至大至剛：極其正大、剛强。語自《孟子·公孫丑上》：「我善養吾浩然之氣……其爲氣也，至大至剛，以直養而無害，則塞於天地之間。」秣吾馬：《詩·周南·漢廣》：「之子于歸，言秣其馬。」宋張九成《孟子傳》卷六：「孟子則獨尊孔子，以爲自生民以來未有，孔子是其學欲。欲至於孔子而後已夫。秣馬北首，則燕必到，膏車南面，則越可趨，所志在孔子。」唐韓愈《送李願歸盤谷序》：「膏吾車兮秣吾馬。」句言要養富貴不能淫、貧賤不能移、威武不能屈的至大至剛之氣，做遠行準備，志在必得。

〔一二〕爰清爰淨：謂淡泊無欲。語自漢揚雄《解嘲》：「爰清爰靜，遊神之庭；惟寂惟寞，守德之宅。」爰：乃。淨：通靜。句言清靜淡泊是能耐得住寂寞、堅守理想的保障，要不停地加强這方面的修養。

〔一三〕「用之」句：本《論語·述而》：「子謂顔淵曰：『用之則行，舍之則藏，惟我與爾有是夫。』」「子曰：『甯武子，邦有道則知；邦無道則愚。」句言仕與隱决定於政治條件，「賢者世亂則隱，治平則出，在時君也」（《詩·小雅·鶴鳴九皋》鄭注語）。

〔一四〕晉如摧如：語自《易·晉》：「晉如摧如，貞吉，罔孚，裕無咎。」聞一多《古典新義·〈周易〉義證類纂》：「摧訓折，訓落，與晉訓抑訓俯義近，故晉摧並舉。」句言堅守自己的人生道路，即使遭遇坎坷摧抑亦不改初衷，不計較得失。

〔一五〕「暖然」句：用《莊子·大宗師》句：「淒然似秋，暖然似春。」

〔一六〕「優哉」句：用《詩·小雅·采菽》句：「優哉遊哉，聊以卒歲。」優哉遊哉：悠閒度日。

紅梅

一種冰魂物已尤〔一〕，朱唇點綴更風流〔二〕。歲寒未許東風管〔三〕，澹抹穠妝得自由〔四〕。

【注】

〔一〕冰魂：形容梅花冰清玉潔，不畏嚴寒的品質。蘇軾《松風亭下梅花盛開》：「羅浮山下梅花村，冰雪爲骨玉爲魂。」尤：優異。

〔二〕朱唇：狀梅花之「紅」。

〔三〕東風：春風。代司春之神。

〔四〕澹抹穠妝：隨意打扮。本蘇軾《飲湖上初晴雨後》：「欲把西湖比西子，淡妝濃抹總相宜。」

劉御史從益 三十三首

從益字雲卿，南山翁撝之曾孫〔一〕。大安元年進士，拜監察御史。坐與當路者辨曲直，得罪去。久之，起爲葉縣令〔二〕。修學講義，聳善抑惡，有古良吏之風。葉，劇邑也。兵興以來，户減三之一，田不毛者萬七千畝，其歲入七萬石故在也。雲卿請於大農〔三〕，爲減一萬。民賴之，流亡歸者二千餘家。未幾被召，百姓詣臺乞留，不聽。入授應奉翰林文字，踰月，以疾卒，時年四十四。葉人聞之，以端午罷酒，爲位而哭，且立石頌德，以致哀思之心焉。雲卿博學强記，於經學有所得。爲文章長於詩，五言古詩又其所長。雷御史説〔四〕，雲卿在太學時，年甚少，嘗有詩云：「黄金錯落雲間闕，紅粉高低柳外牆。」時輩皆推服之。其卒以詩得名者，固已見於此矣。雲卿詩如：「荒煙斜日村村晚，衰柳寒蒲岸岸秋。」「兩鄉留寓風黧面①，千里相望月滿樓。」「子美不妨衣露肘〔五〕，長卿猶有賦凌雲〔六〕。」《春雪》云：「千層實樓閣，一片玉山川。」臨終云：「壞壁秋燈挑夢破，老梧寒雨滴愁生。」此類甚多，不能悉載也。有《蓬門先生集》行於世〔七〕。二子。祁，字京叔。郁，字文季。俱有名於時。

【校】

① 黧：李本、毛本作「薰」。

【注】

〔一〕南山翁撝：劉撝，字仲謙，應州渾源（今山西省渾源縣）人。天會二年狀元。官至石州刺史。素愛渾源山水幽勝，買田移居，晚號南山翁。詳見元王惲《渾源劉氏世德碑銘》。

〔二〕葉縣：縣名，金時屬南京路汝州，泰和八年改屬裕州。今河南省葉縣。

〔三〕大農：大司農，主掌勸課天下力田之事。

〔四〕雷御史：雷淵，官至御史。雷、劉二家爲世交，雷淵與劉從益爲同窗。見劉祁《歸潛志》。

〔五〕「子美」句：杜甫，字子美，河南鞏縣人。安史之亂爆發後，奔走流離，麻鞋露肘以見天子，授右拾遺。其《述懷》云：「去年潼關破，妻子隔絶久。今夏草木長，脱身得西走。麻鞋見天子，衣袖露兩肘。朝廷慜生還，親故傷老醜。涕淚授拾遺，流離主恩厚。」《新唐書》本傳：「會禄山亂，天子入蜀，甫避走三川。肅宗立，自鄜州羸服欲奔行在，爲賊所得。至德二年，亡走鳳翔上謁，拜右拾遺。」

〔六〕「長卿」句：司馬相如，字長卿，蜀郡成都人。漢代辭賦大家，獻《大人賦》給武帝，帝讀後飄飄欲仙。《史記·司馬相如傳》：「相如既奏大人之頌，天子大説，飄飄有凌雲之氣，似游天地之間意。」

〔七〕蓬門：劉從益自號，取自南山翁劉撝《誡子詩》。元王惲《渾源劉氏世德碑銘》：「蓬門其自號也。蓋取南山翁《誡子詩》『元自蓬蒿出門户，莫教門户卻蒿蓬』之句。」

題蘇李合畫淵明濯足圖〔一〕

天機本自足〔二〕，人事或相須〔三〕。東坡畫三昧〔四〕，迺與龍眠俱〔五〕。黄州富丘壑〔六〕，餘杭渺江湖〔七〕。已困口嘲弄，更堪手糊塗〔八〕。其來本遊戲，所到非功夫。平生斜川翁〔九〕，尚友千載餘〔一〇〕。可聞不可見，風標定何如〔一一〕。笑倩李居士〔一二〕，爲予巧形模〔一三〕。臨流想有詩，滄浪元非漁〔一四〕。不入聲利場，政恐吾足汙〔一五〕。二公有深意，百年留此圖。不着色塵相〔一六〕，澹然如游天地初〔一七〕。主人牢緘縢〔一八〕，丹青有渝此不渝〔一九〕。

【注】

〔一〕蘇李：蘇軾與李公麟。淵明：陶淵明。

〔二〕「天機」句：言自然之造化是不必借用外力的。

〔三〕相須：亦作「相需」。互相依存；互相配合。《詩·小雅·谷風》：「習習谷風，維風及雨。」毛傳：「風雨相感，朋友相須。」

〔四〕三昧：梵語音譯，本指屏除雜念，專注一境。借指事物的要領，真諦，訣竅。唐李肇《唐國史補》卷中：「長沙僧懷素好草書，自言得草聖三昧。」句言蘇軾的畫藝進入神妙境界。

〔五〕龍眠：李公麟（一〇四九——一一〇六），字伯時，號龍眠居士。以畫人馬爲北宋一代宗師，史稱人物出於吴道子，而馬與韓幹相頡頏，亦擅長畫山水佛像。

〔六〕黄州：蘇軾烏臺詩案後被貶黄州，其間雖然政治失意、生活窘迫，但文學上卻取得突出成就。句言黄州高山大川繁富，蘇軾在黄州飽覽山水，胸中積累了豐富的雄山大川的素材。宋黄庭堅《題子瞻枯木》：「胸中元自有丘壑，故作老木蟠風霜。」

〔七〕餘杭：浙江杭州。蘇軾曾兩度任職杭州，一是熙寧四年通判杭州，二是元祐四年除龍圖閣學士知杭州，時年五十四歲。句言杭州江湖浩渺遼闊，蘇軾暢遊其間，深刻領悟到它的形神氣韻。

〔八〕「已困」二句：言蘇軾不僅把黄州、杭州遊覽之所得精心撰作成數量可觀、品質高超的詩賦，而且還能把它畫成畫。

〔九〕斜川翁：指陶淵明。因家斜川，故稱。斜川：地名。據駱庭芝《斜川辨》，當在今江西都昌附近湖泊中。永初二年正月五日，陶淵明與二三鄰曲同遊斜川，臨流班坐，顧瞻南阜，愛曾城之獨秀，作《斜川詩》。

〔一〇〕尚友：上與古人爲友。《孟子·萬章下》：「以友天下之善士爲未足，又尚論古之人；頌其詩，讀其書，不知其人，可乎？是以論其世也，是尚友也。」蘇軾知揚州時，作和陶淵明《飲酒詩》二十首，南遷後又作和《歸園田居》等八十九首。黄庭堅《跋子瞻和陶詩》云：「子瞻謫嶺南，時宰欲殺之。飽喫惠州飯，細和淵明詩。彭澤千載人，東坡百世士。出處雖不同，風味乃相似。」認爲蘇軾之所以和陶、愛陶，是由于二人皆不以貧富得失縈懷，任真率性而行的「風味」相似。二句言蘇軾平生仰慕陶淵明，與他神交，即就此而言。

〔二〕「可聞」二句：言蘇軾只能看到陶淵明的遺著及有關記載，但看不到陶的真實相貌，不知陶那優美風神氣度究竟是什麽樣子。風標：風度，品格。

〔三〕倩：請。李居士：李公麟，號龍眠居士。

〔三〕形模：摹畫其形。

〔四〕滄浪：語自《楚辭・漁父》：「漁父莞爾而笑，鼓枻而去，乃歌曰：『滄浪之水清兮，可以濯吾纓。滄浪之水濁兮，可以濯吾足。』」二句言其所畫《淵明濯足圖》中的主人翁面臨溪水時哦吟恬淡自適的詩作，洗足時也要用清水除汙務盡，而不像《楚辭・漁父》中的漁翁那樣「與世推移」，隨波逐流，與世俗妥協。

〔五〕「不入」二句：晉皇甫謐《高士傳》：「堯又召許由爲九州長，由不欲聞之，洗耳于潁水之濱。」陶淵明之所以濯足，是爲拒絶權貴徵召其入仕的緣故。聲利場：爭名逐利的場所。代指仕途。

〔六〕色塵：佛教語。「六塵」之一。即眼根（視覺）所觸及的塵境。

〔七〕澹然：恬靜的樣子。二句言所畫的《淵明濯足圖》非濃墨重染、精雕細刻的工筆畫，而是用墨筆簡略勾勒的水墨寫意畫，重在突顯陶淵明決意歸隱後淡泊平靜的精神狀態。

〔八〕緘縢：繩索。用作動詞，取緊緊地捆好之意。《莊子・胠篋》：「將爲胠篋探囊發匱之盜而爲守備，則必攝緘縢，固扃鐍。」郭象注：「緘、縢，皆繩也。」

〔一九〕不渝：不改變。《詩・鄭風・羔裘》：「彼其之子，舍命不渝。」毛傳：「渝，變也。」

過尉氏懷阮籍〔一〕

朝來國門遊〔二〕，暮抵蓬池宿〔三〕。有懷阮步兵〔四〕，豪氣無撿束〔五〕。嘯歌陟高臺〔六〕，長風振林木。老眼何曾青，四海無一物〔七〕。萬古留詩名，九原銷醉骨〔八〕。居然方丈家，惜也微瑕玉〔九〕。塗窮道不窮，先生安用哭〔一〇〕。

【注】

〔一〕尉氏：縣名，金屬南京路開封府，今河南省尉氏縣。阮籍（二一〇——二六三）：字嗣宗，陳留尉氏人。崇奉老莊之學，不拘禮法，嗜酒，善長嘯，常以醉酒及「口不臧否人物」來避禍。《晉書》卷四九有傳。

〔二〕國門：國都的城門。指開封城。

〔三〕蓬池：在尉氏縣東北一里許。《述征記》：「大梁西南九十里尉氏有蓬池。」阮籍《詠懷》其十二：「徘徊蓬池上，還顧望大梁。」

〔四〕阮步兵：阮籍曾任步兵校尉，故世稱「阮步兵」。

〔五〕撿束：即「檢束」。檢點約束。

〔六〕「嘯歌」句：《淵鑒類函》卷二六六引《白帖》：「阮嗣宗善嘯，聲與琴諧，陳留有阮公嘯臺。」阮公嘯臺，又名阮籍臺。在今河南省尉氏縣東南。清吴偉業《梅村》：「閒窗聽雨攤詩卷，獨樹看雲上嘯臺。」吴翌鳳箋注：「東晉江微《陳留志》：『阮嗣宗善嘯，聲與琴諧，陳留有阮公嘯臺。』樂史《寰宇記》：『阮籍臺在尉氏縣東南二十步。籍每追名賢攜酌長嘯於此。』」嘯歌：長嘯歌吟。陟：登。

〔七〕「老眼」二句：《晉書·阮籍傳》：「籍又能爲青白眼。見禮俗之士，以白眼對之。」常言「禮豈爲我設耶？」阮籍喪母，嵇喜來吊，阮作白眼，喜不懌而去；喜弟康聞之，乃備酒挾琴造焉，阮大悦，遂見青眼。青，黑色。青眼，眼睛正視時，眼球居中，故青眼表喜愛或尊重。白眼，眼睛斜視時則現出眼白，故「白眼」表輕視或憎惡。二句言阮籍睥睨當世，高居傲視，視海内之人爲俗物。

〔八〕九原：春秋時晉國卿大夫的墓地，後泛指墓地。見漢劉向《新序·雜事四》。醉骨：阮籍嗜酒，遂酣飲爲常，曾一醉六十日，故稱。

〔九〕「居然」二句：謂阮籍精通老莊之學，藐視禮法，放浪形骸，率性而爲，儼然以魏晉玄學名流自居，可惜亦有白璧微瑕、美中不足之處。方丈家：指玄學方家。

〔一〇〕「塗窮」二句：《晉書·阮籍傳》：「（阮籍）時率意獨駕，不由徑路，車跡所窮，輒慟哭而反。」

泛舟回瀾亭坐中作〔一〕

昔年醉回瀾，猶恨身屬官〔二〕。今年邂逅來〔三〕，身與亭俱閑。洗心亭下水，照眼亭西山。

溪山如故人，喜我復來還。有酒澆我胸，有花怡我顔。韝鷹乍脱臂〔四〕，但覺天地寬。山陰忽回船〔五〕，夜闌情未闌。

【注】

〔一〕回瀾亭：多地有此亭名，按詩意當在陳州（今河南省淮陽縣）一帶。劉從益安家于此。

〔二〕屬官：身屬官署，有公務在身。劉從益貞祐末曾任陳州防禦判官。

〔三〕邂逅：不期而遇。興定五年，劉從益因彈劾失當，罷官歸陳州，詩當作於歸鄉之初。

〔四〕韝鷹脱臂：本謂鷹脱離臂衣。多喻擺脱拘束，重獲自由。唐韓愈《送侯參謀赴河中幕》：「今君得所附，勢若脱韝鷹。」此句寫罷官後的自由與輕鬆。

〔五〕「山陰」句：《世説新語·任誕》載：王子猷居山陰，雪夜乘舟訪戴逵，至其門即歸。曰：「吾本乘興而行，興盡而返，何必見戴。」

欒山松〔一〕

欒山一何崇〔二〕，上有千歲松。清孤月露底，秀拔天地中。蒲柳抱常質〔三〕，桃李開芳容。爭如十八公〔四〕，笑傲冰霜風。居然喜避世〔五〕，不肯汙秦封〔六〕。蟠如北海螭〔七〕，伏如南陽龍〔八〕。紛紛過者多，匠石終不逢〔九〕。明堂幾時構〔一〇〕，喚起蒼髯翁〔一一〕。

【注】

〔一〕欒山：明楊時偉編《諸葛忠武書》卷九：「《水經》：沔水又東過山都縣東北。注：新野山都縣治。沔水又東逕欒山北。諸葛亮好爲《梁甫吟》，每所登遊，俗以欒山爲名。」按劉從益活動行跡及「伏如」詩句，當指此山。

〔二〕崇：高。

〔三〕蒲柳：即水楊。其葉早凋。質，資質。語自《世説新語·言語》：「蒲柳之姿，望秋而落；松柏之質，經霜彌茂。」常質：當指蒲柳弱不禁風的柔美風姿。

〔四〕十八公：指松。松字拆開爲十、八、公三字，故稱。

〔五〕避世：逃避塵世，逃避亂世。

〔六〕秦封：秦始皇封泰山「五大夫松」。《史記·秦始皇本紀》：「乃遂上泰山，立石，封，祠祀。下，風雨暴至，休於樹下，因封其樹爲五大夫。」句謂此千年松爲了躲避秦封，來到此地。汙：玷污。

〔七〕蟠：盤曲，盤結。北海：指渤海。《莊子·秋水》：「（河伯）順流而東行，至于北海，東面而視，不見水端。」螭：傳説中的龍生九子之一，一種没有角的龍。句謂松樹之枝幹盤曲如北海中的螭龍。

〔八〕南陽龍：即卧龍。《三國志·蜀志·諸葛亮傳》：「臣本布衣，躬耕於南陽，苟全性命於亂世，不求聞達於諸侯。」又徐庶謂劉備曰：「諸葛孔明者，卧龍也。」此處用以形容樹根的盤曲之狀。北周庾信《同會河陽公新造山池聊得寓目》：「暗石疑藏虎，盤根似卧龍。」

〔九〕「紛紛」二句：《莊子·人間世》：「匠石之齊，至乎曲轅，見櫟社樹，其大蔽牛。……匠伯不顧，遂行不輟。弟子厭觀之，走及匠石，曰：『自吾執斧斤以隨夫子，未嘗見材如此其美也。先生不肯視，行不輟。何邪？』曰：『已矣，勿言之矣！散木也。』」後因以「匠石」比喻善於識别人才者。句謂此松一直未能遇到識其用途的工匠。

〔一〇〕明堂：古代帝王宣明政教的地方。凡朝會、祭祀、慶賞、選士、養老、教學等大典，都在此舉行。《孟子·梁惠王下》：「夫明堂者，王者之堂也。」

〔一一〕蒼髯翁：戲稱千歲老松。二句謂此松可做建構明堂的棟梁之材，有朝一日會派上用場。

和淵明雜詩一首〔一〕

俗士苦紛競〔二〕，此心本無塵〔三〕。功名廼外物，了不關吾身。吾身復何有，形神假相親〔四〕。天地開一室，日月挾兩鄰。有生即有化〔五〕，如晏之必晨〔六〕。但得酒中了，亦足稱達人〔七〕。揮戈欲卻日〔八〕，小力自不量。何如任天運〔九〕，閉門坐齊芳〔一〇〕。詩書列四隅〔一一〕，着我於中央。夏卧北窗風〔一二〕，隆冬曝朝陽〔一三〕。但有藜藿羹〔一四〕，亦足充飢腸。

【注】

〔一〕詩題：東晉詩人陶淵明有《雜詩》十二首，其中與此詩第一首韻脚相同者有「人生無根蔕」；與其二韻脚相同的有「日月不肯遲」、「代耕本非望」、「我行未云遠」等。清何焯《義門讀書記》卷五十：「《雜詩》『人生無根蔕』者，金源劉從益《和陶詩》以此篇合『榮華難久居』爲一篇，『日月不肯遲』合『我行未云遠』爲一篇。」謂此詩乃步陶二詩韻合爲一篇。其命意則與二詩無關。

〔二〕「俗士」句：言受世俗左右的傳統讀書人爲取得功名苦心孤詣，紛紛奔競。

〔三〕「此心」句：《六祖壇經》：「神秀上座呈偈曰：『身是菩提樹，心如明鏡臺。時時勤拂拭，勿使惹塵埃。』弘忍以爲未見本性，未傳衣法。慧能聽後亦誦一偈，請人代勞題於壁上：『菩提本無樹，明鏡亦非臺，本來無一物，何處惹塵埃。』」

〔四〕「形神」句：陶淵明詩《形影神》中的形神指形體與精神。《史記・太史公自序》：「凡人所生者神也，所託者形也……神者生之本也，形者生之具也。」《世説新語・任誕》王佛大歎言：「三日不飲酒，覺形神不復相親。」

〔五〕化：死。

〔六〕晏：晚。

〔七〕達人：豁達曠放的人。漢賈誼《鵩鳥賦》：「小智自私兮，賤彼貴我；達人大觀兮，物無不可。」上四句意同陶詩《形影神・形贈影》：「我無騰化術，必爾不復疑。願君取吾言，得酒莫苟辭。」

〔八〕揮戈卻日：即揮戈回日。揮舞兵器，趕回太陽。形容力挽危局，或讓時光倒流。典自《淮南子・覽冥訓》：「魯陽公與韓搆難，戰酣，日暮，援戈而揮之，日爲之反三舍。」

〔九〕「何如」句：意同陶詩《形影神·神釋》：「甚念傷吾生，正宜委運去。縱浪大化中，不喜亦不懼。」任天運：聽任隨從自然變化之理。

〔一〇〕齊：通「齋」。書齋。

〔一一〕四隅：四方，四周。《淮南子·原道訓》：「經營四隅，還返於樞。」高誘注：「隅，猶方也。」

〔一二〕「夏卧」句：用陶淵明《與子儼等疏》句：「五六月中，北窗下卧，遇涼風暫至，自謂是羲皇上人。」

〔一三〕「隆冬」句：用陶淵明《詠貧士》：「淒厲歲云暮，擁褐曝前軒。」曝：曬。

〔一四〕藜藿：藜和藿。亦泛指粗劣的飯菜。《文選·曹植·七啟》：「予甘藜藿，未暇此食也。」劉良注：「藜藿，賤菜，布衣之所食。」

又

少爲飢所驅〔一〕，老爲病所迫〔二〕。人生能幾何〔三〕，東阡復南陌〔四〕。急須沽酒來，一笑舉大白〔五〕。浩歌草木振〔六〕，起舞天地窄〔七〕。同歡二三子，誰主復誰客。浮沉大浪中〔八〕，畢竟歸真宅〔九〕。歲月去何速，老炎變新涼〔一〇〕。遊子久不歸〔一一〕，回首望大梁〔一二〕。風埃慘如此〔一三〕，何處真吾鄉〔一四〕。野菊明落日，林楓染飛霜。勸我一杯酒，悠然秋興長〔一五〕。

【注】

〔一〕「少爲」句：謂少時被饑餓所驅迫。

〔二〕「老爲」句：謂老來被疾病所折磨。

〔三〕「人生」句：曹操《短歌行》「對酒當歌，人生幾何」句。

〔四〕「東阡」句：感慨人生到處奔波。三國曹植《吁嗟篇》有「東西經爲陌，南北越爲阡」句。阡陌：田間小路。東西爲陌，南北爲阡。

〔五〕大白：大酒杯。宋司馬光《昔别贈宋復古張景淳》：「須窮今日懽，快意浮大白。」

〔六〕「浩歌」句：蘇軾《後赤壁賦》：「劃然長嘯，草木震動。」浩歌：放聲高歌，大聲歌唱。

〔七〕「起舞」句：《史記·五宗世家·長沙定王》「故王卑濕貧國」裴駰集解引應劭曰：「景帝後二年，諸王來朝，有詔更前稱壽歌舞。定王但張袖小舉手，左右笑其拙。上怪問之，對曰：『臣國小地狹，不足迴旋。』」杜甫《送李校書二十六韻》：「每愁悔吝作，如覺天地窄。」元盧琦《望湖亭》：「浩歌長嘯天地窄，笑殺馮唐歎二毛。」

〔八〕「浮沉」句：意同陶淵明《形影神》「縱浪大化中」，言順應自然變化。

〔九〕真宅：謂人死後的真正歸宿。《列子·天瑞》：「鬼，歸也，歸其真宅。」《漢書·楊王孫傳》：「千載之後，棺槨朽腐，乃得歸土，就其真宅。」

〔一〇〕「老炎」句：形容夏末秋初的氣温變化。

〔一一〕「遊子」句：用三國魏曹植《送應氏》詩句：「遊子久不歸，不識陌與阡。」

〔一二〕「回首」句：化用三國魏阮籍《詠懷詩》「徘徊蓬池上，還顧望大梁」句。大梁：汴京，金代都城，在今河南省開封市西北。

〔一三〕「風埃」句：用南朝齊謝朓《酬王晉安》：「誰能久京洛，緇塵染素衣。」言京城大梁權貴雲集，車塵滾滾，氣焰囂張。

〔一四〕「何處」句：宋畢仲遊《早起》：「留連成皓首，何處是吾鄉。」

〔一五〕秋興：秋日的情懷和興會。唐孟浩然《奉先張明府休沐還鄉海亭宴集》：「何以發秋興，陰蟲鳴夜階。」

和淵明始春懷田舍〔一〕

家食自不惡〔二〕，菽水甘清貧〔三〕。學道未有得〔四〕，讀書亦良勤。雖勤竟何補，俛首愧古人。靜言閱世故，來者日月新〔五〕。況復抱沉痾〔六〕，百憂無一忻〔七〕。安得衛生訣〔八〕，益我華池津〔九〕。怳如一夢覺，不與萬法鄰〔一〇〕。野人借問我，恐是劉遺民〔一一〕。

【注】

〔一〕詩題：淵明始春懷田舍，指陶淵明《癸卯歲始春懷古田舍》，詩共二首。按其韻脚，此詩所和者爲第二首：「先師有遺訓，憂道不憂貧。瞻望邈難逮，轉欲志長勤。秉耒歡時務，解顔勸農人。平疇交遠風，良苗亦懷新。雖未量歲功，即事多所欣。耕種有時息，行者無問津。日入相與歸，壺漿勞近鄰。長吟掩柴門，聊爲隴畝民。」

〔二〕惡：厭惡，嫌棄。

〔三〕菽水：指飲食中的豆與水。形容生活清苦。句本《禮記·檀弓下》：「子路曰：『傷哉！貧也！生無以爲養，死無以爲禮也。』孔子曰：『啜菽飲水盡其歡，斯之謂孝。』」

〔四〕學道：指學習儒家學説。

〔五〕「靜言」二句：言平靜地思考自己經見的世俗人情。它日新月異，花樣繁多，難以應對。

〔六〕沉痾：重病或久治不愈的老病。

〔七〕忻：同欣，快樂、高興貌。

〔八〕衛生：養生，保護生命。《莊子·庚桑楚》：「老子曰：『衛生之經，能抱一乎？』」郭象注：「防衛其生，令合道也。」晉陶潛《影答形》：「存生不可言，衛生每苦拙。」

〔九〕華池：口的舌下部位。泛指口。《太平御覽》卷三六七引《養生經》：「口爲華池。」蘇軾《龍虎鉛汞論》：「但行之數日間，舌下筋微急痛，當以漸馴致，若舌尖果能及懸癰，則致華池之水，莫捷於此也。」華池津：唾液。扣齒溢津爲道家修煉衛生之法。宋梅堯臣《題劉道奉真亭》：「降真沉水生爐煙，扣齒曉漱華池泉。」

〔一〇〕不與萬法鄰：意同不與萬法爲侶，謂襟懷曠遠，超群出衆。

〔一一〕劉遺民：名程之，字仲思。晉彭城人，漢楚元王之後。少孤，事母孝，善老莊，言不委蛇于時俗。

曾任柴桑令。後至西林山澗北，別立禪舍，專精佛法義理，嚴守戒律，並作念佛三昧詩。劉跡掛塵外而棲心淨土，時人稱他與釋慧遠、陶淵明爲「潯陽三隱」。事見《東林傳》。

和淵明飲酒韻〔一〕

日入了公事〔二〕，援琴洗塵喧〔三〕。秋堂一燈明〔四〕，清響到夜偏〔五〕。彈罷枕書臥，渺然夢青山〔六〕。山英向我問，君駕何時還〔七〕。家僮忽喚覺〔八〕，惆悵不能言〔九〕。

【注】

〔一〕詩題：此詩和陶淵明《飲酒》其五「結廬在人境，而無車馬喧」韻。

〔二〕了：了卻。完畢、結束之意。公事：朝廷之事；公家之事。《詩·大雅·瞻印》：「婦無公事，休其蠶織。」朱熹集傳：「公事，朝廷之事也。」

〔三〕塵喧：塵世的煩擾。

〔四〕秋堂：秋日的廳堂。常以指書生攻讀課業之所。唐王建《送司空神童》：「秋堂白髮先生別，古巷青襟舊伴歸。」

〔五〕清響：指清亮的琴聲。偏：半。《左傳·閔公二年》：「衣身之偏。」杜預注：「偏，半也。」

〔六〕渺然：形容模糊貌。

〔七〕「山英」二句：謂山神問詩人何時歸隱林泉。山英：山神。

〔八〕覺：夢醒。《莊子·齊物論》：「俄然覺，則蘧蘧然周也。」句謂正在做着歸隱的美夢，突然被家僮唤醒。

〔九〕惆悵：因失意或失望而傷感、懊惱。晉陶潛《歸去來兮辭》：「既自以心爲形役，奚惆悵而獨悲。」

臘日次幽居韻〔一〕

世務方擾擾〔二〕，人生何營營〔三〕。不如不出門，坐頤天地情〔四〕。泰中有否來〔五〕，陰極即陽生〔六〕。掀髯一笑起〔七〕，窗外風鐸鳴〔八〕。看雲偶獨立，踏雪時閑行。最愛朝日升，負暄向南榮〔九〕。

【注】

〔一〕臘日：古時臘祭之日。農曆十二月初八。次韻：也稱步韻，和詩的一種，按照原詩的韻脚及用韻次序來和詩。劉從益善作次韻詩，在其現存詩歌中，和韻詩占到一半左右，且和韻的技巧頗爲高超。劉祁《歸潛志》卷八：「故與人唱和，韻益狹，語益工，人多稱之。嘗與雷希顏、元裕之論詩。元云：『和韻非古，要爲勉强。』先子云：『如能以彼韻就我意，何如亦一奇也。』」

〔二〕世務：社會事務。漢桓寬《鹽鐵論·論儒》：「孟軻守舊術，不知世務，故困於梁、宋。」擾擾：形容紛亂的樣子。

〔三〕營營：追求奔逐，刻意經營。

〔四〕頤：保養。

〔五〕泰、否：《周易》中的兩個卦名。泰：天地交而萬物通；否：天地不交而萬物不通。後以「泰否」指世道盛衰和人事通塞。泰中有否：泰否相互依從轉换，否極泰來。

〔六〕陰極即陽生：《周易》《太極圖》等認爲，陰氣極盛之時陽氣發生，這是中國哲學的理論基礎。句兼指否極泰來。

〔七〕掀髯：笑時啟口張鬚貌；激動貌。

〔八〕風鐸：風鈴。殿閣塔檐的懸鈴，風吹時發出響聲。

〔九〕負暄：冬天受日光曝曬取暖。唐包佶《近獲風痺之疾題寄所懷》：「唯借南榮地，清晨暫負暄。」南榮：房屋的南簷。榮，屋簷兩頭翹起的部分。《文選·司馬相如·上林賦》：「偓佺之倫，暴于南榮。」李善注引郭璞曰：「榮，屋南簷也。」唐陳子昂《喜馬參軍相遇醉歌序》：「南榮暴背，北林設置。」

歲除夕次東坡守歲韻〔一〕

人生都百年〔二〕，誰問鬬黿蛇〔三〕。容顏鏡中换，老醜不可遮。殷勤守此歲，來歲復如何。

南鄰祭竈喧〔四〕，北里驅儺譁〔五〕。須臾罷無爲〔六〕，但聽樓鼓撾〔七〕。明朝四十過〔八〕，暮景真易斜〔九〕。初心自慷慨〔一〇〕，白首還蹉跎〔一一〕。寄語少年子，雖健不足誇。

【注】

〔一〕詩題：蘇軾曾於除夜作《守歲》、《别歲》、《餽歲》組詩。其詩前小序云：「除夜達旦不眠，爲守歲，蜀之風俗如是。余官於岐下，歲暮思歸而不可得。故爲此三詩以寄子由。」其《守歲》曰：「欲知垂盡歲，有似赴壑蛇。修鱗半已没，去意誰能遮。况欲繫其尾，雖勤知奈何。兒童强不睡，相守夜讙譁。晨雞且勿唱，更鼓畏添撾。坐久燈燼落，起看北斗斜。明年豈無年，心事恐蹉跎。努力盡今夕，少年猶可誇。」守歲：舊時民俗，陰曆除夕終夜不睡，以迎候新年的到來，謂之守歲。晉周處《風土記》：「蜀之風俗，晚歲相與餽問，謂之餽歲；酒食相邀，爲别歲；至除夕達旦不眠，謂之守歲。」

〔二〕「百年」句：言人生大都活不到百歲。

〔三〕鬭龜蛇：與龜蛇比壽。龜蛇以長壽著稱。曹操《步出夏門行》：「神龜雖壽，猶有竟時。騰蛇乘霧，終爲土灰。」蘇軾《彭祖廟》：「歷經商周看盛衰，欲將齒髮鬭蛇龜。」原詩序云：「《玉策記》曰：蛇有無窮之壽。」

〔四〕祭竈：即祀竈。爲五祀之一。舊俗農曆十二月二十三日或二十四日祭祀竈神。

〔五〕驅儺：舊時歲暮或立春日舉行驅逐疫鬼活動。《後漢書·禮儀志中》：「季冬之月，星迴歲終，陰陽以交，勞農大享臘。先臘一日，大儺，謂之逐疫。其儀：選中黄門子弟年十歲以上，十二以下，百二十人爲侲子。皆赤幘皂製，執大鞉。方相氏黄金四目，蒙熊皮，玄衣朱裳，執戈揚眉。十二獸有衣毛角。中黄門行之，冗從僕射將之，以逐惡鬼于禁中。」

〔六〕無爲：指祭祀驅邪活動結束。

〔七〕撾：打，敲打。

〔八〕「明朝」句：關于劉從益生卒年，今人或以爲卒在正大元年，或以爲卒在正大三年，狄寶心《金末詩人劉從益生卒年新證》（見《晉陽學刊》二〇〇八第二期）認爲卒正大二年。是。按此，劉生于大定二十二年，其「四十」在興定五年。是年劉罷監察御史任歸居陳州。

〔九〕暮景：以夕陽喻垂暮之年。

〔一〇〕初心：指年輕時的志向抱負。慷慨：正大激昂。《文選·司馬相如·長門賦》：「貫歷覽其中操兮，意慷慨而自卬。」李善注引如淳曰：「激厲抗揚之意也。」

〔一一〕蹉跎：失意；虚度光陰。

次韻别歲〔一〕

一日復一月，其來不肯遲。一冬復一春，既去誰能追。問歲果安往，懵不知津涯〔二〕。常於歲除夕，知是相别時。鄰翁慣禮餞〔三〕，買酒烹鮮肥〔四〕。百挽不得留，一别那須悲。年年例如此，華髮吾何辭。惟有學道心〔五〕，自覺老不衰。

【注】

〔一〕詩題：此爲次蘇軾《别歲》詩韻。蘇詩曰：「故人適千里，臨别尚遲遲。人行猶可復，歲行那可追。問歲安所之，遠在天一涯。已逐東流水，赴海歸無時。東鄰酒初熟，西舍彘亦肥。且爲一日歡，慰此窮年悲。勿嗟舊歲别，行與新歲辭。去去勿回顧，還君老與衰。」别歲：舊時民俗，歲末相與宴飲辭舊，稱爲别歲。

〔二〕懵：指因意外叩問而發愣。津涯：指所去盡頭、目的地。

〔三〕禮餞：指依照年節習俗攜帶酒肉等禮品相邀餞飲。舊年送别餞行的禮儀。

〔四〕鮮肥：魚肉類美味肴饌。

〔五〕學道：此指學習儒家學説。

次韻餽歲〔一〕

親朋餉無時，鄰里歡有佐〔二〕。況當歲之終，可以具百貨〔三〕。禮意各示勤〔四〕，手段不妨大〔五〕。我貧無往還〔六〕，閉户但高卧。藜羹且充腸〔七〕，珍味不登坐〔八〕。猶勝許文休，衣食出馬磨〔九〕。自非揚子雲，載酒何人過〔一〇〕。空吟餽歲詩，自歌還自和。

【注】

〔一〕詩題：此爲次蘇軾《餽歲》詩韻。蘇詩曰：「農功各已收，歲事得相佐。爲歡恐無具，假物不論貨。山川隨出産，貧富稱小大。寘盤巨鯉横，發籠雙兔卧。富人事華靡，綵繡光翻座。貧者愧不能，微摯出春磨。官居故人少，里巷佳節過。亦欲舉鄉風，獨倡無人和。」餽歲：舊時民俗，歲末相互饋贈。晉周處《風土記》：「蜀之風俗，晚歲相與餽問，謂之餽歲。」

〔二〕「親朋」二句：言親戚朋友都不分時節，經常互贈禮品，鄉里鄰居們亦經常有人贈食助歡。

〔三〕「况當」二句：言年節來臨前夕，親朋鄰里互贈禮品，更是樣樣俱全，應有盡有。

〔四〕「禮意」句：言通過饋贈禮品表達心意，互相爭示殷勤，增進情誼。

〔五〕「手段」句：言禮多人不怪，其互贈禮品的規模愈來愈大，所送之禮愈來愈重。

〔六〕往還：指送禮和還禮。

〔七〕藜羹：即藜菜做的湯。《莊子·讓王》：「孔子窮于陳蔡之間，七日不火食，藜羹不糝。顔色甚憊，而絃歌於室。」

〔八〕珍味：珍奇貴重的食物。晉張華《博物志》卷一：「食水産者，龜、蛤、螺、蚌，以爲珍味，不覺其腥臊也；食陸畜者，狸、兔、鼠、雀，以爲珍味，不覺其膻也。」

〔九〕「猶勝」二句：意謂自己的境况比許靖稍好。許文休：許靖，字文休。與從弟許劭俱知名，但受其排擠。《三國志·蜀志·許靖傳》：「少與從弟劭俱知名，並有人倫臧否之稱，而私情不協。

劭爲郡功曹，排擯靖不得齒叙，以馬磨自給。」宋陸游《明日自和》：「二頃元知未易求，不如馬磨學文休。」馬磨：用馬拉磨，謂辛苦勞作。

〔一〇〕「自非」二句：自謂學問不能與揚雄相比，不會有人載酒登門求教。揚子雲：西漢人揚雄，字子雲。因有學問，常有人登門求教。《漢書·揚雄傳下》：「家素貧，嗜酒，人希至門。時有好事者載酒肴從遊學。」

清明即事用前韻〔一〕

一度清明了一年，温風嫋嫋雨班班〔二〕。幾家繡幰尋芳去〔三〕，何處蹇驢馱醉還〔四〕。宿草新墳驚世短〔五〕，落花流水占春閑〔六〕。曉鶯啼破松窗夢〔七〕，缺月東南掛屋山〔八〕。

【注】

〔一〕即事：以當前事物爲題材的詩。

〔二〕嫋嫋：指微風吹拂。《楚辭·九歌·湘夫人》：「嫋嫋兮秋風。」班班：一作「斑斑」。斑點衆多貌。元好問《杏花雜詩》其一：「小雨班班曉未匀，煙光水色畫難真。」

〔三〕繡幰：繡飾華美的車前帷幔。代車。尋芳：游賞美景。清明節有踏青習俗。

〔四〕「何處」句：詩人們常以飲酒騎驢寓曠達窮困之意。如宋陸游《劍門道中遇微雨》：「衣上征塵雜酒痕，遠遊無處不消魂。此身合是詩人未？細雨騎驢入劍門。」唐代詩人李白、杜甫、李賀、賈島等都有騎驢故事。蹇驢：跛蹇駑弱的驢子。《楚辭・東方朔・謬諫》：「駕蹇驢而無策兮，又何路之能極。」王逸注：「蹇，跛也。」

〔五〕「宿草」句：言清明節前來上墳掃墓，看到去年的新墳上長滿宿草，遂驚悟時快如飛，人生一世竟如此短暫。宿草：指墓地上隔年的草。

〔六〕占：驗證。《荀子・賦》：「臣愚而不識，請占之王泰。」楊倞注：「占，驗也。」句言由落花隨流水遠逝，驗知一年一度的春天花事進入尾聲，一派殘春景象。

〔七〕松窗：臨松之窗。多以指別墅或書齋。唐顧況《憶山中》：「蕙圃泉澆溼，松窗月映閒。」

〔八〕缺月：不圓之月。杜甫《宿鑿石浦》：「缺月殊未生，青燈死分翳。」王洙注：「缺，殘也。」

五月十四夜對月有感

世事易隨雲變滅〔一〕，人生難保月團圞〔二〕。淮陽旅舍三年夢〔三〕，河朔風聲五月寒〔四〕。何處雲山端可老〔五〕，向來天地爲誰寬〔六〕。宦遊脚底生荆棘〔七〕，蜀道而今卻不難〔八〕。

【注】

〔一〕「世事」句：言世上時事變化多端，盛衰無常。用杜甫《可歎》「天上浮雲似白衣，斯須改變如蒼狗」詩意。

〔二〕「人生」句：用蘇軾《水調歌頭》（明月幾時有）「人有悲歡離合，月有陰晴圓缺」詞意，言人生難以盡如人意，多有缺憾。

〔三〕淮陽：陳州之古稱，今河南省淮陽縣。劉從益自興定五年罷監察御史，至元光二年秋任葉縣令，其間在淮陽賦閑三年。句言這三年時光短暫，恍如一夢。

〔四〕河朔：古代泛指黄河以北的地區。《書·泰誓中》：「惟戊午，王次於河朔。」孔傳：「戊午渡河而誓，既誓而止於河之北。」句兼寓河朔蒙金交戰形勢不利，令人心寒的消息。

〔五〕端：的確。句言金國土日縮，没有哪處高山僻壤是確實安全的藏身之地。

〔六〕「向來」句：用唐岑參《送張秘書充劉相公通汴河判官便赴江外覲省》：「萬里江海通，九州天地寬。」言金初國勢强盛，疆域遼闊。後世子孫不加守護，國都南遷，使初祖所開拓的疆土又落得他人之手，究竟爲誰寬展。

〔七〕荆棘：泛指山野叢生多刺的灌木。喻艱險境地。

〔八〕蜀道：蜀中的道路，以難行著稱。李白《蜀道難》：「噫吁嚱，危乎高哉，蜀道之難，難於上青天。」

再過郾城示伯玉知幾〔一〕

三年兩度過溵陽〔二〕，鞍馬紅塵道路長。花月不應知我老，溪山也解笑人忙。朔風凜凜頻驚坐〔三〕，夜雨蕭蕭偶對牀〔四〕。他日水南營葬地〔五〕，愧無遺愛在桐鄉〔六〕。

【注】

〔一〕郾城：縣名，金代屬南京路許州。今河南省漯河市。伯玉：張轂，字伯玉。知幾：麻九疇，字知幾。

〔二〕溵陽：郾城古稱溵陽，因濱臨溵水之北而得名。

〔三〕驚坐：使在座者震驚。典自《漢書·遊俠傳·陳遵》：「時列侯有與遵同姓字者，每至人門，曰陳孟公，坐中莫不震動，既至而非，因號其人曰陳驚坐云。」唐駱賓王《春日離長安言懷》：「劇談推曼倩，驚坐揖陳遵。」此指自己三年兩過郾城友人。

〔四〕「夜雨」句：指兄弟或親友久别後重逢，共處一室傾心交談的歡樂之情。唐韋應物《示全真元常》：「寧知風雪夜，復此對牀眠。」宋蘇轍《逍遥堂會宿》詩序：「轍幼從子瞻讀書，未嘗一日相舍。既壯，將游宦四方，讀韋蘇州詩至『寧知風雨夜，復此對牀眠』，惻然感之，乃相約早退，爲閑居之樂。」

〔五〕水南：當指郾城溵水以南。

〔六〕「愧無」句：用朱邑愛民典故。朱邑，字仲卿，西漢廬江舒（今安徽省廬江縣）人。二十多歲任桐鄉（今安徽省桐城市）嗇夫，掌管訴訟和賦税等，廉平不苛，秉公辦事，仁愛之心廣施於民，深受吏民敬愛。後舉賢良爲大司農丞，遷北海太守，入爲大司農。朱邑彌留之際，囑其子曰：「我故爲桐鄉吏，其民愛我。必葬我桐鄉，後世子孫奉嘗我，不如桐鄉民。」及死，其子葬之桐鄉西郭外，百姓爲其起冢立祠，歲時祠祭，經久不絶。事見《漢書·朱邑傳》。劉從益曾于貞祐二年爲郾城令，故比以朱邑。遺愛：指留于後世而被人追懷的德行、恩惠、貢獻等。

次韻閑閑公夢歸〔一〕

眉間喜色幾時黄〔二〕，滿貯羈愁着瘦腸。萬里鄉關飛不到，十年岐路走空忙。杯心蘸月松梢影，鼻觀通風柏子香〔三〕。最愛南山舊山色〔四〕，夢中相覓不相忘。

【注】

〔一〕閑閑公：趙秉文，號閑閑老人。《夢歸》：《滏水集》作《記夢》：「六年京國鬢塵黄，一望家山一斷腸。病後始知謀退晚，夢中猶記和詩忙。風來竹裹娟娟好，水過花間冉冉香。學道無成還自笑，人生習氣果難忘。」

〔二〕「眉間」句：《太平御覽》卷三六四引《相書占氣雜要》：「黄氣如帶當額横，卿之相也。有卒喜，皆發於色……黄色最佳。」後以「眉間黄氣」爲頌人吉利之詞。唐韓愈《郾城晚飲奉贈副使馬侍郎及馮李二員外》：「城上赤雲呈勝氣，眉間黄色見歸期。」

〔三〕鼻觀：鼻孔。指嗅覺。宋陸游《登北榭》：「香浮鼻觀煎茶熟，喜動眉間鍊句成。」

〔四〕南山：當指劉氏家鄉渾源之南山，其高祖劉撝嘗居于此，因號「南山翁」。

題閑閑公夢歸詩後用叔通韻〔一〕

學道幾人知道味〔二〕，謀生底物是生涯〔三〕。莊周枕上非真蝶〔四〕，樂廣杯中亦假蛇〔五〕。身後功名半張紙〔六〕，夜來鼓吹一池蛙〔七〕。夢間説夢重重夢，家外忘家處處家。

【注】

〔一〕叔通：宇文虚中字叔通。宇文虚中原詩《中州集》未收，已佚。

〔二〕「學道」句：由趙秉文《夢歸》「學道無成還自笑」句意引發而來。

〔三〕底物：何物。生涯：生計。謀生的辦法。

〔四〕「莊周」句：用「莊周夢蝶」典故。《莊子·齊物論》：「昔者莊周夢爲蝴蝶，栩栩然蝴蝶也，自喻適志與！不知周也。俄然覺，則蘧蘧然周也。不知周之夢爲蝴蝶與，蝴蝶之夢爲周與？」

〔五〕「樂廣」句：用「杯弓蛇影」典故。《晉書·樂廣傳》：「嘗有親客，久闊不復來。廣問其故，答曰：『前在坐蒙賜酒，方欲飲，見杯中有蛇，意甚惡之，既飲而疾。』于時河南聽事壁上有角，漆畫作蛇。廣意杯中蛇即角影也，復置酒於前處，謂客曰：『酒中復有所見不？』答曰：『所見如初。』廣乃告其所以，客豁然意釋，沉痾頓愈。」

〔六〕「功名」句：謂功名微不足道，即使青史留名，亦不過半張紙而已。半張紙：宋楊萬里《燈下讀山谷詩》：「百年人物今安在，千載功名紙半張。」

〔七〕「夜來」句：《南史·孔稚圭傳》：「（稚圭）不樂世務……門庭之内，草萊不剪，中有蛙鳴。或問之曰：『欲爲陳蕃乎？』稚珪笑曰：『我以此當兩部鼓吹。何必期效仲舉？』」漢陳蕃字仲舉，「嘗閑處一室，而庭宇荒穢」，嘗自言：「大丈夫處世，當掃除天下，安事一室乎？」見《後漢書》本傳。後人遂以「蛙鳴鼓吹」寫恬淡閒適之情。唐楊收《詠蛙》：「會當同鼓吹，不復問官私。」

送儀提點西歸〔一〕

自斷平生不問天〔二〕，拂衣歸去任吾年〔三〕。五侯鯖飽無多味〔四〕，九老圖成又一傳〔五〕。回首京華瞻日遠〔六〕，放懷鄉社得天全〔七〕。綸巾醉卧咸陽市〔八〕，始信人間有散仙〔九〕。

【注】

〔一〕儀提點：馮璧《送國醫儀師顔乞賢得請歸關中次朝賢韻》即次此詩韻，知儀提點即太醫院副使儀師顔。

〔二〕「自斷」句：言儀氏決意西歸，對仕隱大事能自我決斷，不須叩問天意。

〔三〕拂衣歸去：《後漢書·楊彪傳》：「孔融，魯國男子，明日便當拂衣而去，不復朝矣。」後因稱歸隱爲拂衣。陶淵明《飲酒》其十九：「遂盡介然分，拂衣歸田里。」任吾年：在自己的有生之年，順其自然，不加約束。

〔四〕五侯鯖：指漢代婁護合王氏五侯家珍膳而烹飪的雜燴。五侯，漢成帝母舅王譚、王根、王立、王商、王逢時同日封侯，號五侯。鯖，肉和魚的雜燴。《西京雜記》卷二：「五侯不相能，賓客不得來往。婁護、豐辯，傳食五侯間，各得其歡心，競致奇膳，護乃合以爲鯖，世稱五侯鯖，以爲奇味焉。」後用以指佳餚。句言儀氏曾居高貴之位，對錦衣玉食已不再稀罕。

〔五〕九老圖：唐白居易與胡杲、吉皎、劉真、鄭據、盧貞、張渾年老退居洛陽，曾作尚齒之會，並各賦詩記其事。後李元爽及僧如滿亦告老歸洛，因作九老尚齒之會，並書姓名、年齒，繪其形貌，題爲九老圖。後傳世姓名不一。事見唐白居易《九老圖詩序》、《唐詩紀事》卷四九。後因以「九老圖」爲告老還鄉者聚會之典。句言儀氏西歸後將會有鄉賢聚會之樂趣。

〔六〕日遠：遠離帝都與天子。典出《世説新語・夙惠》：明帝少時，晉元帝問其「長安何如日遠」？答曰：「日遠。不聞人從日邊來，居然可知。」次日于朝上重問之，答曰：「日近。」元帝問：「爾何故異昨日之言邪？」答曰：「舉目見日，不見長安。」

〔七〕放懷：放寬胸懷，意指超脱開心。鄉社：猶鄉里，故鄉。天全：謂保全天性。蘇軾《李行中秀才醉眠亭》其一：「已向閑中作地仙，更於酒裏得天全。」

〔八〕綸巾：冠名。用青色絲帶做的頭巾。相傳諸葛亮在軍中服用，故又稱諸葛巾。醉卧咸陽市：用唐聶夷中《胡無人行》詩句：「男兒徇大義，立節不沽名。腰間懸陸離，大歌胡無行。不讀戰國書，不覽黄石經。醉卧咸陽樓，夢入受降城。」寫男兒豪情。儀提點西歸之處爲關中咸陽。

〔九〕散仙：道教語。仙人未授職者之稱。後用比喻放曠不羈、自由閒散的人。唐白居易《雪夜小飲贈夢得》：「久將時背成遺老，多被人呼作散仙。」

再賡〔一〕

人定端能坐勝天〔二〕，刀圭有力制頹年〔三〕。道非出世頭頭是〔四〕，丹不遺經口口傳〔五〕。陰魄沉迷終鬼録，陽精飛鍊即神全〔六〕。三山縹緲誰能到〔七〕，目下身安亦是仙。

【注】

〔一〕賡：賡和。即續用自己或他人原韻、題意唱和。此詩是再和《送儀提點西歸》詩。

〔二〕「人定」句：言人通過調養衛生使身體强健，就能夠超過上天所賦予的壽數。

〔三〕刀圭：指藥物。唐王績《采藥》：「且復歸去來，刀圭輔衰疾。」頹年：老年，暮年。句謂通過藥物養生，可以延緩衰老的進程。

〔四〕「道非」句：《續傳燈録・慧力洞源禪師》：「方知頭頭皆是道，法法本圓成。」句言益壽延年之道並非遠離世間，日常生活中無所不在。

〔五〕「丹不」句：丹本指道家煉製的長生不老之藥，此指療效甚佳的驗方。遺經：指古代傳下來的經書。句言所用益壽驗方並非來自經典與專著，而是由前輩口口相傳。

〔六〕「陰魄」二句：《素問》載：隨神往來者，謂之魂；並精出入者，謂之魄。蓋陽氣方升，未能化神，先化其魂。陽氣全升，則魂變而爲神。魂者，神之初氣，故隨神而往來。陰氣方降，未能生精，先生其魄。陰氣全降，則魄變而爲精。魄者，精之始基，故並精而出入也。二句言人體陰陽調和就會精血旺盛，神氣健全，陰魄沉降迷失就會最終死亡。

〔七〕三山：傳説中的海上三神山。晉王嘉《拾遺記·高辛》：「三壺，則海中三山也。一曰方壺，則方丈也；二曰蓬壺，則蓬萊也；三曰瀛壺，則瀛洲也。」句言傳説中長生不老的神仙乃虛無縹緲的幻想，無人能真正成仙。

次韻李公度〔一〕

瓶有儲糧鬢有絲〔二〕，蹉跎歲晚坐書癡〔三〕。輞川畫隱王摩詰〔四〕，錦里詩窮杜拾遺〔五〕。應舉尚陪新進士〔六〕，主文半是舊相知〔七〕。春闈看決魚龍陣〔八〕，未必尖錐勝鈍錐〔九〕。

【注】

〔一〕次韻：也稱步韻，和韻的一種，按照原詩的韻腳及用韻次序來和。李公度：李澥，公度，一作公渡。相(今河南省安陽市)人。少從王内翰子端學詩,能行書,工畫山水。性寬緩,笑談有味。居京師十五年,日遊貴人之門。所至以上客延之。善處世,不爲人所忌嫉,雅有前輩典刑。累舉不第,年六十餘卒。《中州集》卷七有小傳。李澥原詩及劉從益和詩事見劉祁《歸潛志》卷三:「李澥公渡,相州人,王黄華門生也。自號六峰居士。工詩及字畫,皆得法於黄華。與趙閑閑諸公游,連蹇科場,竟不第,至六十餘病終。時人言公渡賦不如詩,詩不如字,字不如畫。科舉賦最緊,何公渡最緊下也!興定末,與余同試開封,中選,公渡甚喜,有詩示余先子,後云:『姓名偶脱孫山外,文字幸爲坡老知。誰念三生李方叔,欲將殘喘寄鑪錘。』先子和答云:『瓶有儲糧鬢有絲……未必尖錐勝鈍錐。』士林相傳,以爲笑談。」

〔二〕絲:喻指白髮。前蜀韋莊《鑷白》:「始因絲一縷,漸至雪千莖。」

〔三〕蹉跎:失意;虚度光陰。坐:因爲,由于。書癡:專注于書籍者;書呆子。《舊唐書·竇威傳》:「威家世勳貴,諸昆弟并尚武藝,而威耽玩文史……諸兄哂之,謂爲『書癡』。」

〔四〕輞川:地名,在今陝西藍田縣城西南。唐宋之問于此建有别墅。王摩詰:王維,字摩詰,太原祁(今山西省祁縣)人。唐開元九年進士,詩書畫皆有盛名。得宋之問藍田别墅,安史之亂後,在輞川過隱士生活,與裴迪浮舟往來,彈琴賦詩,嘯詠終日,有《輞川集》。所作《輞川圖》已無存,後人多有臨摹。句謂李澥繪畫技藝高超,可與王維相提並論。

〔五〕錦里:錦官城,故址在今四川成都南。詩窮:典出宋歐陽修《梅聖俞詩集序》:「予聞世謂詩人少達而多窮……然則非詩之能窮人，殆窮者而後工也。」杜拾遺：杜甫，字子美，曾任左拾遺，故稱。杜甫晚年寄居成都，生活困頓。句謂李瀚的詩寫得好，有杜甫遺風。其至老命運坎坷，亦與杜甫相似。

〔六〕「應舉」句：指劉祁《歸潛志》所云「興定末，與余同試開封，中選」事。進士：古代由地方推選至京師科考謂進士或舉人，此指開封府試，又稱「秋試」。

〔七〕「主文」句：言李公度六十多歲仍應府試、省試、殿試，主考官大多是以前一起應考時結識的。

〔八〕春闈：古代科舉會試在春季舉行，故稱春闈。魚龍陣：用「鯉魚躍龍門」典。漢辛氏《三秦記》：「龍門山，在河東界。禹鑿山斷門，闊一里餘。黄河自中流下，兩岸不通車馬。每歲季春，有黄鯉魚自海及諸川爭來赴之。一歲中，登龍門者，不過七十二。初登龍門，即有雲雨隨之，天火自後燒其尾，遂化爲龍矣。」後用喻科舉中第。句謂李瀚能跳出龍門，榜上有名。

〔九〕「未必」句：暗用「錐處囊中」典故。比喻有才智的人終能顯露頭角。語出《史記・平原君虞卿列傳》：「夫賢士之處世也，譬若錐之處囊中，其末立見。」尖錐：代指年輕士子。鈍錐，代指久試不遇的李瀚。句謂那些年輕的新科進士才能不一定勝過李瀚。

題無盡藏　梁斗南所藏畫〔一〕

誰開天地秘密藏〔二〕，今古人間用不窮〔三〕。眼尾摇光千丈月，耳根傳響一溪風〔四〕。勝游赤壁文章在〔五〕，高卧燕山氣象同〔六〕。二老風流渺何許，後生猶可畫圖中〔七〉。

【注】

〔一〕無盡藏：金元之際梁陟所藏詩卷、書畫的總稱。語本蘇軾《前赤壁賦》「是造物者之無盡藏也」。元好問有《梁都運亂後得故家所藏無盡藏詩卷，見約題詩，同諸公賦》。元耶律楚材《無盡藏詩》末注云：「梁斗南所藏畫。」元王惲有《跋梁中憲無盡藏手卷四首》、《跋梁斗南先生無盡藏手軸》。梁斗南：梁陟，字斗南，良鄉（今北京市房山區）人。金明昌進士，官至同知南京路都轉運使。性穎悟，讀書工詩，時輩服其通敏。金亡，任燕京編修所長官。終老于家。參見《續夷堅志·天賜夫人》、元袁桷《追封薊國公謚忠哲梁公行狀》、《畿輔通志》卷七九。

〔二〕秘密藏：佛教語。謂奥秘而不可思議的境界。

〔三〕窮：盡。二句言天地之間隱藏着無窮美景勝境，古往今來人們用作繪畫素材，取之不盡，用之不竭。

〔四〕「眼尾」二句：皆應指無盡藏中的畫。眼尾：眼梢。

〔五〕「勝遊」句：指蘇軾所作《赤壁賦》。

〔六〕「高卧」句：高卧：高枕而卧，謂超然世外，無憂無慮。燕山：指梁斗南家鄉良鄉一帶的燕山山脈。句言梁斗南以前在家鄉燕山隱居，其超然世外，寄情山水的高雅情懷與蘇軾同調。

〔七〕「二老」二句：謂蘇軾與梁斗南年代相隔久遠，但二人胸懷相似，後輩應該把他們畫入一幅畫中。

元王惲《無盡藏》：「千年山立梁中憲，長與坡仙共一天。」

三弟手植瓢材，且有詩，予亦戲作〔一〕

爲愛胡盧手自栽，弱條柔蔓漸縈回〔二〕。素花飄後初成實，碧蔭濃時可數枚。試問老禪藤繳去〔三〕，何如遊子杖挑來〔四〕。早知瓠落終無用〔五〕，只合江湖養不才〔六〕。

【注】

〔一〕三弟：劉從益父劉似僅一子一女，三弟當爲從弟。名字待考。瓢材：做水瓢的葫蘆。

〔二〕縈回：盤旋往復。

〔三〕藤繳：葛藤纏繞。佛家用喻對事物問題糾纏不清或話語囉嗦繁冗，戲稱葛藤禪。

〔四〕杖挑：指杖頭挑的酒葫蘆。二句言與其用説不清、道不明、難以理解的禪宗話頭參禪頓悟，還不如放浪形骸，陶醉酒中。

〔五〕瓠落：大貌，空廓貌。《莊子·逍遥遊》：「魏王貽我大瓠之種，我樹之成而實五石，以盛水漿，其堅不能自舉也。剖之以爲瓢，則瓠落無所容。」陸德明釋文：「簡文云：『瓠落』猶『廓落』也。」

〔六〕不才：不成大器。常用作自我缺少才華的謙稱。

次韻三弟贈南庵老人

一庵盤礴勝巢仙〔一〕，不入叢林恰是禪〔二〕。花圃蓮塘閑打景〔三〕，粥盂齋鉢老隨緣〔四〕。忘言已了八千偈〔五〕，適意更揮三兩絃。邂逅我來推不去，坐分一半好風煙〔六〕。

【注】

〔一〕盤礴：伸開兩腿箕踞，代指隨意不拘。巢仙：巢居山林的仙人。宋陸游《宿上清宫》：「一庵倘許西峰住，常就巢仙問養生。」

〔二〕叢林：佛教語，指僧衆聚居的處所。《大智度論》卷三：「僧伽，秦言衆。多比丘一處和合，是名僧伽。譬如大樹叢聚，是名爲林。」後泛稱寺院爲叢林。二句謂南庵老人棲居山林一庵，坐卧隨意，勝似巢居山林的仙人。他雖然不入寺廟習佛，但與禪僧棲心山林，專注一境，心境寧靜並無二致。

〔三〕打景：賞景。

〔四〕粥盂齋鉢：用盂盛粥，用鉢化齋，代指僧人簡單隨便的生活方式。隨緣：隨順因緣。

〔五〕偈：梵語「偈佗」的簡稱，即佛經中的唱頌詞。句言用莊子得意忘言之法已通徹了悟佛經大意。

〔六〕「邂逅」二句：謂我若來南庵老人棲處之地，他推我我也不走，定要與他平分勝景。

次韻劉少宣〔一〕

旅窗蝶夢曉驚回〔二〕，默數流年秖自哀〔三〕。與世迂疏甘袖手〔四〕，及身强健且銜杯〔五〕。桐凋翠葉看看盡，菊着黄花旋旋開〔六〕。杖屨南庵訪幽事〔七〕，秋光滿眼送詩來。

【注】

〔一〕劉少宣：劉勳字少宣。初名訥，字辯老，雲中（山西省大同市）人。南渡後，專于詩學，以尖新著稱，長于對屬。爲人俊爽滑稽，科舉連蹇不第。《中州集》卷七、《歸潛志》卷三有小傳。

〔二〕蝶夢：用莊周夢蝶典。喻迷離惝恍的夢境。

〔三〕流年：如水般流逝的光陰、年華。

〔四〕迂疏：猶言迂遠疏闊。袖手：藏手於袖。句言劉氏與世道格格不入，索性避而遠之，對社會興衰袖手旁觀，置身其外。

〔五〕及：趁。銜杯：指飲酒。

〔六〕旋旋：陸續；逐漸。

〔七〕杖屨：拄杖漫步。幽事：幽景，勝景。

酬李子遷〔一〕

曾着朱衣侍冕旒〔二〕，忽乘羸馬出皇州〔三〕。青山有約攜琴往，白髮無成把鏡羞〔四〕。卻笑張儀誇舌在〔五〕，不妨巢父有詩留〔六〕。柳湖莎徑東南夢〔七〕，又見兒童迓細侯〔八〕。

【注】

〔一〕李子遷：李夷，字子遷。陳州（今河南省淮陽縣）人。性剛烈，尤喜武事。累試科舉，皆不中。以武舉進身。《中州集》卷七、《歸潛志》卷二有小傳。李子遷曾受劉從益推薦而名聞一時。劉祁《歸潛志》卷二：「爲文尚奇澀，喜唐人。作詩尤勁壯，多奇語，然不爲鄉里所知。貞祐末，先子爲陳幕，一見喜之，爲延譽諸公間，後爲麻知幾、雷希顔所重，東方後進皆推以爲魁。」

〔二〕朱衣：紅色官服。冕旒：皇冠，借指皇帝。句謂李夷曾在朝中侍衛皇帝。

〔三〕皇州：帝都，京城。

〔四〕白髮無成：言年歲已老而壯志未酬。

〔五〕「卻笑」句：用張儀典故。《史記·張儀列傳》：「張儀已學而遊説諸侯。嘗從楚相飲，已而楚相亡璧，門下意張儀。曰：『儀貧無行，必此盜相君之璧。』共執張儀，掠笞數百，不服，醳之。其妻曰：『嘻！子毋讀書遊説，安得此辱乎？』張儀謂其妻曰：『視吾舌尚在不？』妻笑曰：『舌在也。』儀曰：『足矣。』」

〔六〕巢父：傳説中的高士，因築巢而居，人稱巢父。堯以天下讓之，不受，隱居聊城，以放牧了此一生。晉皇甫謐《高士傳》載：堯召許由爲九州長，由洗耳于潁水濱。其友巢父牽犢欲飲之，見由洗耳，問其故。對曰：「堯欲召我爲九州長，惡聞其聲，是故洗耳。」巢父曰：「子若處高岸深谷，人道不通，誰能見子？子故浮游，欲聞求其名譽，汙吾犢口！」牽犢上流飲之。句勸李子遷效仿巢父摒棄世事，隱居山林，寄情山水，以詩傳世。

〔七〕柳湖：清雍正《河南通志》卷八「陳州」條：「柳湖在州城西北隅。」莎徑：莎草籠罩的小路。莎草，多年生草本植物，多生於水邊潮濕地區的沙地。

〔八〕迓：迎接。細侯：稱頌受人歡迎的到任官吏。典出《後漢書・郭伋傳》：「郭伋字細侯……始至行部，到西河美稷，有童兒數百，各騎竹馬，道次迎拜。伋問：『兒曹何自遠來？』對曰：『聞使君到，喜，故來奉迎。』」

過淯川次侯生君澤韻〔一〕

誰能孤憤效韓非〔二〕，且喜玄微對鏡機〔三〕。出得山來無遠志〔四〕，寄將書去有當歸〔五〕。閑居已判平生了，真賞從教舉世稀〔六〕。口咀道腴深有味〔七〕，更須口腹事甘肥〔八〕。

【注】

〔一〕洧川：縣名，因處洧水下游平川而得名。金置宋樓鎮，設惠民倉於此。興定二年以宋樓鎮置洧川縣。今河南省尉氏縣洧川鎮。侯生君澤：侯冊（《歸潛志》作「侯策」），字君澤，中山（今河北省定州市）人。南渡後慨然有爲學心，與杜仁傑、張澄、劉祁等遊。喜作詩，刻苦自學，自漢魏六朝唐宋人諸集無不研究。《中州集》卷七、《歸潛志》卷三有小傳。侯冊原詩《中州集》未收，已佚。

〔二〕孤憤：《史記·老子韓非列傳》：「（韓非）悲廉直不容於邪枉之臣，觀往者得失之變，故作《孤憤》。」司馬貞索隱：「孤憤，憤孤直不容于時也。」

〔三〕玄微：深遠微妙的義理。鏡機：洞察幽微。語本《文選·曹植·七啟序》：「於是鏡機子聞而將往説焉。」李善注：「鏡機：鏡，照；機，微也。」晉葛洪《抱朴子·雜應》：「或問：將來吉凶安危去就，知之可全身，爲有道乎？抱朴子曰：……用明鏡九寸以上自照，有所思存，七日七夕，則見神仙，或男或女，或老或少，一示之後，心中自知千里之外，方來之事也。」句言侯冊喜歡預測人生命運，常用鏡卜之類方法占卜吉凶。

〔四〕遠志：中藥名，多年生草本植物，根入藥，有安神、化痰功效。明李時珍《本草綱目·草一·遠志》：「此草服之能益智强志，故有遠志之稱。」《世説新語·排調》：「謝公（安）始有東山之志，後嚴命屢臻，勢不獲已，始就桓公（温）司馬。于時人有餉桓公藥草，中有遠志。公取以問謝：『此藥又名小草，何一物而有二稱？』謝未即答，時郝隆在坐，應聲答曰：『此甚易解：處則爲遠志，出則爲小草。』謝甚有愧色。」句言出山入世，就不能再按照自己的志趣行事了。

〔五〕當歸：中藥名，多年生草本植物，根入藥，有補血活血功效。《三國志·吴書·太史慈傳》：「曹公（操）聞其名，遺慈書，以篋封之，發省無所道，而但貯當歸。」又《蜀志·姜維傳》裴松之注引孫盛《雜記》曰：「初，姜維詣（諸葛）亮，與母相失。復得母書，令求當歸。維曰：『良田百頃，不在一畝，但有遠志，不在當歸也。』」句言侯生應聽從勸告，還歸山林。

〔六〕真賞：確能賞識。也指真能賞識的人。《南史·王曇首傳》：「知音者希，真賞殆絶。」

〔七〕道腴：某種學説、主張的精髓。《文選·班固·答賓戲》：「慎修所志，守爾天符，委命供己，味道之腴。」李善注：「項岱曰：『腴，道之美者也。』」

〔八〕甘肥：指美味。晉陶潛《有會而作》：「菽麥實所羨，孰敢慕甘肥。」

聞蛩用少陵韻〔一〕

唧唧不堪聞〔二〕，村居更惱人。青衫傷久客〔三〕，華髮念雙親。歲暮那逢雨〔四〕，秋宵未向晨〔五〕。石心猶可轉〔六〕，百感本來真。

【注】

〔一〕蛩：蟋蟀。少陵：杜甫，字子美，自號少陵野老。此詩用杜甫《促織》韻：「促織甚微細，哀音何動人。草根吟不穩，牀下夜相親。久客得無淚，故妻難及晨。悲絲與急管，感激異天真。」

〔二〕唧唧：蟲吟聲。宋歐陽修《秋聲賦》：「但聞四壁蟲聲唧唧，如助余之歎息。」

〔三〕青衫：泛指官職卑微。宋歐陽修《聖俞會飲》：「嗟余身賤不敢薦，四十白髮猶青衫。」句感歎自己久在仕途而官小位卑，未得正常升遷。

〔四〕那：多。《詩·小雅·桑扈》：「不戢不難，受福不那。」毛傳：「那，多也。」

〔五〕秋宵：秋夜。向晨：黎明，凌晨。

〔六〕石心：喻指堅定的意志。《詩·邶風·柏舟》：「我心匪石，不可轉也。」《晉書·夏統傳》：「（賈充）又使妓女之徒服袿襹，炫金翠，繞其船三匝，統危坐如故，若無所聞。充等各散，曰：『此吴兒是木人石心也。』」句言鐵石心腸的人在此情境中亦要悲傷淒切。

除夕用少陵韻〔一〕

窗送迢迢漏〔二〕，燈開艷艷花。正愁聞過雁，久客羨棲鴉。放眼春猶好，驚心日又斜。一蓑江上雨，歸思浩無涯〔三〕。

【注】

〔一〕詩題：此詩用杜甫《杜位宅守歲》詩韻：「守歲阿戎家，椒盤已頌花。盍簪喧櫪馬，列炬散林鴉。

四十明朝過，飛騰暮景斜。誰能更拘束，爛醉是生涯。」

〔二〕迢迢：時間久長貌。唐戴叔倫《雨》：「歷歷愁心亂，迢迢獨夜長。」漏：漏壺，古代利用滴水多寡來計量時間的一種儀器。此指漏壺的滴水聲。句言永不止息的漏聲從窗外不斷傳來。

〔三〕無涯：無窮盡；無邊際。

即事〔一〕

卧疾劉公幹〔二〕，躬耕鄭子真〔三〕。溪山留好客，天地許閑人。花醉紅沾袖，松吟翠繞身。捫心無所歉，持此壽吾親〔四〕。

【注】

〔一〕即事：以當前事物爲題材的詩。

〔二〕「卧疾」句：用劉楨詩事。劉楨，字公幹，東平（今屬山東）人。三國時魏名士，建安七子之一。博學有才，與魏文帝友善。因其詩《贈五官中郎將》：「余嬰沉痼疾，竄身清漳濱。」後人遂有劉楨多病典故。唐白居易《病中辱崔宣城長句見寄……》：「劉楨病發經春卧，謝脁詩來盡日吟。」唐盧綸《卧病寓居龍興觀枉馮十七著作書知罷……》：「潘岳衰將至，劉楨病未瘳。」宋宋祁《送令狐秀才赴舉》：「劉楨病久曾淹卧，宋玉才多故剩悲。」

〔三〕「躬耕」句：用漢代鄭樸典故。晉皇甫謐《高士傳》卷中：「鄭樸，字子真，谷口人也。修道靜默，世服其清高。成帝時，元舅大將軍王鳳以禮聘之，遂不屈。揚雄盛稱其德，曰：『谷口鄭子真，耕於巖石之下，名振京師。』馮翊人刻石祠之，至今不絶。」

〔四〕此：指詩中所舉的溪山、紅花、翠松等。壽：祝壽；祝福。多指奉酒祝人長壽。《漢書·高帝紀上》：「莊入爲壽，壽畢，曰：『軍中無以爲樂，請以劍舞。』」顔師古注：「凡言爲壽，謂進爵於尊者，而獻無疆之壽。」

宋樓道中〔一〕

十里羊腸路詰盤〔二〕，過花穿柳幾迴還。馬頭忽轉青林角〔三〕，緑繞人家水一灣。

【注】

〔一〕宋樓：鎮名，在尉氏縣。興定二年新辟洧川縣，治宋樓。

〔二〕羊腸：喻指狹窄曲折的小路。詰盤：盤旋曲折。

〔三〕青林：寺廟的别稱。《釋氏要覽·住持》：「禪門别號：叢林……青林。」

過武丁廟〔一〕

旱則爲霖水則舟〔二〕，若人端合夢中求〔三〕。荆王枕上陽臺雨〔四〕，板築英雄老死休〔五〕。

【注】

〔一〕武丁：商王，姓子，名昭。任用賢臣傅説爲相，商朝再度强盛，史稱「武丁中興」。廟號高宗。武丁廟：《大清一統志》謂其有二：一在商水縣西南，一在西華縣北二十里陵前。按宋張方平《樂全集》卷三五《陳州祭高宗廟祈雨文》及劉從益久居陳州之行跡，此當指陳州屬縣西華武丁墓陵前之廟。

〔二〕「旱則」句：用武丁語。《書·説命上》：高宗夢得説（傅説），使百工營求諸野，得諸傅巖。命之曰：「朝夕納誨，以輔台德。若金，用汝作礪；若濟巨川，用汝作舟楫；若歲大旱，用汝作霖雨。」

〔三〕若人：這個人，指傅説。説曾爲傅巖築牆之奴隸。武丁夢得聖人，名曰説，求于野。乃于傅巖得之，舉以爲相，國大治。

〔四〕「荆王」句：用楚襄王夢神女典故。楚宋玉《高唐賦》序：「昔者先王嘗游高唐，怠而晝寢，夢見一婦人，曰：『妾巫山之女也，爲高唐之客，聞君游高唐，願薦枕席。』王因幸之。去而辭曰：『妾在巫山之陽，高丘之岨，旦爲朝雲，暮爲行雨，朝朝暮暮，陽臺之下。』」

〔五〕「板築」句：《孟子·告子下》：相傳商傅説築于傅巖，武丁舉以爲相。二句意本唐韓愈《雜説》：「世有伯樂，然後有千里馬。千里馬常有，而伯樂不常有。」並進而指出人才湮没之成因，若傅説生逢楚襄王這樣沉湎女色的昏君，必然會老死于奴役。板築英雄：指地位低微的賢人，此指傅説。

戲答侯威卿覓墨〔一〕

萬松火厄化緇塵〔二〕，依舊徂徠雪裏春〔三〕。冷劑香螺夔一足〔四〕，破慳分與畫眉人〔五〕。宮中取張遇墨燒火去膠，以之畫眉，謂之畫眉墨〔六〕。

【注】

〔一〕侯威卿：其人不詳。

〔二〕火厄：猶火災。此指燒松木製墨。緇塵：黑色灰塵。

〔三〕徂徠雪裏春：指挺立雪中仍然四季常青的徂徠山松樹。典出《詩・魯頌・閟宮》：「徂徠之松，新甫之柏。是斷是度，是尋是尺。」句言被斷燒成的松墨依舊有清涼凜冽的松香味。

〔四〕冷劑：因製墨需加入多種原料，故用作墨之别名。元好問《賦南中楊生玉泉墨》：「御團更覺香爲累，冷劑休誇漆點成。」自注：「宮中以張遇麝香小團爲畫眉墨。」可知，此墨中加入麝香。还有加珍珠等贵重原料者。香螺：墨丸。元陸友纂《墨史》：「葉少藴云：兩漢間稱墨多言丸，魏晉後始稱螺，取其上鋭必肖。」夔一足：有夔就足夠了。典出《韓非子・外儲説左下》：「哀公問于孔子曰：『吾聞夔一足，信乎？』曰：『夔，人也，何故一足？彼其無他異，而獨通於聲。堯曰：「夔一而足矣。」使爲樂正。故君子曰：「夔有一足。」非一足也。』」此喻對香螺的喜歡與珍視。

〔五〕破慳：使慳吝者拿出錢財。畫眉人：宫中取墨去煙，用以畫眉，故戲稱覓墨的侯威卿。

〔六〕張遇：宋代易水人，善製墨。宫中取其墨，燒去煙，用以畫眉，謂之「畫眉墨」。蔡君謨謂世以歙州李廷珪爲第一，易水張遇爲第二。遇亦有二品，易水貢墨爲上，供堂墨次之。見元陸友纂《墨史》。

北園

碧梧斜影落胡牀〔一〕，白葛烏巾滿意涼〔二〕。宴坐不知紅日晚〔三〕，筍輿歸路麥花香〔四〕。

【注】

〔一〕胡牀：又稱交牀。一種可以折疊的輕便坐具。

〔二〕白葛烏巾：白葛布衣與黑頭巾。即烏角巾。便裝，多爲隱者裝束。

〔三〕宴坐：安閒長坐。

〔四〕筍輿：竹轎。二人抬的輕便轎子，多用於行走山路。宋王安石《臺城寺側獨行》：「獨往獨來山下路，筍輿看得緑陰成。」麥花：麥類的花。語出杜甫《爲農》：「圓荷浮小葉，細麥落輕花。」

宋内翰九嘉 一十一首

九嘉字飛卿，夏津人〔一〕。黄裳榜進士乙科〔二〕。歷藍田、高陵、扶風、三水四縣令〔三〕，皆有能聲〔四〕。入爲右警巡使，應奉翰林文字。正大中，病失音〔五〕，廢居〔六〕。殁於癸巳之禍〔七〕。嘗有詩云：「浩歌風露下，醉袖拂南山。」又《題壽安煙霞亭》云：「妝鑾土壁紅千點，界畫銀沙緑一鈎。」其才藻可略見矣〔八〕。

【注】

〔一〕夏津：縣名，金屬大名府路大名府，今山東省夏津縣。

〔二〕黄裳：崇慶二年（改元至寧）詞賦狀元。同年及第者還有雷淵、冀禹錫、商衡、馬天采等。乙科：指第二等。

〔三〕藍田：縣名，金屬京兆府路京兆府，今陝西省藍田縣。高陵：縣名，金屬京兆府路京兆府，今陝西省高陵縣。扶風：縣名，金屬鳳翔路鳳翔府，今陝西省扶風縣。三水：縣名，金屬慶原路邠州，今陝西省旬邑縣。

〔四〕能聲：政績顯著的聲譽。

〔五〕失音：因病引起的嗓音低弱喑啞。

〔六〕廢居：廢黜閒居。

〔七〕癸巳之禍：指天興二年（歲次癸巳）正月二十三崔立兵變，以汴京城降元事。《金史紀事本末》卷五二《末造殉節諸臣》「應奉翰林宋九嘉」。而劉祁《歸潛志》卷二小傳稱：「遭亂北還，道病殁。」似未殉節。

〔八〕才藻：才思文采。

途中書事 三首

幼稚扶輪婦挽轅，連顛翁媼抱諸孫〔一〕。飢民羸卒如流水〔二〕，掘盡原頭野薺根〔三〕。

【注】

〔一〕連顛：形容跌跌撞撞、艱難行進的樣子。翁媼：泛指老人。翁：年老的男子。媼，年老的婦女。諸孫：衆孫輩。

〔二〕羸卒：疲憊、瘦弱的士兵。

〔三〕野薺：野薺菜。泛指野菜。

又

老稚扶攜訪熟鄉〔一〕，驛塵滿路殣相望〔二〕。終朝拾穗不盈把〔三〕，只有流民如麥芒〔四〕。

【注】

〔一〕熟鄉：指有收成或豐收之鄉。熟：豐稔。

〔二〕驛塵：路塵。殣相望：到處都是餓死者的屍體。語出《左傳·昭公三年》：「道殣相望。」殣：猶餓殍，餓死的人。

〔三〕終朝：本意爲早晨。《詩·小雅·采緑》：「終朝采緑，不盈一掬。」此處指一整天。拾穗：貧苦者撿拾收割後散落遺留的麥穗，以求温飽。

〔四〕麥芒：麥穗之芒，數量衆多。句言流民之多，如麥芒般稠密難數。

又

攘絲奪麥人爭略〔一〕，烘日吹風天有年〔二〕。湯餅元非小人腹〔三〕，蠒絲都作大夫賢〔四〕。

【注】

〔一〕攘：搶。略：《文選·沈約·齊故安陸昭王碑文》：「小則俘民略畜，大則攻城剽邑。」李善注引《方言》：「略，强取也。」句指官府對蠶絲、麥子的掠奪。

〔二〕有年：多年。金南渡後旱災頻仍，句指此。

〔三〕湯餅：水煮的麵食。《初學記》卷二六引晉束皙《餅賦》：「玄冬猛寒，清晨之會，涕凍鼻中，霜凝口外，充虛解戰，湯餅爲最。」小人：平民百姓。指被統治者。《書·無逸》：「生則逸，不知稼穡之艱難，不聞小人之勞，惟耽樂之從。」

〔四〕大夫：代指官員。賢：多財。《六書故》卷二十：「賢，貨貝多於人也。」楊樹達《增訂積微居小學金石論叢·釋賢》：「以臤之賢，據其德也，加臤以貝，則以財爲義矣。」末二句言百姓所産小麥、蠶絲都被官府占有。

館中納涼書事

涼灑塵纓聵耳醒〔一〕，虛堂窈渺好風清〔二〕。雀知愛子來迴哺〔三〕，鼠不畏人旁午行〔四〕。每用熟眠酬闃寂〔五〕，端知固有享高明〔六〕。宦遊非不佳官府〔七〕，奔走塵勞漫一生〔八〕。

【注】

〔一〕纓：繫帽的絲帶。聵：昏聵，不明事理。句言清涼的風拂動帽纓，猛然清醒。

〔二〕虛堂：指詩題「館中」之高大空曠的房間。窈渺：幽深貌。

〔三〕哺：泛指禽獸餵養幼仔。《漢書·東方朔傳》：「夫口無毛者，狗竇也；聲謷謷者，鳥哺鷇也。」

〔四〕旁午：四面八方，到處。

〔五〕闃寂：寂靜無聲。句言每當孤寂時，便用睡覺來打發。

〔六〕端知：確知。高明：指日月。句言確知日月原本就存在，亘古不變，那就盡情地享用之。

〔七〕宦遊：外出求官或做官。句言既然外出爲官，自己對所任官府事務還是看重的，並不輕視。

〔八〕塵勞：指因官府事務而勞累。漫：滿，遍。

東州有感〔一〕

東城衰草没黄沙，故壘周遭小范衙〔二〕。牧竪那知真老子〔三〕，龜趺繫馬卧吹笳〔四〕。

【注】

〔一〕東州：按詩意，指范仲淹經略陜西時所據守的今延安、富縣一帶。

〔二〕故壘：舊時的堡壘。周遭：周圍，四周。小范：稱宋范仲淹。宋陸游《醉中歌》：「元祐大蘇逝不返，慶曆小范今誰知。」宋仁宗時，范仲淹官至參知政事。西夏元昊反，范仲淹以龍圖閣直學士經略陜西，號令嚴明，夏人不敢犯。羌人稱爲龍圖老子，夏人稱爲小范老子。

〔三〕牧竪：牧奴，牧童。老子：即小范老子。

〔四〕龜趺：指碑的龜形底座。笳：即胡笳。古管樂器，漢時流行於塞北和西域一帶。傳説爲春秋時李伯陽避亂西戎時所造，漢張騫從西域傳入，其音悲凉。後形制遞變，名稱亦異。魏晉以後以笳、笛爲軍樂，入鹵簿。三國魏杜摯《笳賦》：「羈旅之士，感時用情，乃命狄人，操笳揚清。」二句言當地牧童不瞭解范仲淹抗敵守土的偉大功績，竟然繫馬於爲范仲淹所立石碑的龜趺座上，并且卧在上面吹胡笳。

搗金明砦作建除體〔一〕

建牙誓諸將〔二〕，梟鳴軍盡驚〔三〕。除道非戰事〔四〕，銜枚幻奇兵〔五〕。滿鎧霜日輝〔六〕，行陣寂無聲〔七〕。平旦飛出谷〔八〕，桑棗蔽金明〔九〕。定知此陳跡〔一〇〕，中原遮寇城〔一一〕。執鞭吾不及〔一二〕，范公凜如生〔一三〕。破碑字仍在，贔屭臥深荆〔一四〕。危襟按其壘〔一五〕，信哉天下英。成敗翻覆手〔一六〕，狐兔今横行〔一七〕。收復會有時，夷吾當請纓〔一八〕。開圖睨督亢〔一九〕，按劍逐長鯨〔二〇〕。閉塞亦已久，一揮氛曀清〔二一〕。

【注】

〔一〕搗：攻打。金明砦：地名。《宋史·地理志》：金明砦在今陝西省安塞縣城東南。宋熙寧五年省金明縣爲砦塞，故稱。建除體：古詩體名，南朝宋鮑照所創。其《建除詩》云：「建旗出燉煌，西討屬國羌。除去徒與騎，戰車羅萬箱。滿山又填谷，投鞍合營牆。平原亘千里，旗鼓轉相望。定舍後未休，候騎敕前裝。執戈無暫頓，彎弧不解張。破滅西零國，生虜郅支王。危亂悉平蕩，萬里置關梁。成軍入玉門，士女獻壺漿。收功在一時，歷世荷餘光。開壤襲朱紱，左右佩金章。閉帷草太玄，兹事殆愚狂。」此詩共二十四句，單句首字即建除法所用「建、除、滿、平、定、執、破、危、成、收、開、閉」十二字，後世因稱爲「建除體」。宋嚴羽《滄浪詩話·詩體》將「建除體」歸入

「雜體」。宋九嘉正大初曾充延安帥府經歷官，詩當作於此時。

〔二〕建牙：古謂出師前樹立軍旗。誓：《左傳·閔公二年》：「夫帥師，專行謀，誓軍旅，君與國政之所圖也。」杜预注：「宣號令也。」

〔三〕梟鳴：梟鳥鳴叫。古人以爲軍中得勝之兆。《晉書·張重華傳》：「『六博得梟者勝，今梟鳴牙中，剋敵之兆。』於是進戰，大破之。」

〔四〕除道：開闢、修治道路。《左傳·莊公四年》：「令尹鬬祁、莫敖屈重除道梁溠，營軍臨隨。」楊伯峻注：「除道，猶開路。」

〔五〕銜枚：軍士横銜枚于口中，以防行軍中喧嘩。枚：形如筷子，兩端有帶，可繫於頸上。幻：巧妙幻變。奇兵：出乎敵人意料而突然襲擊的軍隊。《史記·劉敬叔孫通列傳》：「今臣往，徒見羸瘠老弱，此必欲見短，伏奇兵以争利。」

〔六〕鎧：古代作戰時護身的服裝，金屬製成。皮甲亦可稱鎧。《周禮·夏官·司甲》：「司甲下大夫二人。」漢鄭玄注：「甲，今時鎧也。」陸德明釋文：「古用皮謂之甲，今用金謂之鎧。」

〔七〕行陣：指軍隊的行列。《吕氏春秋·簡選》：「離散係纍，可以勝人之行陳整齊。」

〔八〕平旦：清晨。

〔九〕「桑棗」句：謂周圍的桑樹和棗樹掩映着金明砦。

〔一〇〕陳跡：舊跡；遺跡。

〔一一〕遮：防護。寇：侵犯。

〔一二〕執鞭：舉鞭爲人駕車，表示景仰追隨。

〔一三〕「范公」句：宋仁宗時，元昊反，范仲淹以龍圖閣直學士經略陝西，號令嚴明，夏人不敢犯，羌人稱爲「龍圖老子」，夏人稱爲「小范老子」。凜如生：嚴肅冷峻令人敬畏之神貌如活的一般。

〔一四〕贔屭：又叫龜趺，指碑的龜形底座。

〔一五〕危襟：嚴肅莊嚴貌。

〔一六〕翻覆手：翻掌。比喻輕易迅速。

〔一七〕狐兔：狐和兔。比喻西夏人。

〔一八〕夷吾：管仲，名夷吾，字仲，春秋時有名的政治家，輔助齊桓公尊王攘夷，使中原安定。請纓：《漢書・終軍傳》載：「南越與漢和親，乃遣軍使南越，説其王，欲令入朝，比内諸侯。軍自請：『願受長纓，必羈南越王而致之闕下。』」後以「請纓」指自告奮勇請求殺敵。

〔一九〕「開圖」句：借荆軻持燕督亢地圖入秦（見《史記・刺客列傳》），形容金帥查看金明砦一帶地圖時胸有成竹的情態。睨：斜視。

〔二〇〕按劍：以手撫劍。預示擊劍之勢。《史記・魯仲連鄒陽列傳》：「臣聞明月之珠，夜光之璧，以闇投人於道路，人無不按劍相眄者，何則？」逐：驅逐。長鯨：喻巨寇。唐劉知幾《史通・叙事》：「論逆臣則呼爲問鼎，稱巨寇則目以長鯨。」

〔三〕氛曀：陰晦的雲氣。代指戰爭的陰雲。二句謂借此一戰，定會打敗敵人，收復失地。

被檄從軍〔一〕

不巾不襪柳陰行〔二〕，朝醉南村暮北莊。一旦捉將官裏去〔三〕，直驅盲馬陣中央〔四〕。即所乘盲馬而言。

【注】

〔一〕被檄：被徵召。

〔二〕不巾不襪：不戴頭巾，不穿襪子。指自由閒散的生活狀態。

〔三〕官裏：猶言衙門裏，官府裏。此處指軍隊中。

〔四〕陣：軍伍行列，戰鬭隊形。《論語·衛靈公》：「衛靈公問陳於孔子。」朱熹集注：「陳謂軍師行伍之列。」

留别孫俊民姚公茂〔一〕

草根殘日射離觴〔二〕，主席風生熱肺腸〔三〕。此去兜零紅照夜〔四〕，輸君吹笛傍糟牀〔五〕。

【注】

〔一〕孫俊民：其人不詳。姚公茂：姚樞（一二〇一——一二七八），字公茂，營州柳城（今遼寧省朝陽市）人，後遷洛陽。仕蒙古，任燕京行臺郎中。後爲忽必烈朝重臣。《元史》卷一五八有傳。

〔二〕離觴：離杯，即離别的酒宴。

〔三〕主席：筵席中的主人。風生：形容氣氛活躍。五代王仁裕《開元天寶遺事·七寶山座》：「惟張九齡論辯風生，升此座，餘人不可階也。」

〔四〕兜零：籠子。《史記·魏公子列傳》「公子與魏王博，而北境傳舉烽」裴駰集解引漢文穎曰：「作高木櫓，櫓上作桔槔，桔槔頭兜零，以薪置其中，謂之烽。」代邊關烽火。此詩作于從軍餞行時。

〔五〕糟牀：榨酒的器具。

酴醿菊〔一〕

酴醿風味釀人醉〔二〕，着莫東籬愛酒翁〔三〕。一夜金英全换骨〔四〕，冷香晴雪滿秋風〔五〕。

【注】

〔一〕酴醿菊：菊花的一種，白色，似酴醿。宋范成大《范村菊譜》：「酴醿菊，細葉稠疊，全似酴醿，比茉莉差小而黄。」

〔二〕醺人醉：（香氣）濃鬱，使人沉醉。

〔三〕着莫：引惹，牽纏。東籬愛酒翁：陶淵明嘗于東籬采菊，性嗜酒。

〔四〕金英：特指菊花。宋王禹偁《池邊菊》：「未到重陽歸闕去，金英寂寞爲誰開。」换骨：道家謂服食仙酒、金丹等使之化骨升仙。《資治通鑑·唐武宗會昌五年》：「上餌道士金丹……自秋冬以來，覺有疾，而道士以爲换骨。」句謂菊花一夜之間花朵凋落，繁縟不再，似脱胎换骨。

〔五〕冷香：指清香的花。唐王建《野菊》：「晚豔出荒籬，冷香著秋水。」晴雪：喻隨風飄散的花瓣。二句謂一夜秋風起，凋零的菊花花瓣帶着清香四處飄散。

蓮社圖〔一〕

野鶩家雞俗好乖〔二〕，虎溪泉石滿塵埃〔三〕。壯哉砥柱頽波裏〔四〕，惟有淵明挽不來〔五〕。飛卿不喜佛法〔六〕，自言平生有三恨。一恨佛老之説不出於孔氏前；二恨辭學之士多好譯經潤文；三恨大才而攻異端。淵明挽不來之句，蓋自況也。

【注】

〔一〕蓮社圖：自宋李公麟將慧遠于東林寺結白蓮社事繪成圖畫，後代畫家多以此題材入畫。

〔二〕「野鶩」句：慧遠倡淨土宗，蓮社十八賢中既有僧人，亦有名儒，句以家雞野鶩喻之，謂僧人與儒者愛好不同。野鶩：野鴨。乖：差異。

〔三〕「虎溪」句：言廬山東林寺一方淨土，亦被附庸風雅者污染。虎溪：溪名，在廬山東林寺前。

〔四〕砥柱：中流砥柱。頹波：比喻衰頹的世風或事物衰落的趨勢。

〔五〕淵明挽不來：慧遠曾以書招陶潛參加蓮社，陶未同意。《廬阜雜記》：「遠師（慧遠）結白蓮社，以書招淵明。陶曰：『弟子嗜酒，若許飲，即往矣。』遠許之，遂造焉。因勉令入社，陶攢眉而去。」明王陽明《廬山東林寺次韻》：「遠公學佛卻援儒，淵明嗜酒不入社。」此處爲詩人自況。二句言在佛學盛行的大環境中，衆人附庸風雅，趨之若鶩，唯有陶淵明請而不入，在衰頹世風中似黃河中的中流砥柱，屹然獨立。

〔六〕飛卿：宋九嘉字。

卯酒〔一〕

臘蟻初浮社甕篘〔二〕，宿酲正渴卯時投〔三〕。醉鄉兀兀陶陶里〔四〕，底是形骸底是愁〔五〕。

【注】

〔一〕卯酒：早晨喝的酒。

〔二〕臘蟻：即臘酒。蟻，酒面上的浮沫，代稱酒。社甕：酒甕。篘：一種竹製的濾酒器具。

〔三〕宿酲：猶宿醉。渴：渴酒。非常想喝酒。卯時：十二時辰之一，早晨五時至七時。投：指以酒解酲。《醒世姻緣傳》第四回：「這樣，也等不到天明梳頭，你快些熱兩壺酒來，我投他一投，起去與他進城看病。」

〔四〕醉鄉：指醉酒後神志不清的境界。唐王績《醉鄉記》：「醉之鄉，去中國不知其幾千里也。其土曠然無涯，無丘陵阪險。」兀兀陶陶：醉酒昏沉貌。

〔五〕「底是」句：言酒醉後不拘禮法，放浪形骸，忘懷得失，超脱曠達的精神境界。

雷御史淵 三十首

淵字希顔，别字季默，同知北京路轉運使事思之季子〔一〕。崇慶二年黄裳榜進士甲科〔二〕，釋褐涇州録事〔三〕，徐州觀察判官〔四〕。召爲荆王府文學兼記室參軍〔五〕，轉應奉翰林文字，同知制誥兼國史院編修官。拜監察御史，以公事免。用宰相侯莘卿薦〔六〕，除太學博士，還應奉，終于翰林修撰。初在東平〔七〕。東平，河朔重兵處也〔八〕。驕將悍卒〔九〕，倚外寇爲重。自行臺以下〔一〇〕，皆務爲摩拊之〔一一〕。希顔涖官〔一二〕，自律者甚嚴，出入軍中，偃然不爲屈〔一三〕。不數月，閭巷間家有希顔畫像。雖大將亦不敢以新進書生遇之。嘗爲户部高尚書所辟〔一四〕，權遂平縣事〔一五〕。時年少氣鋭，擊豪右〔一六〕，發姦伏〔一七〕，一縣畏之，稱爲神明〔一八〕。及以御史巡行河南，百姓相傳雷御史至，豪猾望風遁去〔一九〕。正大庚寅倒迴谷之役〔二〇〕，希顔上書，破朝臣孤注之論〔二一〕，引援深切〔二二〕，灼然易見〔二三〕。而主兵者沮之〔二四〕，策爲不行〔二五〕。至今以顧望爲當國者之恨〔二六〕。希顔三歲喪父，七歲養於諸兄。年十四五，貧無以爲資，乃以胄子入國學〔二七〕，便能自樹立如成人。不二十，游公卿間，太學諸人莫敢與之齒〔二八〕。渡河後學益博，文益奇，名益重。爲人軀幹雄偉，髯張口哆〔二九〕，顔渥丹〔三〇〕，眼如望羊〔三一〕。遇不平，則疾惡之氣見於顔間，或嚼齒大罵不休，雖痛自摧折〔三二〕，然猝亦不能變也。生平慕田疇、陳元龍之爲人〔三三〕，而人亦以古人期之。故雖以文章見稱，在希顔仍爲餘事耳。

【注】

〔一〕思：雷思，字西仲，應州渾源（今山西省渾源縣）人。天德三年進士。官至同知北京路轉運使事。《中州集》卷八有小傳。季子：少子。

〔二〕黄裳：崇慶二年（改元至寧）詞賦狀元。同年及第者還有宋九嘉、冀禹錫、商衡、馬天采等。甲科：甲等。

〔三〕涇州：州名，金時屬慶原路。治今甘肅省涇川縣。

〔四〕徐州：州名，金時屬山東西路，治今江蘇省徐州市。

〔五〕荆王：完顔守純，金宣宗第二子，貞祐四年拜平章政事，興定三年封英王，正大元年正月改封荆王。《金史》卷九三有傳。希顔任此職在正大元年前，按此元氏有誤，應稱英王。

〔六〕侯莘卿：侯摯，字莘卿。東平府東阿人。明昌進士，才智過人。官至大司農、平章政事，封蕭國公，遇事敢言，薦賢任能。汴京城破，遇害。《金史》卷一〇八有傳。

〔七〕東平：府名，金屬山東西路。治今山東省東平縣。

〔八〕河朔：古代泛指黄河以北的地區。《書·泰誓中》：「惟戊午，王次於河朔。」孔傳：「戊午渡河而誓，既誓而止於河之北。」

〔九〕驕將悍卒：驕横不聽指揮的兵將。

〔一〇〕行臺：臺省在外者稱行臺。魏晉始設，爲出征時隨其所駐之地設立的代表中央的政務機構。北朝後期稱尚書大行臺，設置官屬無異於中央，自成行政系統。唐貞觀以後漸廢。金元時，因轄境遼闊，又按中央制度分設于各地區，有行中書省（行省），行樞密院（行院），行御史臺（行臺），分别執掌行政、軍事及監察權。

〔一一〕摩拊：撫摩，安撫。

〔一二〕蒞官：到職，居官。

〔一三〕偃然：即「儼然」。嚴肅莊重的樣子。《論語·堯曰》：「君子正其衣冠，尊其瞻視，儼然人望而畏之。」《戰國策·秦策一》：「今先生儼然不遠千里而庭教之，願以異日。」高誘注：「矜莊貌。」

〔一四〕户部高尚書：高汝礪，字巖夫，應州金城（今山西省應縣）人。大定十九年進士，蒞官有能聲。泰和六年拜户部尚書。南遷後，歷尚書左丞、平章政事。累遷右丞相，封壽國公。忠厚廉正，規守格法，爲相十餘年，于朝政多有匡弼。《金史》卷一〇七有傳，《中州集》卷九有小傳。元光二年，雷淵赴高汝礪七十壽宴，爲作序，有「乘天眷未衰，可以引去」之語，勸其抽身早退。事見劉祁《歸潛志》卷八。

〔一五〕遂平：縣名，金時屬南京路蔡州，今河南省遂平縣。

〔一六〕豪右：封建社會的富豪家族、世家大户。《後漢書·明帝紀》：「濱渠下田，賦與貧人，無令豪右得固其利。」李賢注：「豪右，大家也。」

〔一七〕姦伏：隱伏未露的壞人壞事。

〔一八〕神明：明智如神。《淮南子·兵略訓》：「見人所不見謂之明，知人所不知謂之神。神明者，先勝者也。」

〔一九〕豪猾：强横狡猾而不守法紀者。望風而遁：遠遠望見敵人的蹤影或强大氣勢，即行遁逃。句謂强横不守法紀者被雷淵的威名所震攝，提前逃離。

〔二〇〕「正大」句：哀宗正大七年（一二三〇）十一月，蒙古兵攻潼關、藍關，不能下，退軍。正大八年正月，蒙古速不臺軍攻破小關，攻掠盧氏、朱陽。潼關總帥納合買住領兵拒戰，求援於行省。行省派陳和尚忠孝軍一千，都尉夾谷澤軍一萬來援。蒙古速不臺軍敗退，金兵追到倒迴谷口而還。

〔二一〕孤注：謂把所有的錢並作一次賭注。比喻僅存的可資憑藉的事物。

〔二二〕引援：引證。

〔二三〕灼然：明顯貌。

〔二四〕沮：阻止。

〔二五〕策：指雷淵所上奏章。

〔二六〕顧望：徘徊瞻望，猶豫不前。句言金亡後人們還因當時朝廷未采納雷淵的建議，失去難得機遇而憾恨。

〔二七〕胄子：貴族官員的後嗣。國學：包括國子監和太學。按淵父官在五品之上，雷淵所入爲太學。

〔二八〕齒：並列。《左傳·隱公十一年》：「寡人若朝于薛，不敢與諸任齒。」楊伯峻注：「齒，列也。不敢與齒，謂不敢與並列。」

〔二九〕髯張：即須髯如戟。指鬍鬚又長又硬，一根根像戟似的怒張着。形容丈夫氣概。口哆：口張。

〔三〇〕渥丹：潤澤光豔的朱砂。用以形容紅潤的面色。《詩·秦風·終南》：「顔如渥丹，其君也哉！」鄭玄箋：「渥，厚漬也。顔色如厚漬之丹，言赤而澤也。」

〔三一〕眼如望羊：《史記·孔子世家》集解王肅曰：「望羊，視也。」《孔子家語》作「曠如望羊」。曠，用志廣遠。望羊，遠視也。高望遠眺貌。形容眼睛圓睜、目光如炬的神態。

〔三二〕摧折：指壓抑改變剛直的個性。

〔三〕田疇：字子泰，右北平無終（今河北省玉田縣）人。漢末隱士。好讀書，善擊劍。不慕榮利爵禄，有所不爲，自遂其志，屢建奇功而不受封。曹操北征烏桓時，任司空户曹掾，助曹破敵，封亭侯，不受。後從征荆州，有功，仍不受。事見《三國志·魏志》本傳。陳元龍：陳登，字元龍，下邳（今江蘇省漣水縣）人。機敏高爽，博覽載籍，雅有文藝。少有扶世濟民之志。建安初向曹操獻滅吕布之策，被授廣陵太守。以滅吕布有功，加伏波將軍。其才氣與豪邁，爲時人及後人所稱頌。事見《三國志·魏志》本傳。

雲卿父子有宛丘之行，作二詩爲餞〔一〕

陽春到上林〔二〕，百卉紛白紅。岸谷稍敷腴〔三〕，溪光亦冲融〔四〕。獨有石間柏，不落鼓舞中〔五〕。期君如此木，歲晚延清風〔六〕。

【注】

〔一〕雲卿：劉從益，字雲卿。宛丘：縣名，金時屬河南府陳州。今河南省淮陽縣。劉祁《歸潛志》卷九：「余興定末因試南京，初識公（趙秉文），已而先子罷御史，歸淮陽，余獨留。」按此，詩當興定五年劉從益罷御史任歸居宛丘時作。

〔二〕上林：泛指帝王的園囿。

〔三〕敷腴：指草木復蘇而山谷兩岸呈現的潤澤。

〔四〕冲融：水波蕩漾貌。杜甫《渼陂行》：「半陂以南純浸山，動影裊窕冲融間。」楊倫箋注：「冲融，謂水波溶漾。」

〔五〕鼓舞：手足舞動。表示歡欣。

〔六〕「期君」二句：言期望劉從益能像山石間的松柏一樣，在仕途坎坷中不懼嚴寒，以高風亮節爲世所範。

又

漢庭議論學，傾耳待歆向〔一〕。君家賢父子，千載蔚相望〔二〕。讀書二十年，閉户自師匠〔三〕。異端絀偏雜〔四〕，陳言刊猥釀〔五〕。剛全百煉餘〔六〕，氣出諸老上。頹風正波靡〔七〕，去去作隄障〔八〕。

【注】

〔一〕「漢庭」二句：謂漢庭論説學問，以劉氏父子爲代表。傾耳：謂側着耳朵静聽。歆向：西漢劉歆及其父劉向的合稱。劉向、劉歆父子潛心研究諸子百家學説，系統地整理了《管子》、《晏子》、《韓非子》、《列子》、《關尹子》以及《左傳》、《戰國策》等著作。宋歐陽修《答梅聖俞寺丞見寄》：

「詞章盡崔蔡，論議皆歆向。」

〔二〕「君家」二句：謂劉從益父子學養才華出衆，與劉向父子相隔千年，遥遥相對。

〔三〕匠：宗師大匠。劉從益、劉祁父子以儒家學説爲宗師，元好問《贈答劉御史雲卿四首》：「舊聞劉君公，學經發源深。驊騮萬里氣，聖途已駸駸。」二句言劉從益父子在佛道風行之際閉户自學，以儒學爲宗。

〔四〕異端：儒學以外的其他學説、學派。絀：同「黜」。句言劉從益視佛老諸説爲偏雜，罷黜不學。《歸潛志》卷九：「趙閑閑（秉文）本喜佛學……以吾家父子不學佛，議小不可，且屢誘余，余也不能從也。」

〔五〕陳言：舊説。刊：砍，削。猥釀：雜亂；鄙陋。《新唐書·劉子玄吴兢等傳贊》：「舊史之文，猥釀不綱，淺則入俚，簡則及漏。」

〔六〕百煉：多次鍛煉，去盡雜質。句言劉氏充滿剛直之氣，本于久經鍛煉，去盡雜質。

〔七〕頹風：頹敗的風氣。波靡：波蕩。

〔八〕去去：快去。隄障：即「堤障」。堤壩。用土石等材料修築的擋水的高岸。此喻阻擋衝擊儒學的中堅。

京叔將拜掃于陳，徵言爲贈。老嬾廢學，茫無所得，獨記其與屏山雲卿襟期所在者，非以爲詩也〔一〕

梁苑池塘生緑煙〔二〕，吹臺草色春芊芊〔三〕。故人幽扃閉長眼〔四〕，氣概英英猶眼前〔五〕。陽春無力蘇重泉〔六〕，孝子感時涕泗漣。匍匐歸掃淮陽阡〔七〕，徵予贈別意拳拳〔八〕。我自頑頓須人鐫〔九〕，安能視後輒子鞭〔一〇〕。姬情孔意星日懸〔一一〕，斡旋萬化中持權〔一二〕。斯文興喪實關天〔一三〕，尋常墨客技藝然〔一四〕。醫巫星曆相比肩〔一五〕，何用雕琢空徂年〔一六〕。即今海縣謾腥膻〔一七〕，獨挽洙泗可洗湔〔一八〕。迺公有志屏山賢〔一九〕，二豪在日予牽連〔二〇〕。傷哉未售墳已顛〔二一〕，老我欲種南山田。子之兄弟其周旋〔二二〕，事業絶勝空言傳〔二三〕。

【注】

〔一〕京叔：劉祁，字京叔，號神川遯士。應州渾源（今山西省渾源縣）人。劉從益子。拜掃：掃墓，上墳。陳：陳州。劉從益任職陳州，卜居于此，後歸葬于此。徵言：徵集詩文。老嬾：自謙之詞。屏山：李純甫，號屏山居士。雲卿：劉從益，字雲卿。襟期：襟懷、志趣。

〔二〕梁苑：也稱兔園。西漢梁孝王所建的東苑。故址在今河南省商丘市東南。園林規模宏大，方圓三百餘里，宮室相連屬，供遊賞馳獵。梁孝王在此廣納賓客，當時名士司馬相如、枚乘、鄒陽等均爲座上客。事見《史記・梁孝王世家》。此代指汴京。

〔三〕吹臺：相傳爲春秋時師曠吹樂之臺。漢梁孝王增築曰明臺。因梁孝王常案歌吹于此，故亦稱吹臺。遺址在今河南省開封市東南。

〔四〕故人：指劉祁之父劉從益和李純甫。劉卒于正大二年，李卒于元光二年。幽扃：謂墳墓。

〔五〕英英：奇偉，傑出。

〔六〕重泉：猶九泉。指死者所歸。

〔七〕匍匐：趴伏。《禮記・問喪》：「孝子親死，悲哀志懣，故匍匐而哭之。」鄭玄注：「匍匐，猶顛蹷。」

淮陽：宛丘縣之古名，陳州治。阡：通往墳墓的道路。

〔八〕拳拳：誠摯貌。漢司馬遷《報任安書》：「拳拳之忠，終不能自列。」

〔九〕頑頓：猶頑鈍。蠢笨難曉。鐫：雕鐫；曉喻。

〔一〇〕輒：擅自，隨意。鞭：教鞭，喻執教、教導之意。二句言自己愚笨尚欠曉喻，那能視劉祁爲後輩而隨意教導鞭策呢？

〔一一〕姬孔：亦稱周孔，周公姬旦與孔子。周公，儒學先驅，被後世尊爲「元聖」；孔子，儒家學派的創始人，被後世尊爲「至聖」。姬情孔意：即「周孔之教」，儒學教育的別稱。

〔一二〕斡旋：旋轉。權：秤錘。《禮記・月令》：「（仲春之月）正權概。」鄭玄注：「稱錘曰權。」句言周旋於萬物變化、時勢運轉而以儒家標準衡量是非得失。

〔一三〕「斯文」句：本《論語·子罕》：「子畏于匡，曰：『文王既没，文不在兹乎？天之將喪斯文也，後死者不得與於斯文也；天之未喪斯文也，匡人其如予何？』」斯文指周孔以來的傳統文化。句言周孔道統的興衰是天大的事，關係到中原文化的存亡。

〔一四〕墨客：通稱文人。語自漢揚雄《長楊賦》序：「聊因筆墨之成文章，故藉翰林以爲主人，子墨爲客卿以風。」賦中稱客爲「墨客」，後遂爲文人之别稱。句謂一般的文人墨客不過是把文學作爲一種技術，只是以文學爲職業的匠人而已，尚未技進於道。

〔一五〕醫巫：治病救人者。星曆：精通天文曆法者。唐韓愈《襄陽盧丞墓誌銘》：「陰陽星曆，近世儒莫學。」比肩：同「摩肩接踵」，形容人多，擁擠。

〔一六〕雕琢：比喻窮究研磨。徂年：流年，光陰。

〔一七〕海縣：猶神州。指中國。《資治通鑑·晉海西公太和四年》：「今海縣分裂，天光分曜，安得以乘輿行在爲言哉！」胡三省注引鄒衍曰：「中國有赤縣神州，赤縣神州内有九州，禹所叙九州是也；其外有裨海環之。海縣之説，蓋本諸此。」謾：通「漫」，彌漫。腥膻：牛羊水産的氣味。此喻北方少數民族的遊牧文化。

〔一八〕洙泗：洙水和泗水。春秋時屬魯國地，孔子曾于此間聚徒講學。《禮記·檀弓上》：「吾與女事夫子于洙泗之間。」後因以「洙泗」代稱孔子及儒家。洗湔：洗滌，清除。句言只有引舉儒家文化方可蕩滌遊牧文化。

〔一九〕 廼公：指劉祁之父劉從益。志：指劉志于儒學。屏山：李純甫。

〔二〇〕 二豪：指劉、李二人。牽連：牽引連接。形容志同道合，連袂而行。

〔二一〕 未售：未賣出去。喻未获施展才能的機會。顛：高聳。

〔二二〕 子之兄弟：謂劉祁、劉郁。句言雷淵希望劉祁兄弟到社會中磨煉，以繼承其父振世濟世、弘揚儒學之重任。

〔二三〕 「事業」句：勸劉祁兄弟要繼承其父「襟期」，把弘揚儒學落實到具體行動中，它遠比那些不切實際、大而無當的話更爲重要。

同裕之欽叔分韻得莫論二字〔一〕

幼安謝辟命〔二〕，子雲老寂寞〔三〕。趨嚮豈獨異〔四〕，時命非所度〔五〕。我久困流離〔六〕，一廛求負郭〔七〕。雖無斬敵功，尚舉力田爵〔八〕。嵩少啟吾封〔九〕，四履盡伊洛〔一〇〕。有客來問津〔一一〕，醉眼入寥廓〔一二〕。世事久閉眼，終日只睡昏。清風何處來，佳客已在門〔一三〕。倒屣往從之〔一四〕，玉色向我温〔一五〕。妻孥趣作具〔一六〕，歡喜傾瓶盆。清夜襆被往〔一七〕，共就遺山元〔一八〕。嘲謔及俳語〔一九〕，發揮間微言〔二〇〕。懸斷漏天樞〔二一〕，高嘯驚鄰垣〔二二〕。脗合政相和〔二三〕，意到俄孤騫〔二四〕。恨不倒囷廩，矧肯留籬樊〔二五〕。棄屩獲珠玉，披榛見蘭蓀〔二六〕。我肱已三折〔二七〕，醉墮偶全渾〔二八〕。知無適俗韻〔二九〕，量力任灌園〔三〇〕。二君清廟器，巾冪華罍尊〔三一〕。蒼生望休息〔三二〕，朝廷待崇尊〔三三〕。出處既異途〔三四〕，會合難預論〔三五〕。此樂未易得，此夕勿憚煩〔三六〕。白酒舉初子〔三七〕，黃雞溷諸孫〔三八〕。水樂喧後部〔三九〕，山鬟秀前軒〔四〇〕。一醉萬事休，商聲滿乾坤〔四一〕。

【注】

〔一〕裕之：元好問，字裕之。欽叔：李獻能，字欽叔。分韻：數人相約賦詩，選擇若干字爲韻，各人分拈，依拈得之韻作詩，謂之分韻。宋嚴羽《滄浪詩話·詩體》：「有分韻，有用韻，有和韻，有借韻，有協韻，有今韻，有古韻。」元好問有《同希顔欽叔玉華谷分韻得軍華二字二首》，乃興定四年六月在嵩山玉華谷所作，以是知雷詩作于興定四年隱居嵩山時。

〔二〕「幼安」句：《三國志·魏志·管寧傳》：東漢人管寧，字幼安，北海朱虚（今山東省臨朐縣）人。自幼好學，飽讀經書，不慕名利。東漢末年避亂遼東，授徒講學，整治威儀，陳明禮讓。魏文帝、明帝多次徵召，委以太中大夫、太尉、光禄勳等重職，寧固辭不受。後人以「高士」稱之。辟命：徵召，任命。

〔三〕「子雲」句：用漢揚雄閉門著書，恬淡自適典故。揚雄，字子雲。《漢書·揚雄傳》：「雄少而好學……清靜亡爲，少嗜欲，不汲汲於富貴，不戚戚於貧賤，不修廉隅以徼名當世。」寂寞：《淮南子·原道训》：「其魂不躁，其神不嬈，湫漻寂寞，爲天下梟。」高誘注：「寂寞，恬淡也。」

〔四〕趨嚮：指管寧「謝辟命」和揚雄甘「寂寞」的人生志向。獨異：謂與衆不同，標新立異。

〔五〕時命：指命運。唐錢起《送鄔三落第還鄉》：「郢客文章絶世稀，常嗟時命與心違。」度：預測；把握。《詩·小雅·巧言》：「他人有心，予忖度之。」

〔六〕流離：因災荒戰亂流轉離散。《漢書·劉向傳》：「死者恨於下，生者愁於上，怨氣感動陰陽，因之以飢饉，物故流離以十萬數。」顔師古注：「流離，謂亡其居處也。」

〔七〕「一廛」句：《史記·蘇秦列傳》載，蘇秦喟歎曰：「且使我有雒陽負郭田二頃，吾豈能佩六國相印乎！」司馬貞索隱：「負者，背也，枕也。近城之地，沃潤流澤，最爲膏腴，故曰『負郭』也。」一廛：泛指一塊土地，一處居宅。負郭：負郭田，指近郊良田。亦泛指良田。

〔八〕力田爵：官府對勤勞種田者所頒賜的奬勵。《玉海》卷一百一十四「漢孝悌力田常員」条：「明帝中元二年四月丙辰賜三老、孝悌、力田爵人三級。」注：「三者皆鄉官之名。三老，高帝置。孝悌、力田，高后置。章帝元和二年二月乙丑詔曰：『三老，尊年也；孝悌，淑行也；力田，勤勞也。國家甚休之，其賜帛人一匹，勉率農功。』」

〔九〕嵩少：嵩山與少室山。啟封：原指天子把土地分封給宗親或有功的大臣。唐劉禹錫《上門下裴相公啟》：「君臣相遇，播于樂章；山河啟封，載在盟府。」句言上天把嵩少分封給我，讓我盡情賞覽。

〔一〇〕四履：謂四境的界限。語本《左傳·僖公四年》：「五侯九伯，女實征之，以夾輔周室。賜我先君履：東至於海，西至於河，南至於穆陵，北至於無棣。」杜預注：「履，所踐履之界。」伊洛：亦作「伊雒」。伊水與洛水。兩水匯流，多連稱。亦指伊洛流域。

〔一〕「有客」句：暗用孔子問津典。《論語·微子》：「長沮、桀溺耦而耕，孔子過之，使子路問津焉。長沮曰：『夫執輿者爲誰？』子路曰：『爲孔丘。』曰：『是魯孔丘與？』曰：『是也。』曰：『是知津矣。』」此處以長沮、桀溺自比。問津：詢問渡口。

〔二〕「醉眼」句：言其沉湎醉鄉，超脱曠達，面對有人問津所表現出不屑一顧、白眼上翻的情況。寥廓：指醉酒之後進入的虛無之境。

〔三〕「清風」二句：暗用「清風明月」典故，謂有高人雅士來訪。語出《南史·謝譓傳》：「入吾室者，但有清風，對吾飲者，唯有明月。」後用以比喻高人雅士的風致。《世説新語·言語》：「劉尹曰：『清風朗月，輒思玄度。』」此處當指李獻能欽叔來訪。

〔四〕倒屣：急于出迎，把鞋倒穿。形容熱情迎客。典出《三國志·魏志·王粲傳》：「時邕才學顯著，貴重朝廷，常車騎填巷，賓客盈坐。聞粲在門，倒屣迎之。」

〔五〕玉色：對他人容顔的敬稱，猶言尊顔。温：形容和顔悦色，親切熱情。

〔六〕作具：備辦酒食。作，爲。《書·説命下》：「若作酒醴，爾惟麴糵。」具，飲食之器，引申爲筵席，酒食。《史記·項羽本紀》：「項王使者來，爲太牢具。」

〔七〕襆被：用包袱裹束衣被。

〔一八〕遺山元：元好問號遺山。二句謂雷、李二人到元好問處相聚。元時居嵩山少室。

〔一九〕嘲謔：調笑戲謔。俳語：戲笑嘲謔的言辭。

〔二〇〕微言：精深微妙的言辭。《逸周書·大戒》：「微言入心，夙喻動衆。」朱右曾校釋：「微言，微眇之言。」

〔二一〕懸斷：憑空臆斷。漏：洩漏。天樞：天機。

〔二二〕高嘯：高聲嘯歌。鄰垣：鄰居。四句謂老友歡聚，忘乎所以，吟嘯歌呼聲驚擾到四鄰。

〔二三〕脗合：即吻合，意氣相投。政：正。

〔二四〕孤騫：超逸；與衆不同。

〔二五〕「恨不」二句：謂談論中坦誠相見，傾心暢談，恨不得把整個糧倉抖落個底朝天，哪里還會限制範圍，藏藏掩掩。囷廩：糧倉。矧肯：况肯。籬樊：籬笆。

〔二六〕「棄屩」二句：丟棄了草鞋而收穫到珠玉，越過荊棘尋得香草。比喻三人在討論、切磋中明白了許多道理，收獲頗多。屩：古代一種草編的鞋履。蘭蓀：即菖蒲。一種香草。《文選·沈約·和謝宣城》：「昔賢侔時雨，今守馥蘭蓀。」劉良注：「蘭蓀，香草也。」

〔二七〕肱已三折：三折肱。喻屢遭挫折。宋張侃《歲時書事》：「年來三折肱，逢人漫稱好。」

〔二八〕全渾：完整；渾然一體。蘇軾《惠守詹君見和復次韻》：「已破誰能惜甑盆，頹然醉裏得全渾。」二句謂自己已多次遭受挫折，僥倖還能保全自身，退隱山林。

〔二九〕「知無」句：晉陶淵明《歸園田居》其一：「少無適俗韻，性本愛丘山。」適俗：猶言適應世俗。

〔三〇〕「量力」句：用陳仲子灌園典故。陳仲子，字子終，戰國齊國隱士。因見其兄食禄萬鍾，以爲不義，故避兄離母，堅辭齊大夫、楚國相等職，先遷居於陵，後隱居山東長白山中，終日爲人灌園，以示「不入汙君之朝，不食亂世之食」。灌園：澆園。二句言自己嫉惡如仇、愛恨分明的個性跟與世浮沉、口不臧否的世俗鄉願格格不入，只好量力而行，隨從稟性，以躬耕爲生。

〔三一〕「二君」二句：謂元好問和李獻能是國之重器，可以擔當國家重任者。清廟器：太廟之祭器。巾冪：古代覆蓋、裹紮器物的巾。《國語·周語中》：「出其樽彝，陳其鼎俎，淨其巾冪，敬其祓除。」韋昭注：「巾冪，所以覆樽彝也。」罍尊：飾有雲雷狀花紋的酒尊。《禮記·禮器》：「廟堂之上，罍尊在阼，犧尊在西。」代指禮器。

〔三二〕蒼生：指百姓。《文選·史岑·出師頌》：「蒼生更始，朔風變律。」劉良注：「蒼生，百姓也。」休息：休養生息。

〔三三〕崇尊：尊崇，尊重推崇。《宋史·樂志十四》：「天擁帝家，澤流子孫，三宫燕胥，四海崇尊。」二句言南渡以來，國家殘破，民生塗炭，急需任用李、元這樣的人才來改善現狀。

〔三四〕出處：謂出仕和隱退。

〔三五〕「會合」句：謂不知何時才能相見。時李欽叔在汴京翰林院任職，二句就此而言。

〔三六〕憚煩：怕麻煩。《左傳·昭公三年》：「唯懼獲戾，豈敢憚煩？」

〔三七〕初子：初應指居第一之位。《金史》載李欽叔貞祐三年特賜詞賦進士，廷試第一人。初子，疑指此。

〔三八〕黄雞：黄羽毛雞。李白《南陵别兒童入京》：「白酒新熟山中歸，黄雞啄黍秋正肥。」溷：圈，養禽畜之所。諸孫：指元好問。因其爲北魏皇族拓跋氏後裔，故稱。《中州集》卷六馮璧《同裕之再過會善寺有懷希顔》：「寺元魏離宫，十日來凡兩……今同魏諸孫，再到風煙上。」元好問《臺山雜詠十六首》其六：「山上離宫魏故基……應記諸孫賦黍離。」二句言用酒肉盛情款待李、元二位好友。

〔三九〕水樂：指流泉所發出的悦耳聲響。唐元結《水樂説》：「元子於山中尤所耽愛者有水樂。水樂是南磳之懸水，淙淙然，聞之多久，於耳尤便。」部：小阜。漢應劭《風俗通·山澤·培》：「部者，阜之類也，今齊魯之間，田中少高卬，名之爲部矣。」

〔四〇〕山鬟：像女子環形髮髻一般高聳秀美的山峰。

〔四一〕商聲：秋聲。《管子·幼官》：「聽商聲，治濕氣。」《文選·阮籍·詠懷詩》：「素質游商聲，悽愴傷我心。」李善注：「《禮記》曰：『孟秋之月，其音商。』鄭玄曰：『秋氣和則商聲調。』」

會善寺怪松〔一〕

物生自有常，怪特物之病〔二〕。嗟嗟此老蒼〔三〕，怪怪生魁柄〔四〕。侏儒蹙髀股〔五〕，宿瘤擁腮頸〔六〕。蜿蜒蛟龍戲〔七〕，騰擲貙虎競〔八〕。須髯喜張磔〔九〕，意氣怒狂迸。匠石求棟楹，節目足譏評〔一〇〕。芻蕘急薪樵，堅悍空盼瞪〔一一〕。靜言觀倚伏〔一二〕，未易相弔慶〔一三〕。雖違時世用，顧免斤斧横〔一四〕。陽秋莫榮悴〔一五〕，歲月何究竟〔一六〕。盤盤曲則全〔一七〕，挺挺獨也正〔一八〕。小草誤掃跡〔一九〕，伏神還守性〔二〇〕。儻隨天中景〔二一〕，廣宇共庥映〔二二〕。

【注】

〔一〕會善寺：在登封西北太室山南麓積翠峰下。原爲北魏孝文帝的離宫。同賦此怪松者還有馮璧，見卷六馮璧《同希顔怪松》詩。

〔二〕怪特：奇怪特別。

〔三〕嗟嗟：歎詞。表示感慨。

〔四〕魁柄：同「魁杓」，即北斗七星。《淮南子·天文訓》：「斗杓爲小歲。」高誘注：「斗第一星至第四爲魁，第五至第七爲杓。」句用以形容怪松主幹彎曲的形狀。

〔五〕侏儒：身材異常矮小的人。蹙：收縮。髀股：指大腿骨。

〔六〕「宿瘤」句：用宿瘤女典故。漢劉向《列女傳·齊宿瘤女》：「宿瘤女者，齊東郭採桑之女，閔王之后也。項有大瘤，故號宿瘤。」二句形容怪松短粗臃腫之狀。

〔七〕蜿蜒：龍蛇等曲折爬行貌。

〔八〕騰擲：向上騰跳貌。貙虎：貙和虎。亦泛指猛獸。

〔九〕張礫：張開直立。

〔一〇〕「匠石」二句：謂此怪松因節目太多而受到尋求棟梁之材的木匠們的譏諷與批評。匠石：《莊子・人間世》：「匠石之齊，至乎曲轅，見櫟社樹，其大蔽牛，絜之百圍……散木也，以爲舟則沉，以爲棺槨則速腐，以爲器則速毁，以爲門户則液樠，以爲柱則蠹，是不材之木也，無所可用，故能若是之壽。」棟楹：可作屋梁和柱子的木材。節目：樹木枝幹交接處的堅硬而紋理糾結不順部分。《禮記・學記》：「善問者如攻堅木，先其易者，後其節目，及其久也，相説以解。」孫希旦集解：「節目，木之堅而難攻處。」

〔一一〕「芻蕘」二句：謂砍柴伐薪者又因爲怪松的質地太過堅硬，急需柴火而放棄了它。芻蕘：割草打柴者。薪櫕：柴木。堅悍：堅硬。

〔一二〕靜言：安靜地；仔細地。《詩・邶風・柏舟》：「靜言思之，不能奮飛。」毛傳：「靜，安也。」余冠英注：「靜言，猶靜然，就是仔細地。」倚伏：意爲禍與福互相依存，互相轉化。語出《老子》：「禍兮福之所倚，福兮禍之所伏。」

〔一三〕未易：不易，難於。弔慶：弔唁或慶賀。句謂怪松長成如此模樣，很難講是好事還是壞事。

〔一四〕「雖違」二句：言此松雖然不能成爲棟梁之材，爲世所用，但也因此避免了被砍伐的命運，保全了自己。典出《莊子・逍遥遊》：惠子謂莊子曰：「吾有大樹，人謂之樗。其大本臃腫而不中繩墨，其小枝捲曲而不中規矩。立之塗，匠者不顧。今子之言，大而無用，衆所同去也。」莊子曰：「何不樹之於無何有之鄉，廣莫之野，彷徨乎無爲其側，逍遥乎寢卧其下。不夭斤斧，物無害者，無所可用，安所困苦哉！」顧：卻。斤斧：斧頭。指被砍伐。

〔一五〕陽秋：年齡，壽命。《晉書·王獻之傳》：「陛下踐阼，陽秋尚富。盡心竭智，以輔聖明。」榮悴：榮枯。句言松樹萬古常青。

〔一六〕究竟：窮盡。

〔一七〕盤盤：曲折貌。全：保全，全身。

〔一八〕「挺挺」句：言怪松不畏嚴寒，傲骨凜然，獨特剛正。

〔一九〕小草：中藥遠志的别名。《世説新語·排調》：「謝公（安）始有東山之志，後嚴命屢臻，勢不獲已，始就桓公（温）司馬。于時人有餉桓公藥草，中有遠志。公取以問謝：『此藥又名小草，何一物而有二稱？』謝未即答，時郝隆在坐，應聲答曰：『此甚易解：處則爲遠志，出則爲小草。』謝甚有愧色。」悮：謬誤。掃跡：掃除車輪的痕跡，表現謝絶賓客。句言自己對前此出山爲官的行跡甚感後悔。故今隱居嵩山，謝絶官府徵召。

〔二〇〕「伏神」句：言隱居既可安藏收神，還可保守稟性。

〔二一〕儻：通「躺」。平卧。天中景：中天日照下的樹影。

〔二二〕廣宇：廣大的空間。麻映：麻映。遮蓋。二句用《莊子·逍遥遊》：「何不樹之於無何有之鄉，廣莫之野，彷徨乎無爲其側，逍遥乎寢卧其下。」

玉華山中同裕之分韻送欽叔得歸字〔一〕

洗耳潁川水〔二〕，療飢西山薇〔三〕。山川得佳客〔四〕，草木生光輝。末路風教薄〔五〕，此道日已微〔六〕。相期千載事，非君誰與歸〔七〕。

【注】

〔一〕玉華山：少室山峰之一。因峰上有白色雲母，閃光發亮，故名。雷淵因事罷職，曾卜居玉華谷。裕之：元好問，字裕之。分韻：數人相約賦詩，選擇若干字爲韻，各人分拈，依拈得之韻作詩，謂之分韻。欽叔：李獻能，字欽叔。《中州集》卷六有李欽叔《玉華谷同希顔裕之分韻得秋字》詩。三人同游玉華谷爲興定四年六月事。

〔二〕「洗耳」句：用許由事。晉皇甫謐《高士傳・許由》：堯欲讓天下於許由，由遁耕於中嶽潁水之陽，箕山之下，終身無經天下色。堯又召爲九州長，由不欲聞之，洗耳於潁水濱。

〔三〕「療飢」句：用伯夷、叔齊采薇事。《史記・伯夷列傳》載，周武王滅殷之後，「伯夷、叔齊恥之，義不食周粟，隱於首陽山，采薇而食之」。後以「采薇」指歸隱。

〔四〕佳客：指李獻能。

〔五〕風教：指風俗教化。語自《詩大序》：「風，風也，教也。風以動之，教以化之。」薄：指人心、世道、綱紀等衰微。宋王安石《上時政書》：「官亂於上，民貧於下，風俗日以薄。」句言金廷南渡以來國勢衰微，弊端百出，世風澆薄。

〔六〕此道：指儒家尊君愛國、憐民惜物之道義。微：衰微，衰敗。

〔七〕「相期」二句：用《論語·微子》：「夫子憮然，曰：『鳥獸不可與同群也，吾非斯人之徒與而誰與？天下有道，丘不與易也。』」及《禮記·檀弓下》：「趙文子與叔譽觀乎九原。文子曰：『死者如可作也，吾誰與歸？』叔譽曰：『其陽處父乎？』」言期盼與志同道合者以千秋大業自任，繼承弘揚孔孟之道，挽救末世頹敗之風俗，除了與李欽叔、元好問等，還會與誰呢？

九日登少室絶頂，同裕之分韻得蘿字〔一〕

閑居愛重九〔二〕，佳人重相過〔三〕。登高酬節物〔四〕，少室鬱嵯峨〔五〕。迤邐謝塵土〔六〕，夷猶出煙蘿〔七〕。欻如據鼇頭〔八〕，萬壑俯蜂窩〔九〕。浩浩跨積風〔一〇〕，瀰瀰渺長河〔一一〕。日車昃紅輪〔一二〕，天宇凝蒼波〔一三〕。指點數齊州〔一四〕，始覺氛埃多〔一五〕。我無倚天劍〔一六〕，有淚空滂沱〔一七〕。驚鱗盼奥渚〔一八〕，倦翼占危柯〔一九〕。悔不與家來，結茅老巖阿〔二〇〕。歸途睠老阮，廣武意如何〔二一〕。

【注】

〔一〕九日：九月九日重陽節。少室：少室山。裕之：元好問，字裕之。

〔二〕「閑居」句：晉陶潛《九日閑居》詩序：「余閑居，愛重九之名。秋菊盈園，而持醪靡由。」重九：指農曆九月初九日。又稱重陽。

〔三〕佳人：美好的人。指君子賢人。唐韋應物《過扶風精舍舊居簡朝宗巨川兄弟》：「佳人亦攜手，再往今不同。」此處指元好問。

〔四〕登高：南朝梁吴均《續齊諧記》：「汝南桓景隨費長房遊學累年。長房謂曰：『九月九日汝家中當有災，宜急去。令家人各作絳囊，盛茱萸以繫臂，登高飲菊花酒，此禍可除。』景如言，齊家登山。夕還，見雞犬牛羊一時暴死。長房聞之，曰：『此可代也。』今世人九日登高飲酒，婦人帶茱萸囊，蓋始於此。」節物：隨季節變化的風物景色。

〔五〕鬱：勃發凸出貌。嵯峨：山勢高峻貌。

〔六〕迤邐：斜延貌。引申爲漸次。謝：少。句言少室絶頂遠離平川，高出塵氛。

〔七〕夷猶：從容不迫的樣子。宋張炎《真珠簾·近雅軒即事》詞：「休去，且料理琴書，夷猶今古。」煙蘿：本指草樹茂密，煙聚蘿纏，借指幽居或修真之處。唐裴鉶《傳奇·文簫》：「世數今逃盡，煙蘿得再還。」周楞伽輯注：「煙蘿，道家稱隱居修真的地方。」

〔八〕欻：氣盛貌。據鼇頭：占據首位或第一。此言高居少室山最高處，有狀元獨占鼇頭冠壓群雄之感。

〔九〕蜂窩：蜂巢的通稱。二句謂高居少室絶頂，向下俯視，千溝萬壑，猶如蜂巢一般。

〔一〇〕積風：指匯聚在一起的旋風。語出《莊子·逍遥遊》：「鵬之徙于南冥也，水擊三千里，搏扶摇而上者九萬里……風之積也不厚，則其負大翼也無力，故九萬里，則風斯在下矣。」

〔一一〕瀰瀰：水滿貌。渺：水遠貌。長河：指黄河。

〔一二〕日車：太陽。太陽每天運行不息，故以「日車」喻之。昃：指日西斜。紅輪：比喻紅日。唐李咸用《曉望》：「碧浪催人老，紅輪照物忙。」

〔一三〕天宇：天空。蒼波：蒼茫的雲霧。

〔一四〕齊州：猶中州。古時指中國。見《爾雅·釋地》。唐李賀《夢天》：「遥望齊州九點煙，一泓海水杯中瀉。」

〔一五〕氛埃：比喻戰亂。

〔一六〕倚天劍：形容極長的劍。語自宋玉《大言賦》：「方地爲車，圓天爲蓋，長劍耿耿倚天外。」

〔一七〕滂沱：形容淚流很多。《詩·陳風·澤陂》：「寤寐無爲，涕泗滂沱。」

〔一八〕驚鱗：受到驚嚇的魚。代指屢遭戰亂之苦的百姓。奥：同「澳」。水邊灣曲處。《禮記·大學》：「《詩》云：瞻彼淇澳，菉竹猗猗。」今本《詩·衛風·淇奥》作「奥」。鄭玄注：奥，隈也。」渚：水中的小塊陸地。

〔一九〕倦翼：飛倦的鳥兒。危柯：高枝。

〔二〇〕結茅：結廬，卜居。阿：山脚彎曲處。

〔二一〕「歸途」二句：用阮籍登廣武山典故。《晉書・阮籍傳》：「嘗登廣武，觀楚漢戰處，歎曰：『時無英雄，使豎子成名。』」睠：回視；返顧。時人常以阮籍代指元好問。如李欽叔《滎陽古城登覽寄裕之》：「一杯欲洗興亡恨，爲唤窮途阮步兵。」辛愿《寄裕之》：「青雲一别阮家郎，甚欲題詩遠寄將。」元氏亦常以阮籍自比，如《岐陽三首》：「窮途老阮無奇策，空望岐陽淚滿衣。」二句言在登少室絶頂後的返途中，回視以阮籍自比的元好問，其高視一世、芥視群雄的英雄胸襟又會如何？

月下同飛伯觀畦丁灌園得畦字〔一〕

村居鄰老圃，喘汗憫夏畦〔二〕。轆轤健晚凉〔三〕，月輪轉天蹊〔四〕。剡剡金融溝〔五〕，涓涓冰泮溪〔六〕。黄萎漸蘇息〔七〕，緑潤俄凄迷〔八〕。生意續夜氣〔九〕，甘滋浹新荑〔一〇〕。風露觸處香，河漢望中低〔一一〕。野人無遠謀〔一二〕，且喜豐食鮭〔一三〕。雖愧下帷董〔一四〕，稍悟養生嵇〔一五〕。歸懷自浩然〔一六〕，流光挹平西〔一七〕。

【注】

〔一〕飛伯：王鬱字飛伯。大興（今屬北京市）人。少居釣臺，閉門讀書，不接人事數載。爲文法柳宗元，歌詩飄逸，有太白氣象。《中州集》卷七、《歸潛志》卷三有小傳。畦丁：畦夫。灌園：澆灌園圃。

〔二〕老圃：有經驗的菜農。夏畦：指夏天在田地裏勞動的人。《孟子·滕文公下》：「脅肩諂笑，病于夏畦。」朱熹集注：「夏畦，夏月治畦之人也。」

〔三〕轆轤：水井上汲水的起重裝置。健：貪。句言老農爲了傍晚涼快，仍不停地用轆轤汲水灌園。

〔四〕月輪：圓月。亦泛指月亮。北周庾信《象戲賦》：「月輪新滿，日暈重圓。」蹊：指路線，途徑。

〔五〕熌熌：閃爍貌。句謂水渠中月光照映，波光閃爍。

〔六〕涓涓：細水緩流貌。泮：融解。

〔七〕黄萎：黄死枯萎。蘇息：復活，蘇醒。

〔八〕淒迷：形容景物淒清迷茫。此處指園中菜蔬在月光下朦朧迷離之狀。

〔九〕生意：指復蘇的菜畦澆水後所呈現的勃勃生機。夜氣：夜間的清涼之氣。唐韓愈《李花》其一：「東風來吹不解顔，蒼茫夜氣生相遮。」

〔一〇〕甘滋：指甘美的水。宋韓維《和吴九王二十八雪》：「寒光動城闕，甘滋入田壟。」浹：浸透，滋潤。新荑：草木初生的嫩芽。

〔一一〕河漢：指銀河。

〔一二〕野人：泛指村野之人，農夫。此處爲自謂。遠謀：做長遠打算。

〔一三〕鮭：指食物、糧米。又是魚類菜肴的總稱。宋司馬光《九月十一日夜雨宿南園》：「沼中數寸魚，烹煎足爲鮭。」原注：「吴人謂魚肉爲鮭。」句謂農夫只要年景豐收、食物充裕就已心滿意足。

〔一四〕「雖愧」句：用董仲舒「三年不窺園」典故。《漢書·董仲舒傳》：「董仲舒，廣川人也。少治《春秋》，孝景時爲博士。下帷講誦，弟子傳以久次相授業，或莫見其面。蓋三年不窺園，其精如此。」顔師古注：「雖有園圃，不窺視之，言專學也。」

〔一五〕「稍悟」句：用嵇康養生典故。嵇康崇尚老莊，講求養生服食之道。撰有《養生論》。

〔一六〕「歸懷」句：《孟子·公孫丑下》：「夫出晝而王不予追也，予然後浩然有歸志。」朱熹集注：「浩然，如水之流不可止也。」句謂對仕宦無所留戀，歸隱之志不可阻遏。

〔一七〕流光：特指如水般流瀉的月光。三國魏曹植《七哀》：「明月照高樓，流光正徘徊。」挹：通「揖」。拜揖。《荀子·議兵》：「湯武之誅桀紂也，拱挹指揮。」王念孫《讀書雜誌·荀子五》：「揖與挹通……晏子《諫篇》：『晏子下車挹之。』挹即揖字，諸本皆作揖。」平西：月亮在西方平掛。句言向將落的月亮拜揖，以表示追求明淨、冷清、安寧的隱逸趨向。

濟南珍珠泉〔一〕

大地萬寶藏，玄冥不敢私〔二〕。抉開青玉罅〔三〕，渾渾流珠璣〔四〕。輕明疑夜光〔五〕，潔白真摩尼〔六〕。風吹忽脱串〔七〕，日射俄生輝〔八〕。有時如少靳〔九〕，觱沸卻纍纍〔一〇〕。風色媚一川，老蚌初未知〔一一〕。君看一日間，巧歷所不貲〔一二〕。遊人隨意滿，不畀乾没兒〔一三〕。吾謂歷下城〔一四〕，繁華富瑰奇〔一五〕。貪夫死專利〔一六〕，帝意憐其癡〔一七〕。故露連城珍〔一八〕，可玩不可幾〔一九〕。若曰天壤間，所遇皆汝資。何必秘篋笥〔二〇〕，自貽伊瑕疵〔二一〕。詩成一大笑，臆説量天機〔二二〕。

【注】

〔一〕詩題：珍珠泉在濟南。雷淵遊濟南，當在興定初任東平府録事、遥領東阿令期間。元好問《遺山集》卷三四《濟南行記》：「珍珠泉，今爲張舍人園亭。二十年前，吾希顔兄嘗有詩，至泉上則知詩爲工矣。」

〔二〕玄冥：神名。水神。《左傳・昭公十八年》：「禳火于玄冥、回禄。」杜預注：「玄冥，水神。」

〔三〕罅：裂縫，縫隙。

〔四〕渾渾：滾滾。水流貌。珠璣：珠寶，珠玉。常以比喻晶瑩似珠玉之物。此指珍珠泉的泉水。

〔五〕夜光：珠名。南朝梁任昉《述異記》卷上：「南海有明珠，即鯨魚目瞳，鯨死而目皆無精，夜可以鑒，謂之夜光。」

〔六〕摩尼：梵語寶珠的音譯。

〔七〕脱串：從珠串上脱落。

〔八〕俄：突然。《公羊傳・桓公二年》：「至乎地之與人，則不然，俄而可以爲其有矣。」何休注：「俄者，謂須臾之間。」

〔九〕靳：吝惜，不肯給予。

〔一〇〕觱沸：泉水湧出貌。《詩·小雅·采菽》：「觱沸檻泉，言采其芹。」毛傳：「觱沸，泉出貌。」纍纍：連續不斷貌；連接成串。

〔一一〕蚌：生活在淡水裏的一種軟體動物，介殼長圓形，表面黑褐色，殼内有珍珠層，有的可以産出珍珠。

〔一二〕不貲：無從計量，表示多或貴重，多用於財物。

〔一三〕不畀：不給。乾没兒：投機圖利者，侵吞他人財物者。清顧炎武《日知録·乾没》：「乾没，大抵是徼幸取利之意。」

〔一四〕歷下城：歷城，縣名，金時屬山東東路濟南府，今山東省濟南市。

〔一五〕瑰奇：指珍貴奇異之物。

〔一六〕貪夫：貪婪的人。專利：專謀私利。

〔一七〕帝意：天帝之意。

〔一八〕連城：珍貴之物。語自《史記·廉頗藺相如列傳》：戰國時，趙惠文王得和氏璧，秦昭王寄書趙王，願以十五城易璧。

〔一九〕幾：及。句言珍珠泉水之湧形似珍珠，但只可以觀賞而不能夠把它變爲真的珍珠而攫爲私有。

〔二〇〕秘：隱藏。篋笥：藏物的竹器，多指箱和籠。

〔二一〕貽：遺留，致使。伊：是，此。瑕疵：玉的斑痕。代指貪夫藏寶。

〔二二〕天機：謂天之機密，猶天意。量：裁度，測斷。

讀孔北海傳〔一〕

漢室風流絶建安〔二〕，老瞞父子力排山〔三〕。可憐魯國真男子〔四〕，也着區區七子間〔五〕。

【注】

〔一〕孔北海：孔融（一五三——二〇八），字文舉，魯國（治今山東省曲阜市）人，孔子二十世孫。東漢文學家，「建安七子」之首。漢獻帝時任北海相，時稱孔北海。性好賓客，喜抨議時政，言辭激烈，後因觸怒曹操，被殺。《後漢書》卷七〇有傳。

〔二〕建安：東漢末年漢獻帝年號（一九六——二二〇）。這一時期，曹操掌控操縱朝政。文學方面，形成了以「三曹七子」爲代表的建安文學。

〔三〕老瞞：曹操，小字阿瞞。老瞞父子：建安文學的領袖曹操及其子曹丕、曹植。氣排山：氣勢排山。形容力量强盛，聲勢浩大。

〔四〕魯國真男子：指孔融，具有男兒氣概。孔融作爲孔子後裔，爲人不拘小節，恃才負氣，剛正不阿，言論往往與傳統相悖。主張增强漢室實權，公開反對曹操的決定。

〔五〕區區：小，少。形容微不足道。七子：指孔融與陳琳、王粲、徐幹、阮瑀、應瑒和劉楨七人，同時以文學齊名。七子之稱見于曹丕《典論·論文》：「斯七子者，於學無所遺，於辭無所假，咸以自騁驥騄於千里，仰齊足而並馳。」

賦侯相公雲溪〔一〕

相君襟度本汪洋〔二〕，戲鑿陂池便渺茫〔三〕。解起晴雲作霖雨〔四〕，更邀明月貯清光〔五〕。千重複嶺藏仙境〔六〕，萬斛香泉釀醉鄉〔七〕。畢竟麟符抛不得〔八〕，煙波空效五湖蒼〔九〕。

【注】

〔一〕侯相公：侯摯，字莘卿，東阿（今山東省東阿縣）人。明昌二年進士，曾任尚書右丞。《金史》卷一〇八有傳。雲溪：侯摯在東平所置別業，在黄石山下，浪溪之畔。楊雲翼、雷淵作《賦侯相公雲溪》。侯摯家藏《雲溪圖》，時人多有題詠。趙秉文有《尚書右丞侯公雲溪圖》，見《滏水集》卷四。元好問曾爲侯相公所藏雲溪圖賦詩三首，北渡後往東平路經雲溪，又賦詩一首：「黄山圖子翰林詩，千里東州有所思。前日相公門下客，國亡家破獨來時。」見《遺山集》卷一二。

〔二〕相君：舊時對宰相的尊稱。《後漢書·陰識傳》：「初，陰氏世奉管仲之祀，謂爲『相君』。」此處指侯摯。襟度：襟懷與氣度。汪洋：謂氣度恢弘豁達。

〔三〕渺茫：煙波遼闊貌。

〔四〕解：能。霖雨：甘雨，時雨。《書·説命上》：「若歲大旱，用汝作霖雨。」句有解民倒懸之寓意。

〔五〕清光：清亮的光輝，兼寓人品之清潔光明。

〔六〕複嶺：重嶺，重疊起伏的山嶺。仙境：仙人所居處的仙界。亦借喻景物極美的地方。

〔七〕香泉：清洌的泉水。醉鄉：指醉酒後神志不清的境界。唐王績《醉鄉記》：「阮嗣宗、陶淵明等十數人，并遊於醉鄉。」

〔八〕麟符：古代朝廷頒發的麟形符節。代指官職。

〔九〕五湖：用范蠡遊五湖典故。《越絶書》：「吴亡後，西施復歸范蠡，同泛五湖而去。」

贈陳司諫正叔〔一〕

洗兵有志挽天河〔二〕，補衮剛留諫諍坡〔三〕。賦出石腸還婉麗〔四〕，政成鐵面卻中和〔五〕。寒侵桃李淒無色，雪壓池塘慘不波〔六〕。急手尊前謀一醉，六街塵土涴人多〔七〕。

【注】

〔一〕陳司諫正叔：陳規，字正叔，絳州稷山（今山西省稷山縣）人。明昌五年詞賦進士。南渡後爲監察御史，以直諫著稱。正大元年，召爲右司諫。爲人剛毅質實，博學能詩文。與趙秉文、雷淵諸人多有唱和。正大五年，雷淵因事罷官，陳規贈《送雷御史希顏罷官南歸》詩相送，見《中州集》卷五。此爲雷淵答詩，和陳規詩韻。

〔二〕洗兵：指勝利結束戰爭。相傳周武王出師遇雨，認爲是老天洗刷兵器，後擒紂滅商，戰爭停息。事見漢劉向《説苑·權謀》。句言陳規有志挽天河之水來洗淨兵塵，止息人間的戰爭。

〔三〕補衮：補救規諫帝王的過失。語本《詩·大雅·烝民》：「衮職有闕，維仲山甫補之。」諫諍坡：唐時稱諫議大夫爲「坡」。宋葉夢得《石林燕語》卷五：「諫議大夫亦稱坡，此乃出唐人之語。」宋洪適《賜王大定辭免禮部尚書不允詔》：「卿履道醇固，蓄德雄剛，從列諫坡，積有令問。」二句言陳規本有志于戡平戰亂，使天下太平，國家復興，誰想命運使他偏偏承擔起整肅朝綱的右司諫之職。《金史·陳規傳》：「渾源劉從益見其所上八事，歎曰：『宰相材也。』每與人論及時事輒憤惋，蓋傷其言之不行也。」

〔四〕石腸：猶言鐵石心腸。喻信心堅定。《宗鏡録》卷六：「男兒大丈夫，作事莫莽鹵。徑挺鐵石心，直取菩提路。」婉麗：指詩文委婉華麗。唐芮挺章《國秀集》序：「昔陸平原之論文曰：『詩緣情而綺靡』。是彩色相宣，煙霞交映，風流婉麗之謂也。」

〔五〕鐵面：比喻剛直不徇私情。中和：中正平和。《荀子·王制》：「公平者職之衡也，中和者聽之繩也。」楊倞注：「中和謂寬猛得中也。」二句謂陳規雖剛骨錚錚，但其詩作委婉清麗，雖鐵面無私，政績卓著，但其本質卻中正平和。《金史》本傳載：「爲人剛毅質實，有古人風。」又曰：「南渡後，諫官稱許古、陳規，而規不以訐直自名，尤見重云。」

〔六〕「寒侵」二句：言官場險惡，小人得志，肆意誹謗打擊，君子受人壓抑，噤若寒蟬。

〔七〕六街：泛指京都的大街和鬧市，代京城。此句言京都官場污濁，害人甚多。

濟南泛舟，水底見山，有感而作〔一〕

南山已在風塵外〔二〕，更恐飛埃涴碧巔。一棹晚凉波底看，浴沂面目本天然〔三〕。

【注】

〔一〕詩題：此詩與前面《濟南珍珠泉》作於同時，皆在興定初任東平府録事、遥領東阿令期間。

〔二〕風塵外：指鬧市之外。

〔三〕浴沂：在沂水中沐浴。語出《論語·先進》：「浴乎沂，風乎舞雩，詠而歸。」句言水中之山蕩滌了污染，呈現出天然的本色。

洛陽同裕之、欽叔賦〔一〕

日上煙花一片紅〔二〕，嵩邙西峙洛川東〔三〕。纔聞候騎傳青蓋〔四〕，又見牽羊出絳宫〔五〕。事去關河不横草〔六〕，秋來陵寢但飛蓬〔七〕。書生不奈興亡恨〔八〕，斗酒聊澆磈磊胸〔九〕。

【注】

〔一〕裕之：元好問，字裕之。欽叔：李獻能，字欽叔。

〔二〕煙花：泛指春天景象。杜甫《清明》：「秦城樓閣煙花裏，漢主山河錦繡中。」

〔三〕嵩邙：嵩山和邙山的并稱。洛陽周邊山脈。嵩山在洛水之東，由太室山和少室山組成，五嶽之一。邙山在洛陽東北，又稱北邙，芒山。漢魏以來，王侯公卿貴族的墓地多在此。洛川：洛水。即今河南省洛河。源出陝西洛南西北，東入河南，經洛陽，至鞏縣洛口入黄河。

〔四〕候騎：擔任偵察巡邏任務的騎兵。青蓋：青色的車蓋。漢制用於皇太子、皇子所乘之車。史載唐昭宗李曄於天祐元年四月自長安遷洛陽，八月，朱全忠令樞密使蔣玄暉殺昭宗，迎太子李柷繼位。疑句指此事。

〔五〕牽羊：古時戰敗者肉袒牽羊，表示降服。指改朝换代。典出《史記·宋微子世家》：「周武王伐紂克殷，微子乃持其祭器造於軍門，肉袒面縛，左牽羊，右把茅，膝行而前以告。於是武王乃釋微子，復其位如故。」絳宫：紅色宫殿。此指皇宫。二句亦概括洛陽作爲十三朝古都興亡交替的歷史。

〔六〕關河：關山河川。横草：軍隊行於草野之中，使草倒伏。《漢書·終軍傳》：「軍無横草之功，得列宿衛，食禄五年。」顔師古注：「言行草中，使草偃卧，故云横草也。」

〔七〕陵寢：古代帝王陵墓的宫殿寢廟。飛蓬：指枯後根斷遇風飛旋的蓬草。代指荒涼。

〔八〕不奈：猶不耐，難以承受。

〔九〕魂磊：壘積不平的石塊。因以喻鬱結在胸中的不平之氣。

啟母石同裕之賦〔一〕

千古崩崖一罅開〔二〕，强將神怪附郊禖〔三〕。無情頑石猶貽謗，貝錦從爲巷伯哀〔四〕。

【注】

〔一〕啟母石：巨石名，矗立在登封市嵩山脚下。相傳爲大禹之妻塗山氏所化。《漢書·武帝紀》：元封元年春行幸緱氏，詔曰：「朕用事華山，至於中嶽，獲駮麃，見夏后啟母石。」顔師古注：「應劭曰：『啟生而母化爲石。』文穎曰：『在嵩高山下。』師古曰：『啟，夏禹子也。其母塗山氏女也。禹治鴻水，通轘轅山，化爲熊，謂塗山氏曰：「欲餉，聞鼓聲乃來。」禹跳石，誤中鼓。塗山氏往，見禹方作熊，慚而去，至嵩高山下化爲石。方生啟，禹曰：「歸我子。」石破北方而啟生。事見《淮南子》。』」然今本《淮南子》無此文。裕之：元好問字。元好問賦《啟母石》云：「書載塗山世共知，誰傳頑石使人疑。可憐少室老突兀，也被人呼作阿姨。」

〔二〕罅：裂縫，縫隙。

〔三〕郊禖：古帝王求子所祭之神。其祠在郊，故稱。《詩·大雅·生民》：「克禋克祀，以弗無子。」毛傳：「弗，去也，去無子，求有子，古者必立郊禖焉。玄鳥至之日，以太牢祠於郊禖，天子親往，后妃率九嬪御。乃禮天子所御，帶以弓韣，授以弓矢，於郊禖之前。」二句言啟母石本崖崩後掉下的巨石，後人强將其附會成夏禹求得夏啟事。

〔四〕貝錦：用《詩經》詩事。《詩·小雅·巷伯》：「萋兮斐兮，成是貝錦。」朱熹集傳：「言因萋斐之形而文致之以成貝錦，以比讒人者因人之小過而飾成大罪也。」《毛詩序》云：「《巷伯》，刺幽王也，寺人傷於讒，故作是詩也。巷伯，奄官。」貝錦：喻誣陷他人羅織成罪的讒言。巷伯：即寺人，宦官。二句言不涉世事的崖石尚且受到人們無中生有的懷胎之謗，因而就更爲因小過而成大罪、含冤受屈的巷伯而哀傷了。

贈答麻信之 並序〔一〕

麻弟避兵渡河，徑謁裕之於嵩高〔二〕。夤緣一見〔三〕，相與之意甚厚〔四〕。既留數日，又將過吾景玄於女几之陰〔五〕。維元、劉，國士也〔六〕，而弟游於其間，則弟之爲人可知已。臨行復長歌相贈，清平豐融〔七〕，蓋他日未易量也。愛仰不足，詩以送之。

五老英靈未陸沉〔八〕，一枝高秀出詞林〔九〕。珪璋自是清朝器〔一〇〕，律吕偏諧治世音〔一一〕。此去文章足知己〔一二〕，後來功用只齋心〔一三〕。濟時相約元劉了〔一四〕，索我雲山深復深〔一五〕。

【注】

〔一〕麻信之：麻革，字信之。虞鄉（今山西省永濟市）人。早年客居洛西永寧，正大中與張澄、杜仁傑隱居内鄉。金亡後北渡，晚年居平陽（今山西省臨汾市）任職經籍所，歸隱王官谷，號貽溪先生，教授而終。

〔二〕裕之：元好問字。嵩高：嵩山。

〔三〕夤緣：攀附。

〔四〕相與：交善，交好。

〔五〕景玄：劉昂霄（一一八六——一二二三），字景玄，陵川（今山西省陵川縣）人。少博聞强記，聰穎絶人。避亂洛西三鄉，號女几樵人。舉進士不中，以蔭補官，不就。善辯駁，談辭如雲。詩文皆有可觀。《中州集》卷七有小傳。女几：山名，在今河南省宜陽縣境内。

〔六〕元、劉：元好問與劉昂霄。國士：一國中才能最優秀的人物。宋黄庭堅《書幽芳亭》：「士之才德蓋一國則曰國士。」

〔七〕清平：清和平允。豐融：盛美貌。蘇軾《王定國詩集叙》：「（王定國）以其嶺外所作詩數百首寄余，皆清平豐融，藹然有治世之音。」

〔八〕五老：山名。在麻信之家鄉虞鄉縣西南。《元和郡縣志》：「堯升首山，觀河渚，有五老人飛爲流星，上入昴，因號其山爲五老山。」句從地靈人傑的角度言五老山孕育出的人才不斷湧現。陸沉：比喻埋没，不爲人知。唐王維《送從弟蕃游淮南》：「高義難自隱，明時寧陸沉。」

〔九〕高秀：高雅清秀。詞林：詞壇。

〔一〇〕珪璋：玉製的禮器。古代用於朝聘、祭祀。《南齊書·禮志上》：「用珪璋等六玉，禮天地四方之神。」比喻傑出的人才。清朝：清明的朝廷。器：指寶器。疑「朝」爲「廟」之訛。清廟器，太廟之祭器，喻指可以擔當國家重任的人。《新唐書·李珏傳》：「辛相韋處厚曰：『清廟之器，豈擊搏才乎？』」蘇軾《聞正輔表兄將至以詩迎之》：「我兄清廟器，持節瘴海頭。」

〔一一〕律吕：古代校正樂律的器具。用竹管或金屬管製成，共十二管，管徑相等，以管的長短來確定音的不同高度。從低音管算起，成奇數的六個管叫做「律」；成偶數的六個管叫做「吕」，合稱「律吕」。後亦用以指樂律或音律。諧：和合；協調。《書·舜典》：「八音克諧，無相奪倫，神人以和。」治世：太平盛世。此句指序言中所謂的「長歌相贈，清平豐融」。

〔一二〕「此去」句：言麻信之拜訪劉昂霄，以文會友，必然能得到同行的賞識。

〔一三〕功用：指修養，造詣。齋心：祛除雜念，使心神凝寂。

〔一四〕濟時：猶濟世救時。

〔一五〕雲山深復深：此時雷淵正罷職閒居嵩山玉華谷中，故云。

雪

風定雲仍暖，天圍四顧低〔一〕。紛紛俄攪野〔二〕，浩浩欲平溪〔三〕。樵檐歸時重〔四〕，漁舟望處迷〔五〕。飢鴉空繞樹，若箇可安棲〔六〕。

【注】

〔一〕四顧：環視四周。

〔二〕紛紛：衆多貌。俄：突然，頃刻間。句謂紛飛的雪花頃刻間攪亂原野。

〔三〕浩浩：盛大貌。句謂大雪似要填平溪溝。

〔四〕樵檐：檐，擔。樵夫挑柴的扁担。

〔五〕迷：迷離不清。

〔六〕若箇：哪個，哪一棵。句用曹操《短歌行》：「月明星稀，烏鵲南飛。繞樹三匝，何枝可依？」寓其難覓安身立命之地意。

宫鴉〔一〕

萬樹瓊芳鎖漢宫〔二〕，群鴉容與五雲中〔三〕。曙光先背朝陽日〔四〕，春信頻呼禁籞風〔五〕。青鬢巧梳欣一色〔六〕，秀眉學畫鬭新工〔七〕。鳳樓未訝啼聲切〔八〕，愁滿長門信未通〔九〕。

【注】

〔一〕宮鴉：棲息在宫苑中的烏鴉。

〔二〕漢宮：漢朝宫殿。亦借指其他王朝的宫殿。

〔三〕容與：從容閑舒貌。五雲：五色彩雲，祥瑞之氣。亦常用指皇帝所在地。唐王建《贈郭將軍》：「承恩新拜上將軍，當值巡更近五雲。」

〔四〕曙光：黎明的陽光。句用唐王昌齡《長信秋詞》：「玉顔不及寒鴉色，猶帶昭陽日影來。」

〔五〕春信：春天的信息。籞：禁苑。

〔六〕青鬢：濃黑的鬢髮。

〔七〕秀眉：清秀的眼眉。

〔八〕鳳樓：漢武帝時樓閣宫殿名。《三輔黄圖·未央宫》：「武帝時，後宫八區，有昭陽、飛翔、增城、合歡、蘭林、披香、鳳凰、鴛鴦等殿。……成帝趙皇后居昭陽殿……班婕妤居增成舍。」

〔九〕長門：漢宫名。借指失寵女子居住的寂寥淒清的宫院。典自漢司馬相如《長門賦》序：「孝武皇帝陳皇后時得幸，頗妒。别在長門宫，愁悶悲思。聞蜀郡成都司馬相如天下工爲文，奉黄金百斤爲相如、文君取酒，因於解悲愁之辭。而相如爲文以悟主上，陳皇后復得親幸。」

洮石硯〔一〕

緹囊深複有滄洲〔二〕，文室春融翠欲流①〔三〕。退筆成丘竟何益〔四〕，乘時真欲礪吴鉤〔五〕。

【校】

① 文：底本原作「丈」，因形似而訛。據《硯山齋雜記》、《御定淵鑒類函》改。

【注】

〔一〕洮石硯：又名洮河緑石硯、洮河石硯，簡稱洮硯。中國名硯之一，取材於甘肅南部的洮河石。宋趙希鵠《洞天清禄集·古硯辨》：「除端、歙二石外，唯洮河緑石北方最貴重。緑如藍，潤如玉，發墨不減端溪下巖。然石在大河深水之底，非人力所致，得之爲無價之寶。」

〔二〕緹囊：指紅色書套，代指書籍。句言深居讀書有隱者之滄洲趣。

〔三〕翠欲流：描繪洮河石的「緑如藍，潤如玉」。

〔四〕退筆：用舊的筆，秃筆。《石蒼舒醉墨堂》：「君於此藝亦云至，堆牆敗筆如山丘。」宋施元之《施注蘇詩》：「《國史補》：長沙懷素好草書，棄筆堆積埋於山下，號曰『筆冢』。」

〔五〕乘時：乘機，趁勢。礪：磨，磨治。鉤，兵器，形似劍而曲。吴鉤：春秋吴人善鑄鉤，故稱。後泛指利劍。句謂還不如趁時磨礪利劍殺敵報國。詩末二句暗含書生無用，不如投筆從戎之意。

馬上見桃花

九衢鞍馬苦塵腥〔一〕，忽見溪桃倦意醒。未必施朱便粗俗〔二〕，最憐滌露出娉婷〔三〕。城東詩老圖幽絶〔四〕，水上仙郎記窈冥〔五〕。何似玉堂留故事，賣花擔上有丹青〔六〕。

【注】

〔一〕九衢：縱横交叉的大道。句言自己在京都鬧市奔波，久被塵土腥味薰得厭煩。

〔二〕施朱：塗以紅色。宋蘇軾《紅梅》其二：「也知造物含深意，故與施朱發妙姿。」粗俗：粗野庸俗，不文雅。句針對前人所批評的追逐春風、濃妝豔抹的「桃李顔」而言。

〔三〕娉婷：姿態美好貌。句謂最愛桃花被露水沾濕洗滌後姣潔新鮮的容態。

〔四〕「城東」句：或用唐劉希夷（一作宋之問）《代悲白頭翁》：「洛陽城東桃李花，飛來飛去落誰家。幽閨兒女惜顔色，坐見落花長歎息。今年花落顔色改，明年花開復誰在。已見松柏摧爲薪，更聞桑田變成海。古人無復洛城東，今人還對落花風。年年歲歲花相似，歲歲年年人不同。」

〔五〕「水上」句：用劉阮遇仙典。南朝劉義慶《幽明録》：「漢明帝永平五年，剡縣劉晨、阮肇共入天臺山……遥望山上有一桃樹，大有子實。……度山出一大溪，溪邊有二女子，資質妙絶。」五代毛文錫《訴衷情・桃花流水》詞：「桃花流水漾縱横，春晝彩霞明。劉郎去，阮郎行，惆悵恨難平。」

〔六〕「何似」二句：歐陽修《六一詩話》：「京師輦轂之下，風物繁富，而士大夫牽於事役，良辰美景罕或宴遊之樂，其詩至有『賣花擔上看桃李，拍酒樓頭聽管絃』之句。」玉堂：官署名。《漢書·李尋傳》：「過隨衆賢待詔，食太官，衣御府，久汙玉堂之署。」顏師古注：「玉堂殿，在未央宫。」王先謙補注引何焯曰：「漢時待詔於玉堂殿，唐時待詔於翰林院，至宋以後，翰林遂並蒙玉堂之號。」此代指職掌翰林的歐陽修。

叔獻兄歸隱嵩山，有詩見及，依韻奉寄〔一〕

幾百千年一敬通，飄飄歸袂振孤風〔二〕。平生自處神明在〔三〕，衰俗無從議論公〔四〕。韶箾向來儀彩鳳〔五〕，弋矰何苦慕冥鴻〔六〕。他年杖屨相尋處〔七〕，三十六峰雲霧中〔八〕。

【注】

〔一〕叔獻：馮璧，字叔獻。興定五年致仕，卜居嵩山龍潭，築室曰松庵。馮璧所寄原詩《中州集》未收，已佚。依韻：謂按照他人詩歌的韻部作詩，韻脚用字只要求與原詩同韻而不必同字。宋劉攽《貢父詩話》：「唐詩賡和，有次韻（先後無易），有依韻（同在一韻），有用韻（用彼韻，不必次）。」

〔二〕「幾百」二句：《後漢書·馮衍傳》載，馮衍，字敬通。「幼有奇才，年九歲，能誦《詩》，至二十而博通群書」。慷慨有志節，爲官抨擊豪强，因而被讒，歸老於家。「然有大志，不戚戚於賤貧。居常慷慨歎曰：『衍少事名賢，經歷顯位，懷金垂紫，揭節奉使，不求苟得，常有凌雲之志。三公之貴，千金之富，不得其願，不概於懷。貧而不衰，賤而不恨，年雖疲曳，猶庶幾名賢之風。修道德於幽冥之路，以終身名，爲後世法。』」「振孤風」當指此。二句言馮璧致仕隱嵩山，如馮衍晚年歸鄉後要保留「名賢之風」一樣。

〔三〕神明：明智如神。《淮南子·兵略訓》：「見人所不見謂之明，知人所不知謂之神。神明者，先勝者也。」

〔四〕衰俗：衰敗的世俗。元好問《内翰馮公神道碑銘》載，馮璧爲官，明辨是非，嫉惡如仇，臨危不懼，不避權貴。「自衛紹王專尚吏道，繼以高琪當國，朝士鮮有不被其折辱者。公憂畏敬慎，不忽遺細微，故自釋褐至今將三十年而公私無笞贖之玷。」二句就此而言。

〔五〕箾：即「簫」。韶箾：舜樂名。《尚書·益稷》：「《簫》《韶》九成，鳳皇來儀。」鳳凰來舞，儀表非凡。古代指吉祥的徵兆。句言嵩山吸引來馮璧這樣的名賢隱居。

〔六〕弋矰：繫有絲繩的射鳥短矢。冥鴻：喻避世隱居之士。漢揚雄《法言·問明》：「鴻飛冥冥，弋人何篡焉。」李軌注：「君子潛神重玄之域，世網不能制禦之。」何苦：猶何妨。句言馮璧既深知仕途險惡，又何妨慕效冥鴻避隱嵩山呢？

〔七〕杖屨：拄杖漫步。對老者、尊者的敬稱。

〔八〕三十六峰：登封少室山，其上有三十六峰。唐李白《贈嵩山焦煉師》詩序：「余訪道少室，盡登三十六峰。」馮璧歸嵩山，故有此句。

劉御史雲卿挽詞 二首〔一〕

氣幹參天擬萬尋〔二〕，聖門梁棟自堪任〔三〕。豸冠岳岳鋒稜峻〔四〕，鳧舄翩翩惠愛深〔五〕。可忍佳城玉埋土〔六〕，最哀慈幄血霑襟〔七〕。傳家賴有雙珠在〔八〕，不爾如何慰士林〔九〕。

【注】

〔一〕劉御史雲卿：劉從益，字雲卿，官拜監察御史。狄寶心《金代劉從益生卒年新證》認爲劉卒於正大二年。詩作於是年。劉祁《歸潛志》卷十：「余先子之殁，亦雷誌其墓，趙閑閑表焉……諸公祭文挽詩纔數首。」挽詞：哀悼死者的詞章。

〔二〕氣幹：氣魄和才幹。尋：古代的長度單位，一尋等於八尺。

〔三〕聖門：謂孔子的門下。泛指傳孔子之道者。句謂劉從益完全可以勝任孔門的棟梁。

〔四〕豸冠：獬豸冠。古代御史等執法官吏戴的帽子。《舊唐書・肅宗紀》：「御史臺欲彈事，不須進狀，仍服豸冠。」岳岳：挺立貌，聳立貌。形容人剛直不阿。《金史・劉從益傳》：「累官監察御史，坐與當路辨曲直，得罪去。」

〔五〕「梟舃」句：用王喬典故。《後漢書·王喬傳》載，河東人王喬，顯宗世爲葉令。「喬有神術，每月朔望，常自縣詣臺朝。帝怪其來數，而不見車騎，密令太史伺望之。言其臨至，輒有雙梟從東南飛來。於是候梟至，舉羅張之，但得一隻舃焉。乃詔尚方診視，則四年中所賜尚書官屬履也。」後因以指仙履，亦常用爲縣令的典實。《金史·劉從益傳》：「久之，起爲葉縣令。修學勵俗，有古良吏風。……以疾卒，年四十四。葉人聞之，以端午罷酒爲位而哭，且立石頌德，以致哀思。」按，碑文爲趙秉文撰，《滏水集》卷十二有《劉君遺愛碑》。

〔六〕「可忍」句：典自《西京雜記》卷四：「滕公駕至東都門，馬鳴跼不肯前，以足跑地。滕公使士卒掘馬所跑處，入三尺左右，得石槨。以燭照之，銘曰：『佳城鬱鬱，三千年見白日。籲嗟滕公居此室！』滕公曰：『嗟乎天也！吾死其即安此乎？』死遂葬焉。」佳城：喻指墓地。

〔七〕慈幄：慈帷。母親的代稱。劉從益英年早逝，時其母王氏尚健在，故有此句。

〔八〕雙珠：典出漢孔融《又與韋甫休書》：「前日元將來，淵才亮茂，雅度弘毅，偉世之器也；昨日仲將又來，懿性貞實，文敏篤誠，保家之主也。不意雙珠，近出老蚌，甚珍貴之。」韋康字元將，韋誕字仲將，皆韋甫休子。後多比喻以風姿或才華見稱的兄弟二人。此處指劉從益二子劉祁與劉郁。

〔九〕士林：指文人士大夫階層。

又

少同里閈早知音〔一〕，投分交情雨舊今〔二〕。鄉校聯裾春誦學〔三〕，上庠連榻夜論心〔四〕。南山松桂愁霜殞〔五〕，北地乾坤恨日侵〔六〕。不得生芻躬一奠〔七〕，西風吹淚滿衣襟。

【注】

〔一〕「少同」句：雷劉二家同爲渾源望族，且爲世交，雷淵與劉從益自幼交好，互爲知音。里閈：指里門。《後漢書·成武孝侯順傳》：「順與光武同里閈，少相厚。」李賢注：「閈，里門也。」

〔二〕投分：意氣相合。雨舊今：唐杜甫《秋述》：「常時車馬之客，舊雨來，今雨不來。」謂過去賓客遇雨也來，而今遇雨卻不來了。句言二人交情甚厚，交往密切，今昔如一。

〔三〕鄉校：古代地方學校。聯裾：即「連袂」，手拉着手，一同來去。形容關係親密。

〔四〕上庠：太學，古代大學。《禮記·王制》：「有虞氏養國老於上庠，養庶老於下庠。」鄭玄注：「上庠，右學，大學也。」連榻：並榻，形容關係密切。以上二句追憶二人的同窗友誼。

〔五〕「南山」句：劉祁《歸潛志》卷一〇：「余高祖南山翁……金朝初開進士舉，中魁甲。繼以二子西巖、龍泉同擢第，又繼以孫洺州君，又繼以孫中奉君、朝列君，曾孫翰林君、奉政君，凡四世八人也。在南京時，中奉君嘗求書『八桂堂』於趙閑閑。閑閑曰：『君家豈止八桂而已耶？』爲書『叢桂蟾窟』四字。」句本此，以南山桂殞指劉從益之逝。

〔六〕「北地」句：謂家鄉渾源被蒙古侵占，劉從益客葬他鄉，有難以葉落歸根之憾恨。

〔七〕生芻：弔祭的禮物。典自《後漢書·徐穉傳》：「郭林宗有母憂，穉往吊之，置生芻一束於廬前而去。」

題黄華江皋煙樹 二首〔一〕

疏柳静茅亭，亭下長江路。不見亭中人，蕭蕭煙景暮〔二〕。

【注】

〔一〕黄華：王庭筠，字子端，號黄華山主、黄華老人。大定十六年進士，歷官州縣，仕至翰林修撰。出入經史，旁及釋老，文詞淵雅，字畫精美。《金史》卷一二六有傳，《中州集》卷三有小傳。

〔二〕蕭蕭：蕭條，寂静。

又

江山萬里眼，一亭略約之〔一〕。黄華未死在，看出畫中詩〔二〕。

【注】

〔一〕略約：約略。謂大致能看到。二句承上詩，言茅亭以長江煙樹爲背景，小中見大，從有形到無形，從有限到無限，實中寓虚，有萬里之勢。

〔二〕「黄華」二句：言王庭筠的畫中有詩，從中能感覺到他的心靈律動，可以説他並没有死。在：語助詞，此處猶「呢」、「也」。參見張相《詩詞曲語辭匯釋》。

送李執剛致仕歸洛〔一〕

漕計中興屬老成〔二〕，引年陳請獨崢嶸〔三〕。果能辦此公真勇，愛莫留之我愴情〔四〕。塵坌恐驚黄鵠舉〔五〕，煙波不負白鷗盟〔六〕。洛陽去去春如錦〔七〕，晝日神仙看地行〔八〕。

【注】

〔一〕李執剛：李芳，字執剛，大興人，承安二年進士。曾任乾州、坊州刺史。調同知南京路都轉運使事，精於吏事。正大末致仕，殁於洛陽之難。《中州集》卷八有小傳。

〔二〕漕計：指賦税錢糧的徵調收支。轉運使古稱漕使，故稱。李芳正大四年前後任同知南京路都轉運使，領漕計。據元王惲《金故忠顯校尉尚書户部主事先考府君墓誌銘》：「時李乾州芳、移剌吴和領漕計，號精吏務。」見元王惲《秋澗集》卷四九。老成：精明練達；精明强幹。

〔三〕引年：謂古禮對年老而賢者加以尊養。後用以稱年老辭官。《禮記·王制》：「凡三王養老，皆引年。八十者一子不從政，九十者其家不從政。」句言李執剛年老辭官，主動積極，不貪戀禄位，胸懷超群。

〔四〕愴情：傷心。宋王安石《示長安君》：「少年離别意非輕，老去相逢亦愴情。」

〔五〕黄鵠舉：喻友人遠别。典出《韓詩外傳》卷二：「田饒謂哀公曰：『臣將去君，黄鵠舉矣。』」南朝陳阮卓《賦得黃鵠一遠别》：「一舉千里未能歸，惟有田饒解深意。」句言貪戀禄位的那些凡夫俗子們對於李氏決意退隱的明智之舉不能理解，感到驚異。

〔六〕煙波：指避世隱居的江湖。白鷗盟：謂與鷗鳥爲友。比喻隱退。

〔七〕去去：謂遠去。唐孟郊《感懷》其二：「去去勿復道，苦飢形貌傷。」

〔八〕神仙看地行：晉葛洪《抱朴子·論仙》：「《仙經》云：上士舉形升虛，謂之天仙；中士游于名山，謂之地仙。」後以「地行仙」喻閑散安逸之人。

梨花 得紅字

雪作肌膚玉作容〔一〕，不將妖艷嫁東風〔二〕。梅魂何物三春在〔三〕，桃臉真成一笑空〔四〕。雨細無情添寂寞無情亦作淚痕〔五〕，月明有意助豐融〔六〕有意助亦作真態更。相如病渴妨文賦〔七〕，想像甘寒結小紅〔八〕。

【注】

〔一〕玉作容：玉容。宋黄庭堅《次韻梨花》：「桃花人面各相紅，不及天然玉作容。」

〔二〕妖艷：異常豔麗而不端莊。嫁東風：宋賀鑄《踏莎行》（楊柳回塘）詠紅蓮詞，有「不如桃李，猶解嫁東風」句。東風：代指春天。二句言梨花冰清玉潔，没有濃妝豔抹。

〔三〕梅魂：梅花的精神、神韻。三春：指春季的第三個月，暮春。梨花在暮春三月盛開。

〔四〕一笑空：蘇軾《送彦猷之子坰赴鄂州……》：「出處榮枯一笑空，十年社燕與秋鴻。」二句言梨花在暮春開放時，争奇鬭豔的桃花全已凋零。

〔五〕「雨細」句：唐白居易《長恨歌》：「玉容寂寞淚闌干，梨花一枝春帶雨。」

〔六〕豐融：盛美貌。

〔七〕相如病渴：漢司馬相如有消渴病，遂稱病閑居。《史記·司馬相如列傳》：「相如口吃而善著書。常有消渴疾。與卓氏婚，饒於財。其進仕宦，未嘗肯與公卿國家之事，稱病閑居，不慕官爵。」

〔八〕「想像」句：杜甫《雨晴》：「塞柳行疏悴，山梨結小紅。」

河山形勝圖〔一〕

高峰巨塹與天連〔二〕，中國關防表裏全〔三〕。北岸塵氛重回首〔四〕，不如圖上看風煙〔五〕。

【注】

〔一〕河山形勝圖：金人劉祖謙之父所作，時人多有題詠。除雷淵此詩外，馮璧作《河山形勝圖》七絶一首，趙秉文作《東軒老人河山形勝圖》長詩一首。東軒老人，即劉祖謙之父。《中州集》卷五劉祖謙小傳：「祖謙字光甫，安邑人……父東軒，工畫山水。」又劉祁《歸潛志》卷四：「（祖謙）從趙閑閑、李屏山諸公遊，甚爲所重。……與余父子交，嘗屬余作《蒲萄酒賦》，題其父所畫《河山形勢》詩。」圖中所畫爲豫、晉、陝交界處的山川。形勝：指地勢險要，山川壯美。《荀子・强國》：「其固塞險，形勢便，山林川谷美，天材之利多，是形勝也。」

〔二〕塹：濠溝。

〔三〕「中國」句：《左傳・僖公二十八年》：「子犯曰：『戰也。戰而捷，必得諸侯。若其不捷，表裏河山，必無害也。』」杜預注：「晉國外河而内山。」句言古晉地表裏山河，有天險作屏障，易守難攻。關防：用兵防守的關隘。

〔四〕「北岸」句：言金廷南渡後河朔之地多被蒙古侵占，再次回首望晉地故國，情何以堪。塵氛：灰塵煙霧，代指戰爭。

〔五〕「不如」句：言《河山形勝圖》作於金朝鼎盛繁榮時期，能引起對昔日盛世的懷念。

次裕之韻兼及景玄弟〔一〕

名腸相焮半成灰〔二〕，戰退紛華旆始迴〔三〕。文字喜逢修月手〔四〕，津梁愧乏濟川材〔五〕。等閑有酒輒共醉〔六〕，信口哦詩不置才〔七〕。最憶平生劉子駿〔八〕，紫芝可惜不偕來〔九〕。

【注】

〔一〕裕之：元好問字裕之。元好問原詩已不存。景玄：劉昂霄，字景玄。時居三鄉（今屬河南宜陽縣）。詩當興定三年元好問由三鄉移居嵩山時所作，故有末二句。

〔二〕名：名聲，名利。腸：内心，情懷。焮：炙，燒。

〔三〕戰：心戰。紛華：繁華，富麗。《史記·禮書》：「出見紛華盛麗而説，入聞夫子之道而樂，二者心戰，未能自決。」旆始迴：猶回師，罷休。二句謂自己在仕隱出處的艱難抉擇中，終於戰勝功名利禄的困惑，決意歸隱（嵩山）。

〔四〕修月手：古代傳説月由七寶合成，常有八萬二千户給它修治。唐段成式《酉陽雜俎》前集卷一《天咫》載，大和中，鄭仁本表弟與王秀才游嵩山，見一人，布衣甚潔白，枕一襆物。二人因就之，且問其所自。其人笑曰：「君知月乃七寶合成乎？月勢如丸，其影日爍其凸處也。常有八萬二千户修之，予即一數。」因開襆，有斤鑿數事，玉屑飯兩裹。句言能夠結交元好問、劉昂霄這樣的詩文妙手，十分欣喜。

〔五〕津梁：橋梁。濟川材：渡水所用器材，喻濟世之人才。句言自己亦不是經世濟用的棟梁之材。

〔六〕等閑：尋常，平常。輒：立即，就。

〔七〕信口：隨口。謂出言不加思索。唐白居易《答故人》：「讀書未百卷，信口嘲風花。」置才：唐司空圖《與李生論詩書》：「賈閬仙（島）誠有警句，視其全篇，意思殊餒。大抵附于蹇澀，方可置才，亦爲體之不備也。」句言其與友人隨口吟詩，不以才力氣勢掩其情性。

〔八〕劉子駿：劉歆，字子駿，劉向子。漢成帝時，「待詔宦者署，爲黄門郎。河平年間，受詔與父向領校秘書，講六藝傳記。諸子、詩賦、數術、方技，無所不究」。劉向死後，歆嗣父業，繼續校書。官至侍中、太中大夫，遷騎都尉、奉車光禄大夫。因謀誅王莽，事泄自殺。事見《漢書·劉歆傳》。此處代劉昂霄。

〔九〕紫芝：元德秀（六九六——七五四）：字紫芝，世居太原（今屬山西），後移居河南陸渾（今河南省嵩縣）。唐開元進士。爲人寬厚，道德高尚，學識淵博，爲政清廉，名重當時。房琯每見德秀，歎息曰：「見紫芝眉宇，使人名利之心都盡！」事見《新唐書·元德秀傳》。代指元好問。此次唱和，劉昂霄未到，故有「不偕來」之歎。

愛詩李道人若愚嵩陽歸隱圖〔一〕

我家嵩前凡再朞〔二〕，詩僧騷客相追隨〔三〕。春葩繽紛香澗谷〔四〕，夏泉噴薄清心脾〔五〕。霜林置酒曳錦障〔六〕，雪嶺探梅登玉螭〔七〕。重陽夜宿太平頂〔八〕，天雞夜半鳴喔咿〔九〕。整冠東望見日出，金輪湧海光陸離〔一〇〕。神州赤縣入指顧〔一一〕，風埃未靖空嘘欷〔一二〕。窮探極覽不知老〔一三〕，泉石佳處多留題〔一四〕。簡書驅出踏朝市〔一五〕，期會迫窄愁鞭笞〔一六〕。襟懷塵土少清夢〔一七〕，齒頰棘荆真白癡〔一八〕。叩門剥啄者誰子〔一九〕，道人面有熊豹姿〔二〇〕。披圖二室忽當眼〔二一〕，貫珠編貝多文辭〔二二〕。我離山久詩筆退，摹寫豈復能清奇〔二三〕。再三要索不忍拒〔二四〕，依依但記經行時〔二五〕。道人愛山復愛詩，嗜好成癖未易醫〔二六〕。山中詩友莫相厭〔二七〕，遠勝薰酣聲利乾没兒〔二八〕。

【注】

〔一〕詩題：李道人名若愚，號愛詩。金末不堪兵革之亂，歸隱嵩山，詩畫自娱。所作《嵩山歸隱圖》時人多有題詠。除雷淵此詩之外，尚有元好問《李道人嵩陽歸隱圖》，麻九疇《李道人嵩陽歸隱圖》，劉勳《愛詩李道人嵩陽歸隱圖》，史學《李道人嵩陽歸隱圖》，段成己《嵩陽歸隱圖》等。元好問詩中有「可笑李山人，嗜好世所稀。逢人覓詩句，不恤怒與譏」，可知李道人曾攜此畫四處請人題詩。

〔二〕再朞：再期，兩周年。句言在嵩山閑居整二年。

〔三〕詩僧：能作詩的僧人。騷客：客居的詩人。

〔四〕春葩：春花。

〔五〕噴薄：洶湧激蕩。

〔六〕錦障：遮蔽風塵或視線的錦製圍幕。《世説新語·汰侈》：「（王）君夫作紫絲布步障碧綾裏四十里，石崇作錦步障五十里以敵之。」句言秋日攜酒暢遊於彩色紛呈的霜林中。

〔七〕玉螭：玉龍，指雪嶺。

〔八〕太平頂：少室山頂，金末曾在此建御寨。《金史·强伸傳》：「被旨入援，至偃師，聞白坡徑渡之耗，直趨少室。夜至少林寺，時登封縣官民已遷太平頂御寨。」又《金史·撒合輦傳》：「初，宣宗改河南府爲金昌府，號中京，又擬少室山頂爲御營，命移剌粘合築之。」

〔九〕喔咿：雞鳴聲。

〔一〇〕金輪：喻太陽。上四句誇張山頂之高。元好問《東遊略記》：「太史公謂太山雞一鳴，日出三丈。而予登日觀，平明見日出，疑是太史公誇辭。問之州人，云嘗有抱鷄宿山上者，鷄鳴而日始出。蓋岱宗高出天半，昏曉與平地異，故山上平明，而四十里之下纔昧爽間耳。」

〔一一〕神州赤縣：戰國時齊人鄒衍稱華夏之地爲「赤縣神州」。見《史記·孟子荀卿列傳》。後遂以爲中國的别稱。指顧：手指目視。句言臨高望遠，一切盡收眼底。

〔一二〕風埃未靖：指戰爭未止。嘘欷：哽咽，抽泣。

〔一三〕窮探：極力探求。極覽：盡力遊覽。句本唐韓愈《盧郎中雲夫寄示盤谷子詩二章歌以和之》：「窮探極覽頗恣横，物外日月本不忙。」

〔一四〕留題：題字留念。

〔一五〕簡書：徵召的文書。朝市：指朝廷和市集。《史記·張儀列傳》：「臣聞爭名者於朝，爭利者於市，今三川、周室，天下之朝市也。」此指移剌粘合在徐州之幕府。劉祁《歸潛志》卷二謂移剌粘合好文，「幕府延致名士。初帥彭城，雷希顔在幕」。

〔一六〕期會：指定的期限。迫窄：指時間緊迫，期限短促。句言帥府事務緊急，如有延誤，則有鞭笞之憂。

〔一七〕襟懷：胸懷。塵土：塵事。清夢：猶美夢。句言在徐州幕府每天處理凡俗的政務，故日有所思，夜有所夢，晚上也很少有夢到嵩山遊歷的情形。

〔一八〕齒頰：謂口頭談説。

〔一九〕剥啄：象聲詞，敲門聲。蘇軾《聽賢師琴》：「門前剥啄誰叩門，山僧未閑君勿嗔。」

〔二〇〕「道人」句：唐韓愈《送張道士》：「張侯嵩南來，面有熊豹姿。」熊豹：熊和豹，比喻體骼壯健。

〔二一〕披圖：展閱圖籍、圖畫等。二室：指嵩山。嵩山有太室、少室二山。

〔二二〕貫珠：成串的珍珠。比喻華美的言辭。編貝：編排起來的貝殼。句言李道人所呈《嵩陽歸隱圖》上已有許多精妙的題詩。

〔二三〕摹寫：描寫，描繪。清奇：指詩文清新奇妙。唐司空圖《二十四詩品》有「清奇」一品。

〔二四〕「再三」句：元好問《李道人嵩陽歸隱圖》：「可笑李山人，嗜好世所稀。逢人覓詩句，不恤怒與譏。」可見李道人攜畫四處請人題詠，不管别人的譏嘲，執著地一再索要。

〔二五〕行經：行走經過。

〔二六〕「道人」二句：寫李道人愛山愛詩成癖。

〔二七〕山中詩友：隱居或往來於嵩山的詩友，指元好問等。

〔二八〕聲利：猶名利。乾没兒：投機圖利者。《漢書・張湯傳》：「（湯）始爲小吏，乾没，與長安富賈田甲、魚翁叔之屬交私。」顔師古注曰：「如淳曰：『豫居物以待之，得利爲乾，失利爲没。』」

李右司獻能　二十首

獻能字欽叔，河中人〔一〕。年二十一，以省元賜第〔二〕，廷試第一人〔三〕。宏詞優等〔四〕，授應奉翰林文字。在翰苑凡十年，出爲鄜州觀察判官〔五〕。用薦者復應奉，俄遷修撰，以鎮南軍節度副使充河中經歷〔六〕。正大八年，河中陷，獨得一船走陝州〔七〕。被召，以道梗不能赴就，權陝府行省左右司郎中。軍變遇禍〔八〕。欽叔資稟明敏〔九〕，博聞强記，輩流中少見其比〔一〇〕。爲人誠實樂易，洞見肺腑。世間狡獪變詐〔一一〕，纖悉無不知，然羞之不道也。與人交，不立崖岸〔一二〕，杯酒相然諾〔一三〕。赴難解紛，不自顧藉①。雖小書生以愛兄之道來，亦殷勤接納，傾筐倒庋〔一四〕，無復餘地，時輩以此歸之。家故饒財〔一五〕，盡於貞祐之亂〔一六〕。京師冷官〔一七〕，食貧口衆，無以自資。太夫人素豪侈〔一八〕，厚於自奉〔一九〕，小不如意，則有金魚墮地之譴〔二〇〕。人視之，殆不堪其憂，而欽叔處之自若也。欽叔文章行業過人處甚多〔二一〕，而天下獨以其純孝爲不可及云〔二二〕。

【校】

① 藉：毛本作「惜」。

【注】

〔一〕河中：府名，金時屬河東南路，治在今山西省永濟市。

〔二〕省元：宋代禮部試進士第一名稱「省元」。禮部屬尚書省，故稱。又稱省魁。金沿宋制。賜第：謂賜及第。宋高承《事物紀原·學校貢舉·唱名》：「《宋朝會要》曰：『雍熙二年三月十五日，太宗御崇政殿試進士，梁顥首以程試上進，帝嘉其敏速，以首科處焉。十六日，帝按名一一呼之，面賜及第。』唱名賜第，蓋自是爲始。」《金史·李獻能傳》：「貞祐三年特賜詞賦進士，廷試第一人，宏詞優等。」劉祁《歸潛志》卷一〇：「貞祐初詔免府試，而趙閑閑爲省試，有司得李欽叔賦，大愛之。蓋其文雖格律稍疏，然詞藻莊嚴絶俗，因擢爲第一。」

〔三〕廷試：科舉制度省試中式後，由皇帝親自策問，在殿廷上舉行的考試。通常稱殿試。《宋史·選舉志一》：「凡廷試，帝親閲卷累日，宰相屢請宜歸有司，始詔歲命官知舉。」

〔四〕宏詞：制科名目之一，始於唐，宋、金相沿，屬臨時設置的考試科目，以待才學宏博之士。《金史·選舉志一》：「宏詞科試詔、誥、章、表、露布、檄書，則皆四六；誡、諭、頌、箴、銘、序、記，則或依古今體，或參用四六。」劉祁《歸潛志》卷二：「欽叔苦學博覽，無不通，尤長於四六。南渡，擢南省魁，復中宏詞。」

〔五〕鄜州：州名，金時屬鄜延路，治今陝西省富縣。

〔六〕鎮南軍：蔡州置，即宋汝南郡淮康軍，泰和八年升爲節度軍，嘗置榷場，在今河南省汝南縣。金末升節度州。

〔七〕陝州：州名，金時屬南京路，治今河南省陝縣。

〔八〕軍變：天興元年，鞏昌知府元帥完顏忽斜虎入陝州，詔拜參知政事，行尚書省事。以河中總帥府經歷李獻能充左右司員外郎。時趙偉爲河解元帥，屯金雞堡，行省月給糧以贍其軍。趙偉因軍餉不繼，發生兵變，李獻能遇害。事見《金史·徒單兀典傳》。

〔九〕資稟：天資稟賦。

〔一〇〕輩流：流輩，同輩。

〔一一〕狡獪變詐：巧變詭詐。

〔一二〕崖岸：矜莊，孤高。

〔一三〕然諾：然、諾皆應對之詞，表示應允。引申爲言而有信。《文選·宋玉·神女賦》：「含然諾其不分兮，喟揚音而哀歎。」李善注：「言神女之意雖含諾猶不當其心。」

〔一四〕傾筐倒庋：把大小箱子裏的東西全部傾倒出來。比喻全部拿出來或徹底翻檢。《世說新語·賢媛》：「王家見二謝，傾筐倒庋；見汝輩來，平平爾；汝可無煩復往。」庋：放東西的架子。

〔一五〕饒財：多財。

〔一六〕貞祐之亂：《金史·宣宗上》載，貞祐四年十月，蒙古兵取潼關，次嵩、汝間。十一月，退至澠池，十二月由三門集津北渡。河中府受禍當在是年。

〔一七〕冷官：地位不重要、事務不繁忙的官職。此指翰林應奉之職。

〔一八〕豪侈：猶言豪華奢侈。《晉書・夏侯湛傳》：「湛族爲盛門，性頗豪侈，侯服玉食，窮滋極珍。」

〔一九〕厚：優厚，豐足。自奉：謂自身日常生活的供養。漢劉向《説苑・政理》：「武王問於太公曰：『賢君治國何如？』對曰：『其政平，其吏不苛，其賦斂節，其自奉薄。』」

〔二〇〕金魚墮地：母怒責兒典故。《宋名臣言行録》載，陳堯咨善射，其母何氏責之曰：「汝父訓汝以忠孝輔國家，今不務仁政善化，而专卒伍一夫之技，豈汝先人之意耶？」以杖擊之，金魚墜地。金魚，三品官以上佩金製魚符。《新唐書・車服志》：「隨身魚符者，以明貴賤。應召命，左二右一，左者進内，右者隨身……三品以上飾以金，五品以上飾以銀。」

〔二一〕行業：德行功業；操行學業。

〔二二〕純孝：猶至孝。《左傳・隱公元年》：「潁考叔，純孝也。愛其母，施及莊公。」杜預注：「純，猶篤也。」

贈王飛伯雜言一首〔一〕

東風吹客衣，敗絮逐風飛〔二〕。曉雪没寒薺〔三〕，無物充朝飢。空簞嘖嘖號飢鼠〔四〕，饕蝨蠕蠕緣破袴〔五〕。人生豈是犬與雞，終歲區區守門户〔六〕。游説萬乘苦不早〔七〕，儀秦殆是穿窬盜〔八〕。六國印，千金車〔九〕，滿眼榮華鏡中老〔一〇〕。孔子聘列國〔一一〕，孟軻游齊梁〔一二〕。能令千載後，名與日月光。男兒生世不虛生，死恨身後無聲名。不然鳴玉遊紫京〔一三〕，不然著書談六經〔一四〕。九日可射天可補〔一五〕，鞭笞百蠻作降虜〔一六〕。離騷一篇亦不惡〔一七〕，雄筆盤盤映千古〔一八〕。君不見彩鳳翔丹霄，一鳴應九韶〔一九〕。寸雲起泰山，霖雨滿人間〔二〇〕。丈夫窮達果在天〔二一〕，安用兒女得志相歆羨〔二二〕，失志相悲憐〔二三〕。仰天大笑出門去〔二四〕，四海今誰魯仲連〔二五〕。

【注】

〔一〕王飛伯：王鬱字飛伯。大興（今屬北京市）人。少居釣臺，閉門讀書，不接人事數載。爲文法柳宗元，歌詩飄逸，有太白氣象。《中州集》卷七、《歸潛志》卷三有小傳。李獻能極賞王鬱，力薦於諸公。《歸潛志》卷三：「李欽叔過釣臺，得其所著《傷魯麟》、《導懷》等賦，並《楊孝童碑》、《王夢祥哀辭》，大驚，謄書，徧薦於諸公，先生之名始滿天下。」雜言：即雜言體。古體詩的一種。最初出於樂府。每句字數不等，長短句間雜，無一定標準，用韻也較自由。後人多有仿作。明徐師曾《文體明・雜言詩》：「按古今詩自四、五、六、七、雜言之外，復有五七言相間者，有三、五、七言各兩句者，有一、三、五、七、九言各兩句者，有一字至七字、九字、十字者，比之雜言，又略有不同，故別列之於此篇。」

〔二〕敗絮：破衣的棉絮。元好問《黄金行・贈王飛伯》謂其生活困窘云：「兒貧女富母兩心，何論同袍不同夢。入門喚婦不下機，淚子垢面兒啼飢。君詩只有貧女謡，何曾夢見金縷衣。外家翁媪日有語，嫁女書生徒爾爲。」

〔三〕没：埋。寒薺：薺菜，一年生或多年生草本植物，葉狹長，羽狀分裂，花白色，莖葉嫩時可食。此處代野菜。

〔四〕箪：盛飯食的器具。圓形有蓋，以竹或葦編成。嘖嘖：象聲詞。形容聲音輕細。此處指飢鼠齧齒聲。

〔五〕饕：極貪婪。《漢書・禮樂志》：「民漸漬惡俗，貪饕險詖，不閑義理。」顔師古注：「貪甚曰饕。」蠕蠕：慢慢爬動貌。

〔六〕區區：拘泥，局限。

〔七〕「遊説」句：用李白《南陵别兒童入京》「遊説萬乘苦不早，着鞭跨馬涉遠道」句。萬乘：指帝王。

〔八〕儀秦：張儀與蘇秦，戰國縱横家。窬：通「逾」。穿窬盜：指鑽洞和爬牆的盜賊。

〔九〕六國印，千金車：用蘇秦事。蘇秦以「連横」説秦未成，又以「合縱」遊説趙王，趙王封其爲武安君，並授相印，賜兵車百輛，錦繡千匹，白璧百雙，金幣萬兩。游説列國，身佩六國相印。事見《戰國策・秦策一》。

〔一〇〕「滿眼」句：用杜甫《江上》：「永夜攬貂裘，勳業頻看鏡。」

〔一一〕「孔子」句：用孔子周遊列國事。《史記・孔子世家》載：魯亂，孔子適齊，景公向孔子問政。後適衛，衛靈公奉粟六萬。留陳三年，居蔡三年，後楚國使人聘孔子，楚昭王興師迎孔子，將以書社地七百里封孔子。

〔一二〕「孟軻」句：孟子游齊梁事，在《孟子》的《梁惠王》及《公孫丑》篇中敘及。

〔一三〕鳴玉：古代貴族腰間佩帶玉飾，行走時相擊發聲。比喻出仕在朝。紫京：猶紫都，指京城。唐王勃《七夕賦》：「憑紫都而受曆，按玄丘而命紀。」

〔一四〕六經：六部儒家經典。始見於《莊子·天運篇》。指經孔子整理而傳授的《詩經》、《尚書》、《儀禮》、《樂經》、《周易》、《春秋》。

〔一五〕「九日」句：上古有后羿射日、女媧補天的神話。

〔一六〕鞭笞：鞭打。百蠻：古代南方少數民族的總稱。後也泛稱其他少數民族。

〔一七〕離騷：屈原詩作，流傳千古的不朽之作。《歸潛志》卷三王鬱小傳：「其論詩，以爲世人皆知作詩，而未嘗有知學詩者，故其詩皆不足觀。詩學當自三百篇始，其次《離騷》、漢魏六朝、唐人，近皆置之不論。」

〔一八〕雄筆：雄文。盤盤：才大貌。指才能出衆。

〔一九〕「君不見」二句：《書·益稷》：「《簫》《韶》九成，鳳凰來儀。」孔安國傳：「韶，舜樂名。言『簫』見細器之備……備樂九奏，而致鳳凰。」孔穎達疏：「《蕭》《韶》之樂，作之九成，以致鳳凰來而有容儀也。」《論語·子罕》：「子曰：『鳳鳥不至，河不出圖。吾已矣夫！』」孔安國傳：「聖人受命則鳳鳥至。」孔穎達疏：「言孔子傷時無明君也。」二句言今朝廷聖明，衆賢畢至。

〔二〇〕「寸雲」二句：《公羊傳·僖公三十一年》：「觸石而出，膚寸而合，不崇朝而遍雨乎天下者，唯泰山爾。」宋程珌《功德》：「恭願永作民極，丕承帝休。雲起泰山，長散九天之澤；日升暘谷，普舒萬國之明。」二句喻賢良執政，降福民間。

〔二一〕窮達：失志與得志。此句承上四句所云朝廷聖明、群賢有爲，本《論語·泰伯》：「天下有道則見，無道則隱。邦有道，貧且賤焉，恥也；邦無道，富且貴焉，恥也。」言君子得志與否在于時政的有道與無道。

〔二二〕得志：志願得以實現。歆羡：愛慕，羡慕。

〔二三〕失志：失意，不得志。唐韓愈《馬厭穀》：「彼其得志兮不我虞，一朝失志兮其何如！」悲憐：憐憫，同情。

〔二四〕「仰天」句：用李白《南陵别兒童入京》「仰天大笑出門去，我輩豈是蓬蒿人」句。

〔二五〕魯仲連：亦稱魯連。戰國末年齊國稷下學派後期代表人物，著名的思想家、辯論家。常周遊各國，排紛解難。不受封賞，退而隱居。事見《戰國策·齊策》。二句勸王鬱效法魯仲連倜儻豪邁的氣概。

夜宿虛皇閣下〔一〕

倚天青壁截雲霞〔二〕，一水高懸界削瓜〔三〕。不惜跉蹁攀石磴〔四〕，要看絢爛拆雲華〔五〕。玉峰影裏虛皇閣，鐵笛聲中秘監家〔六〕。明日川塗入塵土，卻應平地幾褒斜〔七〕。

【注】

〔一〕虛皇閣：道教神殿。按詩意此閣在嵩山玉華峰下，詳見注〔六〕。《中州集》卷六王渥《送裕之還嵩山》附雷淵題記，云：「興定庚辰六月望，予與河南元好問、趙郡李獻能同游玉華谷。」同卷雷淵有《玉華山中同裕之分韻送欽叔得歸字》、李欽叔有《玉華谷同希顔裕之分韻得秋字》。元好問《同希顔欽叔玉華谷還會善寺即事二首》：「詩翁徹骨愛煙霞，别似劉君住玉華。鐵笛不曾從二草，頭巾久已掛三花。」即用劉幾吹鐵笛事。知此詩作於興定四年。

〔二〕倚天青壁：言嵩山玉華峰很高，緊靠青天。

〔三〕削瓜：削去皮的瓜。謂青緑色。《荀子·非相》：「皋陶之狀，色如削瓜。」楊倞注：「如削皮之瓜，青緑色。」句言玉華峰青緑如削瓜，一道白色的瀑布自上而下，將其分爲兩半。

〔四〕跉跰：行走不穩。石磴：石級，石臺階。

〔五〕絢爛：光彩炫目。坼：裂開。雲華：雲朵，雲片。

〔六〕「玉峰」二句：元好問《水調歌頭》（山家釀初熟）詞序云：「玉華詩老，宋洛陽耆老劉幾伯壽也。劉有二妾，名萱草、芳草，吹鐵笛騎牛山間，玉華亭榭遺址在焉。」宋朱弁《風月堂詩話》載：劉幾，洛陽人。築室嵩山玉華峰下，號玉華庵主。宋江少虞《事實類苑》卷二四《洛陽耆英會》載，其中有「秘書監劉幾」。

〔七〕褒斜：褒斜道。秦嶺山脈中貫穿關中平原與漢中盆地的山谷，其南口曰褒，北口曰斜，全長二百多公里。自戰國起，就有人在谷中鑿石架木，修築棧道，歷代增修。二句言自己明日將歸汴京應奉翰林任，汴京雖在平原，但仕途險惡，遠甚於褒斜道。

玉華谷同希顔裕之分韻得秋字〔一〕

玉龍落峽噴飛流〔二〕，空翠霏霏晚不收〔三〕。軟脚山堂一壺酒〔四〕，暮涼閑對兩峰秋。

【注】

〔一〕玉華谷：谷名，在嵩山。希顔：雷淵，字希顔，曾罷官閑居嵩山。裕之：元好問，字裕之，時居嵩山。

〔二〕玉龍：喻泉水、瀑布。可與上詩「倚天青壁截雲霞，一水高懸界削瓜」合觀。

〔三〕空翠：指青色的潮濕的霧氣。唐王維《山中》：「山路元無雨，空翠濕人衣。」霏霏：飄灑，飛揚。

〔四〕軟脚：宴飲遠歸的人。猶今接風、洗塵。

四皓圖〔一〕

弋繒安足致冥鴻〔二〕，自是兼懷翊贊功〔三〕。漫説壺關有遺老〔四〕，望思臺上已秋風〔五〕。

【注】

〔一〕詩題：此爲題畫詩。四皓：秦末隱士東園公、夏黄公、綺里季、甪里四人，因避秦亂世而隱居商山，年過八旬，鬚眉皓白，世稱「商山四皓」。漢高祖想另立太子，吕后、張良請「商山四皓」出山輔佐太子，劉邦遂打消念頭。事見《史記·留侯世家》。

〔二〕弋繒：繫有絲繩的射鳥短矢。冥鴻：喻避世隱居之士。漢揚雄《法言·問明》：「鴻飛冥冥，弋人何篡焉。」李軌注：「君子潛神重玄之域，世網不能制禦之。」

〔三〕翊贊：輔助，輔佐。二句言四皓隱而復出，本於兼有輔佐帝業之志。

〔四〕「漫説」句：《漢書·劉據傳》載，武帝太子劉據受江充巫蠱之害，被迫舉兵自衛。武帝怒甚，壺關三老令狐茂上書解勸。書奏，天子感悟，然太子已出亡遇害。漫説：别説，不要説。壺關：今屬山西省壺關縣。遺老：指年老歷練之人。

〔五〕望思臺：臺名，又稱「歸來望思臺」。漢武帝爲太子劉據而建，在今河南三門峽靈寶市豫靈鎮。巫蠱之禍後，漢武帝憐太子無辜，懷太子，建此臺，天下聞而悲之。秋風：漢武帝作《秋風辭》：「秋風起兮白雲飛，草木黄落兮雁南歸。」此寓指秋風掃落葉、雲飛雁歸後的寂寞悲涼之思。

二老雪行圖 二首〔一〕

自笑膠膠擾擾身〔二〕，十年匹馬走紅塵。何時雪滿平生屐，太華峰前約故人〔三〕。

【注】

〔一〕詩題：此詩爲題畫詩。金人同題此畫者還有李瀰，見《中州集》卷七《二老雪行圖》。

〔二〕膠膠擾擾：形容紛亂不寧。《莊子·天道》：「膠膠擾擾乎！子，天之合也；我，人之合也。」成玄英疏：「膠膠擾擾，皆擾亂之貌也。」膠膠：攪攪。

〔三〕太華：山名，即西嶽華山，在今陝西省華陰市南，因其西有少華山，故稱太華。

又

抱琴衝雪又衝風，二老風流阿睹中〔一〕。未似村翁眵抹眼〔二〕，火爐頭上話年豐。

【注】

〔一〕阿睹：即阿堵，六朝口語。猶這，這個。

〔二〕眵：眼屎。

別馮翥之〔一〕

東風弄微寒，吹雪作輕陰〔二〕。春歸未得歸，愁攪客子心。與君俱異縣〔三〕，那復重分襟〔四〕。感時復恨別，老懷苦難任〔五〕。憶昨滎陽會〔六〕，燈火語夜深。縱談間俳語〔七〕，浩歌雜狂吟〔八〕。相期梁宋游〔九〕，感君肯相尋。西園偶差池〔一〇〕，市樓成孤斟〔一一〕。相逢洧水湄〔一二〕，暫爾成盍簪〔一三〕。燕鴻還别去〔一四〕，又復如商參〔一五〕。我行落日邊，匹馬獨登臨〔一六〕。君方無定在，倦翼思茂林。人堪幾回别，老境各駸駸〔一七〕。洧水不西流，雙魚定沉沉〔一八〕。幸有西飛鴻，無吝金玉音〔一九〕。

【注】

〔一〕馮駕之：馮辰，字駕之，臨潼（今屬陝西）人。金宣宗貞祐三年進士。辟涇陽令。《中州集》卷八有小傳。

〔二〕輕陰：微陰的天色。

〔三〕異縣：指異地，外地。漢陳琳《飲馬長城窟行》：「他鄉各異縣，輾轉不相見。」

〔四〕分襟：猶離别，分袂。

〔五〕難任：猶難當。三國魏曹植《雜詩》其一：「方舟安可極，離思故難任。」余冠英注：「難任，難當。」

〔六〕滎陽：金縣名。今河南省滎陽市。

〔七〕縱談：猶暢談。謂毫無拘束地談論。俳語：戲笑嘲謔的言辭。

〔八〕浩歌：放聲高歌，大聲歌唱。狂吟：縱情吟詠。

〔九〕相期：相約。梁：梁國。西漢諸侯國，漢梁孝王劉武建立，都城睢陽（今河南省商丘市），轄地在今商丘市及安徽省北部一帶。宋：宋國，春秋戰國十二諸侯之一，位於今河南省商丘市一帶。

〔一〇〕西園：北宋名園，在汴京（今河南省開封市）附近。宋徽宗所建，至金朝尚有留存。差池：意外。唐李端《古别離》其一：「與君桂陽别，令君岳陽待。後事忽差池，前期日空在。」

〔一一〕市樓：市中酒樓，其上立幟以爲標識，又稱旗亭。唐許渾《郊居春日有懷府中諸公並柬王兵曹》：「僧舍覆棊消白日，市樓賒酒過青春。」

〔一二〕洧水：古水名，即今雙洎河。源出河南登封陽城山，東南流至新鄭與溱水合，至西華縣入潁水。《史記·蘇秦列傳》：「韓北有鞏、成皋之固……東有宛、穰、洧水。」北魏酈道元《水經注·洧水》：「洧水出河南密縣西南馬領山。」湄：河岸。

〔一三〕暫爾：暫且，暫時。盍簪：朋友相聚。

〔一四〕燕鴻：燕與雁皆爲候鳥，在長江一帶，雁秋來春去，燕秋去春來。此喻偶然相聚，旋即離别，行蹤不定。

〔一五〕商參：二十八宿的商星與參星，商在東，參在西，此出彼没，永不相見，比喻人分離不能相見。

〔一六〕「我行」二句：《金史》本傳載，李欽叔於正大二年由翰林應奉出爲鄜州幕官。疑指此。

〔一七〕老境：老年的境況。駸駸：迅疾。

〔一八〕雙魚：指書信。唐彦謙《寄臺省知己》：「久懷聲籍甚，千里致雙魚。」沉沉：形容音信杳無。唐杜牧《月》：「三十六宫秋夜深，昭陽歌斷信沉沉。」

〔一九〕金玉音：喻指書信音訊。

昆陽元夜南寺小集〔一〕

春皋短短生蘭芽〔二〕，東風嫋嫋吹芳華〔三〕。暗黄着柳小梅素，月姊新年恰十五〔四〕。東皇太一來翩翩〔五〕，竹宫神光祀甘泉〔六〕。茂陵弓劍没秋草〔七〕，鳳燈煌煌空自然〔八〕。當年曼衍魚龍舞〔九〕，回頭昭陽化飛土〔一〇〕。昆陽客舍冷于冰，破殿蕭條佛燈古。雪消梁苑想春紅〔一一〕，車如流水馬游龍。銀瓶載酒隨春風，酒酣一嚼百杯空。韶華過眼絃上箭〔一二〕，人生得酒從歡讌〔一三〕。北斗闌干夜參半〔一四〕，耿耿疏星淡河漢〔一五〕。

【注】

〔一〕昆陽：地名，葉縣的古稱。元夜：元宵之夜，農曆正月十五日。小集：小聚會。

〔二〕皋：岸；水邊地。《楚辭·離騷》：「步余馬於蘭皋兮，馳椒丘且焉止息。」王逸注：「澤曲曰皋。」蘭芽：蘭的嫩芽。

〔三〕嫋嫋：吹拂貌。蘇軾《海棠》：「東風嫋嫋泛崇光，香霧霏霏月轉廊。」

〔四〕月姊：借指月亮。

〔五〕東皇太一：古代傳説中司春之神。翩翩：行動輕疾貌。

〔六〕竹宫：用竹建造的宫室。《漢書·禮樂志》：「以正月上辛用事甘泉圜丘，使童男女七十人俱歌，昏祠至明，夜常有神光如流星止集於祠壇，天子自竹宫而望拜。」《三輔黄圖·甘泉宫》：「竹宫，甘泉祠宫也，以竹爲宫，天子居中。」甘泉：宫名。故址在今陝西淳化西北甘泉山，本秦宫。漢武帝增築擴建，在此朝諸侯王，饗外國客；夏日亦作避暑之處。《三輔黄圖·甘泉宫》：「一曰雲陽宫……秦始皇二十七年作甘泉宫及前殿，築甬道自咸陽屬之。……漢武帝建元中增廣之。周十九里，中有牛首山，望見長安城。」

〔七〕茂陵：漢武帝劉徹的陵墓，在今陝西省興平縣西北。弓劍：傳説黄帝騎龍仙去，群臣攀附欲上，致墜帝弓。又黄帝葬橋山，山崩，棺空，唯劍存。見《史記·封禪書》、漢劉向《列仙傳·黄帝》。後因以「弓劍」爲對已故帝王寄託哀思之詞。

〔八〕鳳燈：鳳腦之燈。傳説中爲周穆王所用的油燈。晉王嘉《拾遺記·周穆王》：「時已將夜，王設長生之燈以自照，一名恒輝。又列璠膏之燭，遍於宫内。又有鳳腦之燈。」後用作燈油的美稱。煌煌：明亮輝耀貌，光彩奪目貌。《詩·陳風·東門之楊》：「昏以爲期，明星煌煌。」朱熹集傳：「煌煌，大明貌。」然：通「燃」。

〔九〕曼衍魚龍：魚龍曼衍，又作蔓延。漢代百戲的一種。《文選·張衡·西京賦》：「巨獸百尋，是爲蔓延。」薛綜注：「作大獸長八十丈，所謂魚龍蔓延也。」

〔一〇〕昭陽：漢宫殿名。《三輔黄圖·未央宫》載：武帝時，後宫八區，有昭陽等殿。漢成帝寵后趙飛燕曾居於此。後泛指后妃所住的宫殿。

〔一二〕梁苑：西漢梁孝王所建東苑，故址在今河南省商丘市東南。此指汴京。麻九疇《贈裕之》：「誰料并州天絶外，相逢梁苑雪消時。」即指在汴京舉試相會。春紅：春天的花朵。

〔一三〕韶華：美好的年華。

〔一三〕醼：同「宴」。聚飲。二句言人生苦短，需及時行樂。

〔一四〕「北斗」句：語自三國魏曹植《善哉行》：「月没參横，北斗闌干。」闌干：横斜貌。

〔一五〕耿耿：明亮貌。《文選·謝脁·暫使下都夜發新林至京邑贈西府同僚》：「秋河曙耿耿，寒渚夜蒼蒼。」李善注：「耿耿，光也。」河漢：指銀河。

追憶潁亭汎舟，寄陽翟諸友〔一〕

十月冬氣寒，清霜殞群木〔二〕。輕舟汎潁水〔三〕，微風吹野服〔四〕。信流不知還，石艇横老玉〔五〕。苔花錦斕斑〔六〕，懸溜珠麗斁〔七〕。頗離廛市雜〔八〕，倒瀉軒裳俗〔九〕。歲月今幾何〔一〇〕，春草萋以緑〔一一〕。懷歸劇飢渴〔一二〕，仰羨雙飛鵠。矯首九山雲〔一三〕，迢迢傷遠目〔一四〕。

【注】

〔一〕潁亭：亭名，在陽翟潁水之濱。《明一統志》：「潁亭，在禹州西。唐陽翟令陳寬建，宋范鎮重修。鎮嘗作《潁溪三亭記》。」陽翟：縣名，金代屬南京路鈞州，今河南省禹州市。

〔二〕殞：墜落。晉潘岳《秋興賦》：「遊氛朝興，槁葉夕殞。」

〔三〕潁水：源出今河南省登封縣西南，東南流經禹州市、西華縣，至周口市北合賈魯河、南合沙河入淮。

〔四〕野服：村野平民服裝。

〔五〕「信流」二句：謂遊船順水漂流，任其自然，不划槳，不靠岸回家。狀如小船似的巨石横陳水中，色白如玉。

〔六〕斕斑：色彩錯雜貌。

〔七〕懸溜：傾瀉的小股水流。北魏酈道元《水經注·耒水》：「兩岸連山，石泉懸溜，行者輒徘徊留念，情不極已也。」㸌：盛貌。

〔八〕廛市：市廛。商肆集中之處。

〔九〕軒裳：指官位爵禄。

〔一〇〕「歲月」句：用蘇軾《到潁未幾公帑已竭齋廚索然戲作數句》成句：「采杞聊自誑，食菊不敢餘。歲月今幾何，齒髮日向疏。」

〔一一〕「春草」句：暗用《楚辭·招隱士》詩句：「王孫游兮不歸，春草生兮萋萋。」萋：草木茂盛貌。

〔一二〕劇：極，甚。《文選·班彪·北征賦》：「劇蒙公之疲民兮，爲彊秦而築怨。」李善注引《説文》曰：「劇，甚也。」飢渴：比喻期望殷切，如飢似渴。

〔一三〕 矯首：昂首，抬頭。九山：嵩山周邊山峰合稱。元好問《李參軍友山亭記》：「由龍門而東，其北爲轘轅，南爲潁谷。轘轅，嵩高在焉；潁谷，潁水在焉。南北道合爲告成。告成，維天地之中，測景臺在焉。又東爲陽翟，連延二百里間，少室、大箕、大陘、大熊、大茂、具茨在焉。爲山者九，而嵩高以峻極爲嶽。」

〔一四〕 迢迢：道路遥遠貌。

郟城秋夜懷李仁卿〔一〕

日入群動息〔二〕，暝色陰濛濛〔三〕。故人隔潁水〔四〕，娟娟生秋風〔五〕。輕風捲纖雲〔六〕，碧漢磨青銅〔七〕。坐久襟袖涼，皎月升天東。伊人如此月〔八〕，霽色羅心胸〔九〕。可望不可親，倏已駕飛鴻〔一〇〕。念此太虛間〔一一〕，心交神自通〔一二〕。而況千里月，相望寧不同〔一三〕。孤光透薄帷〔一四〕，儼如接音容〔一五〕。翻翻繞枝鵲〔一六〕，唧唧侵堦蛩〔一七〕。上牀轉不寐，高樓待晨鐘。相思夜何永〔一八〕，月落秋牀空。

【注】

〔一〕 郟城：縣名，今河南省郟縣。金時屬南京路汝州。李仁卿：李治（一一九二——一二七九），後避唐高宗李治諱（《金史·章宗紀》三年十一月下云：「詔臣庶名犯古帝王而姓復同者禁之。」）

改作治，字仁卿，號敬齋。真定欒城（今河北省欒城縣）人，李遹子。貞祐南渡後居陽翟（今河南省禹州市）。正大七年進士。金亡後居崞縣（今山西省原平市），晚年居河北省元氏縣封龍山，與元好問、張德輝稱「龍山三老」。金元之際文學家、數學家。《元史》一六〇有傳。

〔二〕「日入」句：用晉陶潛《飲酒》其七詩句：「日入群動息，歸鳥趨林鳴。」群動：各種物類活動。

〔三〕暝色：暮色，夜色。　濛濛：迷茫貌。

〔四〕潁水：源出今河南省登封縣西南，東南流經禹州、西華、商水，至周口北合賈魯河、南合沙河入淮。　時李治所居陽翟，與李欽叔所在郟城中隔潁水。

〔五〕「嫋嫋」句：《楚辭·九歌·湘夫人》：「嫋嫋兮秋風，洞庭波兮木葉下。」嫋嫋：吹拂貌。

〔六〕纖雲：微雲，輕雲。《文選·傅玄·雜詩》：「纖雲時髣髴，渥露霑我裳。」張銑注：「纖，輕也。」

〔七〕「碧漢」句：謂萬里無雲的藍天猶如新磨的銅鏡一般。

〔八〕伊人：此人，這個人。指意中所指的人。《詩·秦風·蒹葭》：「所謂伊人，在水一方。」高亨注：「伊人，是人，意中所指的人。」此處代詩題中的李治。

〔九〕霽色：承上句，指明月的光色。古人常以「霽月光風」喻人品高潔，胸襟開闊。

〔一〇〕倏：同「倏」。犬疾行貌。引申爲疾速，忽然。段注本《説文·犬部》：「倏，犬走疾也。」段玉裁注：「引申爲凡忽然之辭。」舊題漢劉向《列仙傳》卷上：「王子喬者，周靈王太子晉也。好吹笙，作鳳凰鳴。遊伊洛之間，道士浮丘公接以上嵩高山。三十餘年後，求之於山上，見柏良，曰：

『告我家，七月七日待我於緱氏山巔。』至時果乘白鶴駐山頭，望之不得到。」晉何劭《遊仙詩》：「羡昔王子喬，友道發伊洛。迢遞陵峻岳，連翩御飛鶴。」合觀上句及李治所居在嵩山潁水之旁的陽翟，當用此典，以王子喬喻李治。二句言李治之高懷逸韻，像駕鵠高飛的仙人，人可遠望而不可近處。鴻：《說文》云大者曰鵠，小者曰雁。

〔一一〕太虛：謂宇宙。天地間。

〔一二〕心交：知心朋友。

〔一三〕寧：豈不。二句言自己望月懷遠之情與友人相通。

〔一四〕薄帷：輕薄的帷幕。

〔一五〕儼如：宛如，好像。音容：聲音容貌。此二句脱胎於杜甫《夢李白》：「落月滿屋梁，猶疑照顏色。」

〔一六〕翻翻：翻飛，飛翔貌。《文選・劉楨・贈徐幹》：「輕葉隨風轉，飛鳥何翻翻。」張銑注：「翻翻，孤飛貌。」

〔一七〕唧唧：蟲吟聲。蛩：蟋蟀的别名。

〔一八〕永：泛指長。杜甫《江漢》：「片雲天共遠，永夜月同孤。」

題飛伯詩囊

飛伯以布爲囊，采當世名卿詩投其中〔一〕。

穎露毛錐秖自賢〔二〕，智如樗腹但求全〔三〕。迂疏差似淵才富〔四〕，羞澀猶無杜老錢〔五〕。收拾珠璣三萬斛〔六〕，貯儲風月一千篇〔七〕。嘔心大勝奚奴錦〔八〕，要與風人被管絃〔九〕。

【注】

〔一〕飛伯：王鬱，字飛伯。大興（今屬北京市）人。少居釣臺，閉門讀書，不接人事數載。爲文法柳宗元，歌詩飄逸，有太白氣象。《中州集》卷七、《歸潛志》卷三有小傳。詩囊：貯放詩稿的袋子。唐李商隱《李長吉小傳》載：李賀常背一古破錦囊，尋詩得句，即書投囊中。《唐書》本傳也記其事。名卿：有聲望的公卿，名流。

〔二〕「穎露」句：《史記·平原君虞卿列傳》載：「平原君曰：『夫賢士之處世也，譬若錐之處囊中，其末立見……』毛遂曰：『臣乃今日請處囊中耳。使遂蚤得處囊中，乃穎脱而出，非特其末見而已。』」穎露：言錐芒從囊中顯露出來，比喻才華顯露。穎：錐芒。句言王鬱有毛遂之才，但不自薦，不汲汲於仕途利禄。劉祁《歸潛志》卷三王鬱小傳：「其論出處，以爲仕宦本求得志，行其所知以濟斯民。其或進而不能行，不若居高養豪，行樂自適。不爲世網所羈，頗以李白爲則。」「西遊洛陽，放懷詩酒，盡山水之歡。」由此可見其「只自賢」的實質。

〔三〕「智如」句：《莊子·逍遥遊》載：惠子謂莊子曰：「吾有大樹，人謂之樗。其大本臃腫而不中繩墨，其小枝捲曲而不中規矩。立之塗，匠者不顧。今子之言，大而無用，衆所同去也。」莊子曰：「何不樹之於無何有之鄉，廣莫之野，彷徨乎無爲其側，逍遥乎寢卧其下。不夭斤斧，物無害者，無所可用，安所困苦哉！」樗：喻無用之材。求全：保全自己。

〔四〕「迂疏」句：明何良俊《何氏語林》卷三十載：「彭淵才游京師十餘年，其家饘粥不給。父以書促歸。跨一驢，攜一布囊。親舊相慶曰：『布囊中必金珠也。君官爵雖未入手，且使父母妻兒脱凍餒之厄。囊中所有，可早出之。』淵才喜見鬚眉，曰：『吾富可埒國也，汝可拭目以觀。』既開橐，乃李廷珪墨一丸，文與可墨竹一枝，歐陽公五代史稿草一巨束。」此事早見於宋僧惠洪《冷齋夜話》，内容大同小異，但題作《劉淵才南歸布囊》。《四庫提要》謂：「惠洪本彭氏子，於彭淵才爲叔侄，故書中但稱淵材，不繫以姓。而其標題乃皆改爲劉淵才，尤爲不考。此類不可殫數，亦皆後所妄加。」按此，「淵才」本作「淵材」，北宋人。差似：略似。

〔五〕羞澀：囊中羞澀。指口袋裏錢很少，經濟困難。宋陰時夫《韻正群玉・陽韻・一錢囊》：「阮孚持一皂囊，遊會稽。客問：『囊中何物？』曰：『但有一錢看囊，恐其羞澀。』」杜老錢：指酒錢。杜甫《偪仄行》：「速宜相就飲一斗，恰有三百青銅錢。」

〔六〕珠璣：比喻美好的詩文繪畫等。唐方干《贈孫百篇》：「羽翼便從吟處出，珠璣續向筆頭生。」

〔七〕風月：指詩文。宋歐陽修《贈王介甫》：「翰林風月三千首，吏部文章二百年。」

〔八〕「嘔心」句：用李賀典故。唐李商隱《李賀小傳》：「恒從小奚奴，騎蹇驢，背一古破錦囊，遇有所得，即書投囊中。及暮歸，太夫人使婢受囊出之，見所書多，輒曰：『是兒要當嘔出心乃始已爾！』」

〔九〕風人：指古代采集民歌風俗等以觀民風的官員。被：合，配。《詩經》、漢樂府詩多經風人采入配樂。

送王飛伯歸陽翟〔一〕

故舊相望似曉星〔二〕，平生懷抱向君傾〔三〕。朱絲不入秦箏耳〔四〕，彩鳳終儀韶濩聲〔五〕。三楚迢迢動離思〔六〕，九山落落助高情〔七〕。一廛擬就隆中卧〔八〕，要子同躬壠上耕〔九〕。

【注】

〔一〕陽翟：金縣名，南京路鈞州治，今河南省禹州市。劉祁《歸潛志》卷三載，王鬱少居鈞臺，經李欽叔等人稱譽，名滿天下。自此，去鈞臺，放游四方。鈞臺即夏桀囚商湯之夏臺，在陽翟縣南。

〔二〕「故舊」句：謂舊交知心之友越來越稀少，寥若晨星。

〔三〕平生懷抱：一生心意。句言自己視王鬱爲知心之友，願頻頻向其盡吐心曲。

〔四〕朱絲：借指琴瑟。《禮記·樂記》：「《清廟》之瑟，朱絃而疏越，壹倡而三歎，有遺音者矣。」秦箏：古秦地（今陝西一帶）的一種絃樂器，似瑟，傳爲秦蒙恬所造，故名。秦李斯《諫逐客書》：「夫擊甕叩缶，彈箏搏髀，而歌呼嗚嗚快耳目者，真秦之聲也。」句暗用宋玉《對楚王問》「客有歌於郢中者，其始曰《下里巴人》，國中屬而和者數千人……其爲《陽春白雪》，國中屬而和者不過數十人」，謂自己的高情雅致對於那些凡夫俗子而言，是根本聽不進去的。

〔五〕「彩鳳」句：《書·益稷》：「《簫》《韶》九成，鳳凰來儀。」孔安國傳：「韶，舜樂名。言『簫』見細器而備……備樂九奏，而致鳳凰。」孔穎達疏：「《蕭》《韶》之樂，作之九成，以致鳳凰來而有容儀也。」句言自己的「平生懷抱」，終于招來王鬱這樣優秀青年的追隨。

〔六〕三楚：戰國楚地疆域廣闊，秦漢時分爲西楚、東楚、南楚，合稱三楚。王鬱所歸之陽翟，古屬西楚。

〔七〕九山：嵩山周邊山峰合稱。見《追憶潁亭汎舟寄陽翟諸友》注〔三〕。落落：清楚、分明的樣子。元薩都剌《寄朱舜咨》：「落落江南山，一一青可數。」高情：超然物外之情。

〔八〕一廛：古時一夫所居之地。後泛指一塊土地，一處居宅。隆中：地名，在湖北省襄陽縣西，臨漢水。諸葛亮曾隱居於此，人稱「卧龍」。

〔九〕壠上耕：諸葛亮《出師表》：「臣本布衣，躬耕於南陽。」此處指歸隱。

西園春日〔一〕

的皪冰梢出短牆〔二〕，泓澄暖緑靜横塘〔三〕。娟娟高竹迎人翠〔四〕，嫋嫋長紅隔水香〔五〕。病起心情疏酒琖〔六〕，朝來風色妬年芳〔七〕。只應歸去芸窗晚〔八〕，夢到湘妃錦瑟傍〔九〕。

【注】

〔一〕西園：合觀李欽叔「在翰苑十年」的經歷，此當指汴京西側之西園。北宋末年，宋徽宗動用了大量人力物力，把江南地區的名花奇石運到汴京，裝點園林。當時京都百里之内，名園遍布。西園即其中之一，至金末尚存。参見元好問《西園》詩。

〔二〕的皪：光亮、鮮明貌。冰梢：指瘦勁直挺的樹梢。宋唐士耻《代趙守上韓平原》：「竹傲冰梢瘦，松堅寶蓋圓。」

〔三〕泓澄：指清澈的水。横塘：泛指水塘。

〔四〕娟娟：姿態柔美貌。

〔五〕嫋嫋：形容細長柔軟的植物隨風擺動。長紅：指較大的紅花。唐李賀《南園》其一：「花枝草蔓眼中開，小白長紅越女腮。」

〔六〕酒琖：酒盞，小酒杯。

〔七〕年芳：指美好的春色。句言春日早晨，陽光明媚，豔麗的花樹在和風吹拂下摇曳，讓人喜愛。

〔八〕芸窗：指書齋。

〔九〕湘妃錦瑟：《樂府詩集》卷五七引《湘中記》：「舜二妃死爲湘水神，故曰湘妃。」亦稱「湘靈」，善鼓瑟。《楚辭·遠遊》：「使湘靈鼓瑟兮，令海若舞馮夷。」

滎陽古城登覽寄裕之〔一〕

突兀高臺上古城〔二〕，登臨人境兩崢嶸〔三〕。關河落日歲云暮〔四〕，草木臨風氣未平〔五〕。虎擲龍拏王伯事〔六〕，天荒地老古今情〔七〕。一杯欲洗興亡恨，爲唤窮途阮步兵〔八〕。

【注】

〔一〕滎陽：金縣名，屬南京路鄭州，今河南省滎陽市。裕之：元好問，字裕之。其《送欽叔内翰並寄劉達卿郎中白文舉編修五首》有「半年姜肱被，所樂良不貲」，「六月渡盟津，十月行汜水」諸語，知元、李於興定五年十月曾同游汜水等地。其《楚漢戰處同欽叔賦》、《鴻溝同欽叔賦》、《水調歌頭·汜水故城登眺》及李此詩皆作於是時。

〔二〕突兀：高聳貌。《文選·木華·海賦》：「魚則横海之鯨，突杌孤遊。」李善注：「突杌，高貌。」

〔三〕崢嶸：本指高峻，此形容歲月逝去，時過境遷。《文選·鮑照·舞鶴賦》：「歲崢嶸而愁暮，心惆悵而哀離。」李善注：「歲之將盡，猶物之高。」句謂登臨滎陽故城所見，言當年楚漢相爭的古戰場上人物、營壘等都已蕩然無存。

〔四〕關河落日：由滎陽西望，有汜水及虎牢關，再西北有黄河。歲云暮：本《詩·小雅·小明》：「昔我往矣，日月方除。曷云其還，歲聿云暮。」謂一年將盡。

〔五〕「草木」句：元好問《楚漢戰處》有「原野猶應厭膏血，風雲長遣動心魄」，句當本此，言當年戰死的楚漢將士之血肉滋養成的草木，至今怨氣未平。元好問《水調歌頭·汜水故城登眺》：「牛羊散平楚，落日漢家營。龍拏虎擲何處，野蔓罥荒城。遥想朱旗回指，萬里風雲奔走，慘澹五年兵。天地入鞭箠，毛髮懍威靈。」即言劉、項用暴力迫使天下人來此作戰。

〔六〕虎擲龍拏：虎龍跳躍抓拿爭鬬。《漢書·揚雄傳·校獵賦》：「熊羆之挐攫，虎豹之淩遽。」滎陽曾爲楚漢爭霸的古戰場。在滎陽、汜水一帶有東西廣武城，西爲漢，東爲楚。句本元好問《楚漢戰處》：「虎擲龍拏不兩存，當年曾此賭乾坤。一時豪傑皆行陣，萬古山河自壁門。」王伯：王霸。《漢書·異姓諸侯王表序》：「適戍彊於五伯。」顔師古注曰：「伯讀曰霸。」《孟子·滕文公下》：「大則以王，小則以霸。春秋時齊桓、晉文等五霸亦稱五伯。」句言劉邦、項羽之爭鬭，只是爲了他們的王霸事業。《史記·項羽本紀》：「項王謂漢王曰：『天下匈匈數歲者，徒以吾兩人耳。願與漢王挑戰決雌雄，毋徒苦天下之民父子爲也。』」

〔七〕天荒地老：亦作「地老天荒」，極言歷時久遠。句本元好問《水調歌頭·汜水故城登眺》：「一千年，成皋路，幾人經？長河浩浩東注，不盡古今情。」言歷來此地戰爭頻繁，冤魂無數。今蒙金爭戰，百姓塗炭，與楚漢時並無二致。

〔八〕「爲唤」句，用阮籍典故。阮籍嘗官步兵校尉，故稱「阮步兵」。《晉書·阮籍傳》載：「阮籍時率意獨駕，不由徑路，車跡所窮，輒痛哭而返。嘗登廣武，觀楚、漢戰處，歎曰：『時無英雄，使豎子成名乎？』」句用此典感歎生逢末世，小人猖狂，無真正的英雄。以阮籍比元好問。元好問《楚漢戰處》詩有「成名豎子知誰謂，擬唤狂生與細論」。

從獵口號 四首〔一〕

蓮燭金紗簇簇齊〔二〕，宫槐籠曉尚淒迷〔三〕。景陽鐘罷聽殘漏〔四〕，萬馬銜霜不敢嘶。

【注】

〔一〕口號：隨口吟成，和「口占」相似。

〔二〕蓮燭：蓮花形的蠟燭。簇簇：一叢叢。

〔三〕宮槐：據《周禮》，周代宮廷植三槐，三公位焉。故後世皇宮中多栽植，因稱。句言晨曦在宮内高大槐樹的蔭罩下光線迷離。

〔四〕景陽鐘：南朝齊武帝以宮深不聞端門鼓漏聲，置鐘於景陽樓上，宮人聞鐘聲，早起裝飾，後人稱之爲「景陽鐘」。見《南齊書·武穆裴皇后傳》。殘漏：指殘夜將盡時漏壺滴水的聲音。漏：漏壺，古代計時器。

又

閶闔傳符啟九關〔一〕，一聲清蹕駐南山〔二〕。虎賁先導三千士〔三〕，天馬初離十二閑〔四〕。

【注】

〔一〕閶闔：本指九天之門，此處指宮門。傳符：通行的符信。九關：謂九重天門或九天之關。《楚辭·招魂》：「魂兮歸來，君無上天些。虎豹九關，啄害下人些。」王逸注：「言天門凡有九重，使神虎豹執其關閉。」此處泛指宮門或京都城門。

〔二〕清蹕：舊時謂帝王出行，清除道路，禁止行人。借指帝王的車輦。

〔三〕虎賁：勇士之稱。《書·牧誓序》：「武王戎車三百兩，虎賁三百人，與受戰於牧野。」孔傳：「勇士稱也。若虎賁獸，言其猛也。皆百夫長。」此處指護衛君王出行圍獵時的侍從。

〔四〕天馬：駿馬的美稱。《史記·大宛列傳》：「初，天子發書《易》，云『神馬當從西北來』。得烏孫馬好，名曰『天馬』。」十二閑：天子馬廄。

又

爛爛龍旂捧日旂〔一〕，從臣遥認赭紅衣〔二〕。天王清曉親弧矢〔三〕，初合今冬第一圍〔四〕。

【注】

〔一〕爛爛：色彩鮮豔。龍旂、日旂：皆爲皇帝出行的旂幡儀仗。

〔二〕從臣：侍從之臣。赭紅衣：紅褐色的袍，金皇帝出行時所披。《金史·輿服中》：「凡大祭祀、加尊號、受册寶，則服衮冕。行幸、齋戒、出宫或御正殿，則通天冠，絳紗袍。」

〔三〕天王：帝王，皇帝。弧矢：弓和箭。

〔四〕圍：圍獵。謂四面合圍而獵，金代皇家冬獵的一種。

又

的皪金鎞墮曉星〔一〕，晴天霹靂應絃聲〔二〕。風毛雨血燕雲在〔三〕，未要草間狐兔驚〔四〕。

【注】

〔一〕的皪：光亮、鮮明貌。金錍：古代治眼病的工具，形如箭頭。此代箭頭。曉星：晨星。

〔二〕晴天霹靂：晴天打響雷，此謂絃聲。二句謂皇帝仰射飛鳥，絃聲宏亮，射程高遠。

〔三〕「風毛」句：漢班固《西都賦》言皇帝狩獵云：「於是乘輿備法駕，帥群臣，披飛廉，入苑門。遂繞酆鄗，歷上蘭……爾乃期門佽飛，列刃鑽鍭，要趹追蹤，鳥驚觸絲，獸駭值鋒……飑飑紛紛，矰繳相纒，風毛雨血，灑野蔽天。」句用此典，極言被射中的飛鳥之多。燕雲：黑色的雲。《禮記·王制》：「燕衣而養老。」孔穎達疏：「燕衣：黑衣也。」

〔四〕「未要」句：謂此次展示射技，只仰射高鳥，不及草間狐兔。

上清宫梅同座主閑閑公賦〔一〕

厭住盧家白玉堂〔二〕，琳宫瀟灑占年芳〔三〕。光生琪樹風霜古〔四〕，影占銀潢月露涼〔五〕。物外根株本仙種〔六〕，世間紅紫避嚴妝〔七〕。遨頭詞伯今何遜〔八〕，一笑詩成字字香。

【注】

〔一〕上清宫：道觀名。按李欽叔、趙秉文之仕履行跡及《金史·哀宗上》天興元年三月下所載：「命平章政事白撒宿上清宫，樞密副使合喜宿大佛寺，以備緩急。」知上清宫在汴京。蘇軾《上清儲祥宫碑》：「太宗皇帝……作上清宫於朝陽門之内，旌興王之功，且爲五代兵革之餘遺民赤子，請命上帝。以至道元年正月宫成，民不知勞，天下頌之。」又《東京夢華録》卷三「上清宫」：「在新宋門裏街北以西。」《金史・哀宗上》（正大五年）：「八月乙卯，以旱遣使禱於上清宫。」座主：古時進士稱主試官爲座主。閑閑公：趙秉文號。趙秉文曾任李獻能省試主考官，故稱。《金史・趙秉文傳》：「貞祐初，秉文爲省試，得李獻能賦，雖格律稍疏，而辭藻頗麗，擢爲第一。舉子遂大喧噪，訴於臺省，以爲趙公大壞文格，且作詩謗之，久之方息。俄而獻能復中宏詞，入翰林，而秉文竟以是得罪。」

〔二〕盧家：泛指富裕之家。古樂府中有洛陽女子莫愁，嫁與豪富的盧氏夫家，故稱。白玉堂：喻指富貴人家的邸宅。唐李商隱《代應》：「本來銀漢是紅牆，隔得盧家白玉堂。」

〔三〕琳宫：仙宫，道觀美稱。年芳：指美好的春色。二句謂梅樹在富貴人家久住生厭，故移居至上清宫。

〔四〕琪樹：仙境中的玉樹。《文選・孫綽・游天台山賦》：「建木滅景於千尋，琪樹璀璨而垂珠。」吕延濟注：「琪樹，玉樹。」

〔五〕銀潢：天河，銀河。句言梅樹高大，樹蔭遮蔽了天河和月光。露水下滴，感到特别冰涼。

〔六〕物外：世外。謂超脱於塵世之外，指上清宫。仙種：仙界的品種。句言上清宫梅生長於世外之道觀，爲仙人所種。

〔七〕紅紫：紅花與紫花。唐韓愈《晚春》：「草樹知春久不歸，百般紅紫鬭芳菲。」嚴妝：指精心打扮梳妝齊整貌。

〔八〕遨頭詞伯：稱趙秉文。遨頭：郭元釪《全金詩增補中州集》作「鼇頭」。唐宋時翰林學士、承旨等官朝見皇帝時立於鐫有巨鼇的殿陛石正中，因稱入翰林院爲上鼇頭。南渡後，趙秉文久在翰林院任學士、承旨等要職，故稱。詞伯：稱譽擅長文詞的大家，猶詞宗。何遜：字仲言，梁東海郯（今山東省蒼山縣）人。宋黄希《補注杜詩》引蘇注云：「梁何遜作揚州法曹，廨舍有梅花一株，花盛開，遜吟詠其下。後居洛，思梅花，再請其往，從之。抵揚州，花方盛，遜對花傍徨終日。」

丹陽觀竹宫中移賜〔一〕

素士如林侍紫清〔二〕，紫清新許住蓬瀛〔三〕。娟娟粉節霜匀出〔四〕，矗矗煙梢玉削成〔五〕。福地根莖蒙化育〔六〕，中天雨露惜恩榮①〔七〕。緑章封事朝來奏〔八〕，又聽風前彩鳳鳴〔九〕。

【校】

① 惜：李本、毛本作「借」。

【注】

〔一〕丹陽觀：道觀名。《山西通志》卷一百七十「虞鄉縣」：「丹陽觀，縣東南十里王官谷内，即唐司空圖隱處，金大定三年建。」

〔二〕素士：喻竹。紫清：指翰林院。以翰林乃清貴之職，故稱。宋黄庭堅《子瞻去歲春侍立邇英子由秋冬間相繼入侍次韻》其一：「赤壁歸來入紫清，堂堂心在鬢彫零。」按《金史·地理中》「南京路」條，翰林學士院在皇宫。

〔三〕蓬瀛：指東海蓬萊、方丈、瀛洲三神山，相傳爲仙人所居之處，亦泛指仙境，此處指丹陽觀。二句言丹陽觀的竹子原本在皇宫翰林院，前不久賜移於此。

〔四〕粉節：帶有白粉的竹節，亦借指竹。唐白居易《與微之唱和來去常以竹筒貯詩陳協律美而成篇因以此答》：「粉節堅如太守信，霜筠冷稱大夫容。」

〔五〕矗矗：高聳直立貌。

〔六〕福地：神仙居處，道教有七十二福地之説，此指道觀。化育：滋養，養育，化生長育。句言竹根深扎道觀福地，蒙受仙地的滋養。

〔七〕「中天」句：言竹梢接受高空雨露的滋潤，亦應珍惜移賜的皇恩浩蕩。

〔八〕緑章封事：舊時道士祭天所寫奏章表文，也稱青詞。因用朱筆寫在青藤紙上，故名。

〔九〕鳳鳴：《竹譜》卷七：「岑華山在西海之西，有蔓竹，可爲簫管，吹若鳳鳴。」二句言丹陽觀道士將緑章封事來朝謝賜竹之恩，並用竹簫吹奏動聽的樂聲。

王右司渥 一十一首

渥字仲澤，以字行。興定二年進士。調管州司候〔一〕，不赴。壽州防禦使邦獻〔二〕、商州防禦使國器〔三〕、武勝節度庭玉愛其才〔四〕，連辟三府經歷官。在軍中凡十年，舉寧陵令〔五〕，未赴。丁太夫人憂，廬墓三年〔六〕。服除，復授寧陵。正大七年，朝廷與宋人議和，擇可爲行人者〔七〕，仲澤以才選。凡再至揚州制司，宋人愛其才，有中州豪士之目。使還，以寧陵課最〔八〕，遷一官，入爲尚書省掾。三月即授太學助教，充樞密院經歷官。八年，院廢，權右司郎中。中牟失利〔九〕，不知所終。仲澤博通經史，有文采，善談論，工書法，妙於琴事，詩其專門之學。人物楚楚〔一〇〕，若素宦於朝〔一一〕，吏事則與冀京父相上下〔一二〕。其辨博〔一三〕，又屏山所許「天下談士」三人之一也〔一四〕。嘗與予行内鄉山中〔一五〕，馬上賦詩云：「霜風十月餘，千山錦崢嶸。」又《九日登潁亭見寄》云〔一六〕：「茫茫襄城野〔一七〕，歲晏多風埃。野田半已荒，草蟲鳴更哀。西風吹白雲，大隗安在哉〔一八〕。七聖之所迷〔一九〕，而我胡爲來〔二〇〕。我本林野人，初無經世材〔二一〕。失身鞍馬間，坐令雙鬢摧。安得元紫芝〔二二〕，共舉重陽杯。詩成西北望，九山鬱崔嵬〔二三〕。」此詩脱遺處，不復能記憶。讀之尚可以見斯人胸懷之髣髴。仲澤潁上詩〔二四〕：「不才被棄翻爲福〔二五〕，拙計無營卻似高〔二六〕。」「是處青山可埋骨〔二七〕，誰家白酒不消憂。」「夕陽轉屋掛林影，急雨壞橋喧水聲。」人喜傳之。

【注】

〔一〕管州：州名，金時屬河東北路，治今山西省静樂縣。

〔二〕壽州：州名，金時屬南京路，治今安徽省蒙城縣。邦獻：奥屯邦獻，時爲壽州防禦使。

〔三〕商州：州名，金時屬京兆府路，治今陝西省商洛市商州區。國器：完顔斜烈。《金史·忠義傳·完顔斜烈》載，完顔斜烈名鼎，字國器，自壽泗元帥轉安平都尉，鎮商州。

〔四〕武勝：鄧州武勝軍節度使，屬南京路。今河南省鄧州市。庭玉：移剌瑗，字粘合，又字庭玉，契丹族。正大中任鄧州節度使。

〔五〕寧陵：縣名，金時屬南京路歸德府。今河南省寧陵縣。

〔六〕廬墓：古人於父母或師長死後，服喪期間在墓旁搭蓋小屋居住，守護墳墓，謂之廬墓。

〔七〕行人：使者的通稱。《管子·侈靡》：「行人可不有私。」尹知章注：「行人，使人也。」

〔八〕課最：古時朝廷對官吏定期考核，檢查政績，最好者稱「課最」。《漢書·兒寬傳》：「輸租繦屬不絶，課更以最。」《資治通鑑·漢武帝元鼎四年》引此文，胡三省注：「課上上曰最。」

〔九〕中牟：縣名，金時屬南京路開封府，今河南省中牟縣。中牟失利：正大八年，完顔思烈遇大元兵於京水，遂潰。事見《金史·哀宗本紀》。王渥殁於是役，卒年四十七。

〔一〇〕楚楚：形容傑出，出衆。

〔一一〕素宦：一向爲官。

〔一二〕吏事：政事，官務。 冀京父：冀禹錫，字京父。 利州龍山（遼寧省建昌縣）人。 崇慶二年進士。爲人蘊藉，精於吏事，詩歌喜錘煉，文亦精緻。《中州集》卷六、《歸潛志》卷二有小傳。

〔一三〕辨博：爭論議題，旁徵博引，談辭如雲。

〔一四〕屏山：李純甫，號屏山居士。

〔一五〕内鄉：縣名，金時屬南京路鄧州。 今河南省西峽縣。 句所言之事在正大四年元好問令内鄉時。

〔一六〕潁亭：亭名，在陽翟潁水之濱。《明一統志》：「潁亭，在禹州西，唐陽翟令陳寬建。 宋范鎮重修，鎮嘗作《潁溪三亭記》。」

〔一七〕襄城：金縣名，今河南省襄城縣。

〔一八〕大隗：神名。《莊子・徐無鬼》：「黄帝將見大隗乎具茨之山。」陸德明釋文：「或云：大隗，神名也。」南朝宋宗炳《明佛論》：「感大隗之風，稱天師而退者，亦十號之稱矣。」

〔一九〕「七聖」句：七聖：指傳説中的黄帝、方明、昌寓、張若、謵朋、昆閽、滑稽七人。《莊子・徐無鬼》：「黄帝將見大隗乎具茨之山，方明爲御，昌寓驂乘，張若、謵朋前馬，昆閽、滑稽後車，至於襄城之野，七聖皆迷，無所問塗。」

〔二〇〕胡爲：何爲，爲什麼。

〔二〕經世：治理國事。

〔三〕元紫芝：元德秀（六九六——七五四）字紫芝，世居太原（今屬山西），後移居河南陸渾（今河南省嵩縣）。元德秀爲人寬厚，道德高尚，學識淵博，爲政清廉，名重當時。房琯每見德秀，歎息曰：「見紫芝眉宇，使人名利之心都盡！」此代元好問。好問爲德秀後裔，故友人常用以比况。

〔三〕九山：嵩山山脈中的九座山。元好問《潁亭留别》：「北風三日雪，太素秉元化。九山鬱崢嶸，了不受陵跨。」施國祁箋注：「九山，案轘轅、潁谷、告成、少室、大箕、大陘、大熊、大茂、具茨是也。」崔嵬：高大貌。

〔四〕潁上：金縣名，在今安徽省潁上縣西北。

〔五〕不才被棄：本唐孟浩然《歲暮歸南山》：「不才明主棄，多病故人疏。」

〔六〕「拙計」句：舊題師曠《禽經》：「鳩拙而安。」舊題晉張華注：「鳩，鳲鳩也。《方言》云：蜀謂之拙鳥。不善營巢，取鳥巢居之，雖拙而安處也。」句暗用此典。宋曾幾《寓居吴興》：「但知繞樹如飛鵲，不解營巢似拙鳩。」

〔七〕「是處」句：用蘇軾《獄中寄子由二首》：「是處青山可埋骨，他年夜雨獨傷神。」

潁亭〔一〕

三載西湖阻勝遊〔二〕，潁亭聯喜散羈愁〔三〕。九山西絡煙霞去〔四〕，一水南吞澗壑流〔五〕。賓主唱酬空翠琰〔六〕，干戈横絶自滄洲〔七〕。匆匆疋馬從軍去〔八〕，慚愧煙波萬里鷗〔九〕。

【注】

〔一〕潁亭：亭名，在陽翟潁水之濱。《明一統志》：「潁亭，在禹州西，唐陽翟令陳寬建。宋范鎮重修，鎮嘗作《潁溪三亭記》。」

〔二〕西湖：潁州西湖。勝遊：快意的遊覽。

〔三〕聯喜：接連的喜事和歡情。

〔四〕九山：嵩山周邊山峰合稱。參見元好問《李參軍友山亭記》。

〔五〕一水：指潁水。句言潁水自嵩山南入淮，沿途山谷的溪流皆爲其併吞。

〔六〕唱酬：以詩詞相酬答。翠琰：碑石的美稱。隋江總《攝山棲霞寺碑》：「辭題翠琰，字勒銀鉤。」句極言此遊賓主興致之高，題詩酬贈之多，以致把碑石都用完了。

〔七〕横絶：横越，横度。滄洲：濱水的地方，兼指隱居之地。《文選·謝朓·之宣城出新林浦向板橋》：「既歡懷禄情，復協滄洲趣。」吕延濟注：「滄洲，洲名，隱者所居。」句言當今戰火蔓延之際，在腹地潁亭勝游，寧靜安逸，自有世外桃源之感。

〔八〕匆匆：倉卒，急急忙忙。疋馬：指單身獨騎。

〔九〕「慚愧」句：用鷗盟典。謂與鷗鳥爲友，並使之信任。喻隱士生活。見《列子·黄帝》。宋黄庭堅《登快閣》：「萬里歸船弄長笛，此心吾與白鷗盟。」

有寄

十年鐵馬暗京華〔一〕，客子飄零處處家〔二〕。征雁久疏河朔信〔三〕，小梅重見汝南花〔四〕。棲棲活計依檐雀〔五〕，冉冉年光赴壑蛇〔六〕。舊雨故人應念我，不來聯句夜煎茶〔七〕。

【注】

〔一〕鐵馬：配有鐵甲的戰馬。京華：京城之美稱。因京城是文物、人才彙集之地，故稱。

〔二〕客子：離家在外的人。梁江淹《王侍中懷德》：「鸖鷁在幽草，客子淚已零。去鄉三十載，幸遭天下平。」二句言蒙古南侵十餘年來京都蒙塵，自己被迫離開家鄉太原，避亂河南，遷徙無定。

〔三〕征雁：遷徙的雁，多指秋天南飛的雁。河朔：古代泛指黄河以北的地區。《書・泰誓中》：「惟戊午，王次於河朔。」孔傳：「戊午渡河而誓，既誓而止於河之北。」句暗用鴻雁傳書典言時隔久遠，家信未至。

〔四〕汝南：宋汝南郡，金稱蔡州，屬南京路，在今河南省汝南縣。句言今又看到昔日在汝南所見的梅花，有物是人非、睹物思人之意。

〔五〕棲棲：忙碌不安貌。《詩・小雅・六月》：「六月棲棲，戎車既飭。」朱熹集傳：「棲棲，猶皇皇不安之貌。」活計：生計，維持生活。依檐雀：比喻寄人籬下的生活。句指在帥府任經歷官事。

〔六〕冉冉：漸進貌。形容時光漸漸流逝。《文選・屈原・離騷》：「老冉冉其將至兮，恐修名之不立。」呂向注：「冉冉，漸漸也。」赴壑蛇：蘇軾《守歲》：「欲知垂盡歲，有似赴壑蛇。修鱗半已没，去意誰能遮。况欲繫其尾，雖勤知奈何。」句言時光漸逝，一去不返。

〔七〕「舊雨」二句：舊雨謂故友。典出杜甫《秋述》：「常時車馬之客，舊雨來；今雨不來。」謂交情甚厚的舊友應當思念我，並責怪我爲何不來飲茶作詩。聯句：作詩方式之一。由兩人或多人各成一句或幾句，合而成篇。舊傳始于漢武帝和諸臣合作的《柏梁詩》。南朝梁劉勰《文心雕龍・明詩》：「回文所興，則道原爲始；聯句共韻，則《柏梁》餘制。」

寄京父〔一〕

憶昔相從在寢丘〔二〕，城南城北縱歡遊。杏花聯句香隨馬，野水添杯浪拍舟。邂逅又成三月別，飄零合負一春愁。汝陽淮甸經行偏〔三〕，應有新詩爲我留。

【注】

〔一〕京父：冀禹錫，字京父。利州龍山（遼寧省建昌縣）人。崇慶二年進士。爲人蘊藉，精於吏事，詩歌喜鍾煉，文亦精緻。《中州集》卷六冀禹錫小傳載其在汴京時與王渥等相得甚歡，升堂拜親，有昆弟之義。《歸潛志》卷二有小傳。

〔二〕寢丘：春秋時楚地名。在今河南沈丘縣東南，以貧瘠著稱。《吕氏春秋》載楚名相孫叔敖戒其子曰：「荆楚間有寢丘者，前有妬谷，後有戾丘，其名惡，可長有也。」

〔三〕汝陽：指汝水以北。淮甸：淮河流域。《中州集》卷六冀禹錫小傳載其居襄邑（今河南省睢縣）十年，「部使者起之，攝旁近諸縣」，皆屬汝水以北及近淮水之地。

餐秀軒〔一〕

秋風幾日摇霜樾〔二〕，秋色南山兩奇絶〔三〕。野人窗户終日開〔四〕，要看千秋秦嶺雪〔五〕。層崖深谷相吐吞〔六〕，落日白鹿東南奔。野花雙塔古蘭若〔七〕，樓觀縹緲煙霞昏〔八〕。玉山生玉人不識〔九〕，草木四時空好色。輞川舊與藍橋通〔一〇〕，細水至今流石室〔一一〕。一川黄葉長安秋，望望不見令人愁〔一二〕。書生不是濟時具〔一三〕，收得閑身成此遊。主人開筵留客醉，山雨多情濕征袂。明朝騎馬上七盤〔一四〕，回首山家但空翠〔一五〕。

【注】

〔一〕餐秀軒：軒名，取「秀色可餐」之意，形容景色秀美異常。宋陸游《山行》：「山光秀可餐，溪水清可啜。」

〔二〕樾：成蔭的樹木。

〔三〕南山：指終南山，屬秦嶺山脈，在今陜西省西安市南。《漢書·東方朔傳》：「夫南山，天下之阻也。南有江、淮，北有河、渭，其地從汧隴以東，商雒以西，厥壤肥饒。」

〔四〕野人：山野之人。也常用以代指隱逸者。唐元稹《晨起送使病不行因過王十一館居》其二：「野人愛靜仍耽寢，自向黄昏肯去無？」宋王禹偁《題張處士溪居》：「雲裏寒溪竹裏橋，野人居處絶塵囂。」

〔五〕秦嶺：山名。又名秦山、終南山，位於今陜西省境内。

〔六〕吐吞：吞吐。常用以形容山水爭雄之勢。唐韓愈《陸渾山火和皇甫湜用其韻》：「山狂谷狠相吐吞，風怒不休何軒軒。」

〔七〕蘭若：指寺院。梵語「阿蘭若」的省稱。意爲寂淨無苦惱煩亂之處。

〔八〕縹緲：高遠隱約貌。《文選·木華·海賦》：「群仙縹眇，餐玉清涯。」李善注：「縹眇，遠視之貌。」

〔九〕玉山：山名，即今藍田王順山，古稱玉山。因古代二十四孝之一王順擔土葬母於此而得名。

〔一〇〕輞川：水名。即輞谷水。在陜西省藍田縣南，源出秦嶺北麓，北流至縣南入灞水。唐詩人王維曾置別業於此。藍橋：橋名。在陜西省藍田縣東南藍溪之上。相傳其地有仙窟，爲唐裴航遇仙女雲英處。

〔一一〕石室：指傳説中的神仙洞府。

〔一二〕「一川」二句：暗用李白《登金陵鳳凰臺》「總爲浮雲能蔽日，長安不見使人愁」詩句。有朝政賢佞不分、壯志難酬之寓意。

〔三〕濟時具：能擔負濟世救時重任的人才。

〔四〕七盤：七盤嶺。位於藍田縣西南二十里輞川口西側，因山高坡陡，古道盤折而得名。唐沈佺期《七盤嶺》：「獨游千里外，高卧七盤西。山月臨窗近，天河如户低。」

〔五〕空翠：指緑色的草木。

遊藍田〔一〕

甲申之秋月建戌〔二〕，我行商嶺正落木①〔三〕。山英似與行子期〔四〕，撥霧披雲到山腹〔五〕。古潭千丈照錦峰，下有蟄龍上棲鵠〔六〕。高風吹雪已多時，熊耳雙尖寒欲縮〔七〕。新乘一水出龍渦，驚見千峰遮木槲〔八〕。南山秀拔北山雄，劍戟森然對群玉〔九〕。崎嶇直過藍田西〔一〇〕，始見商山真面目〔一一〕。悟真峽口忽中斷〔一二〕，天末修眉畫濃緑〔一三〕。此峽何年得此名〔一四〕，曾有金仙搆華屋〔一五〕。西巖石室懸細水〔一六〕，萬斛瓊珠輸輞谷〔一七〕。行人尚説有七盤〔一八〕，瘦馬已愁疲百曲〔一九〕。風門放眼望秦川〔二〇〕，擾擾更嗟塵界跼〔二一〕。去年游騎渡葭蘆〔二二〕，萬里横行如鬼速〔二三〕。灞陵原下馬飲血，太華峰頭虎擇肉〔二四〕。今年九月未防秋〔二五〕，始見登場有新穀〔二六〕。一鞭莫指古招提〔二七〕，疏雨有情留客宿。主人聞客喜相接，尊酒笑談如昔夙〔二八〕。蹇予懶散本真性〔二九〕，臨水登山此生足。一行作吏志益違〔三〇〕，十載從軍雙鬢秃〔三一〕。官家後日鑄五兵〔三二〕，便擬買牛耕白鹿〔三三〕。

【校】

①嶺：底本原作「顔」，因形似而誤，從毛本。

【注】

〔一〕藍田：縣名，金代屬京兆府路京兆府，今陝西藍田縣。王渥曾在商帥完顔斜烈幕府任經歷官，故有此行。

〔二〕甲申：金哀宗正大元年（一二二四）。月建：古人紀月把十二地支和十二個月份相配，通常冬至所在的十一月（夏曆）配子，稱爲建子之月，十二月爲建丑之月，由此類推。月建戌：即九月。

〔三〕商嶺：山名。在今陝西商縣東。亦名商山、商阪、地肺山、楚山。地形險阻，景色幽勝。《陝西通志》卷一二：「商山在商洛縣南一里，南山曰商山，又名地肺山，亦名楚山。……商山包楚鄧，一名商谷山，四皓仙人隱處。」落木：落葉。杜甫《登高》：「無邊落木蕭蕭下，不盡長江滚滚來。」

〔四〕山英：山神。行子：出行的人。南朝宋鮑照《代東門行》：「野風吹草木，行子心腸斷。」期：約會。

〔五〕撥霧披雲：撥開雲霧。山腹：山腰。

〔六〕蟄龍：蟄伏的龍。鵠：通「鶴」。唐李商隱《聖女祠》：「寡鵠迷蒼壑，羈凰怨翠梧。」馮浩箋注：

「鴿，《英華》作鶴。鶴、鴿古通。」

〔七〕熊耳雙尖：熊耳山，秦嶺東段支脈，因狀如熊耳而得名。北魏酈道元《水經注·洛水》：「洛水之北有熊耳，雙巒競舉，狀同熊耳。」《陝西通志》卷一二「熊耳山」：「山在上(商)洛縣西四十里。齊桓公登之以望江漢。兩峰插漢，以形似名。」

〔八〕槲：木名，即柞櫟，落葉喬木。樹幹高大，木材堅實，可供建築、器具等用。唐李賀《高平縣東私路》：「侵侵槲葉香，木花滯寒雨。」

〔九〕「南山」二句：謂商山之南山秀拔如玉，北山雄偉似劍戟。森然：聳立貌。

〔一〇〕崎嶇：形容地勢或道路高低不平。

〔一一〕商山：即商嶺。參見注〔三〕。二句用蘇軾《題西林壁》：「不識廬山真面目，只緣身在此山中。」

〔一二〕悟真峽：商山峽谷名，又稱悟真峪。《陝西通志》卷九引《藍田縣誌》：「谷在縣南十五里，相傳昔有高僧寫涅槃經，群鴿自空中含水以注硯。今其地爲藍田絶勝處，人多遊眺於此。」

〔一三〕天末：天的盡頭。指極遠的地方。修眉：長眉，喻遠山。宋柳永《少年游》詞：「修眉斂黛，遥山横翠，相對結春愁。」

〔一四〕此峽：指悟真峽。

〔一五〕金仙：指僧人。華屋：指悟真寺，分上下兩寺。上寺在悟真峪内西邊山崖上，竹林蔥翠，俗稱竹林寺。下寺在悟真峪口外的藍水南岸，環境清幽。唐王維、杜甫、張籍等均有遊悟真寺詩傳世。

〔一六〕「西巖」句：《陝西通志》卷一二引《商州志》：「西巖山在州西十里，與仙娥峰對。其麓有西巖洞，古稱棲真之地。又有説法洞，古傳祖師説法於此。時五鬼竊聽，故旁有五鬼窑。」

〔一七〕萬斛：極言容量之多。古代以十斗爲一斛，南宋末年改爲五斗。瓊珠：玉珠，比喻水珠。輞谷：藍田輞川谷口，兩山夾峙，水流湍急。

〔一八〕七盤：七盤嶺。位於藍田縣西南二十里輞川口西側，因山高坡陡，古道盤折而得名。唐杜佑《通典》曰：「七盤十二綈，藍田之險路。」《陝西通志》卷一二引《藍田縣舊志》：「七盤山，延亘綿遠，西接終南，東通商洛，險峻紆迴，即所云『七盤十二綈。』」

〔一九〕百曲：極言山路盤曲。

〔二〇〕風門：地名，在陝西新豐縣境内。《陝西通志》卷九引《三秦記》：「風門在新豐縣東南，兩阜相對，其中多風。」秦川：古地區名，泛指今陝西、甘肅的秦嶺以北平原地帶。因春秋、戰國時地屬秦國而得名。

〔二一〕擾擾：紛亂貌，煩亂貌。跼：狹小不舒。

〔二二〕遊騎：流動突襲的騎兵，此指北方蒙古突襲者。葭蘆：即葭蘆砦，北宋元符二年以葭蘆寨置晉寧軍，屬河東路。金大定二十二年改爲晉寧州，轄境相當今陝西省佳縣、神木、吴堡等縣地。

〔二三〕横行：縱横馳騁，所向無敵。

〔二四〕「灞陵」二句：謂蒙古遊騎四處出擊，殺人如麻，肆意掠奪。灞陵：古地名，本作霸陵。故址在今陝西省西安市東。漢文帝葬於此，故稱。馬飲血：喻殺人之多。太華：華山。

〔二五〕防秋：古代西北各遊牧部落，往往趁秋高馬肥時南侵。届時邊軍特加警衛，調兵防守，稱爲「防秋」。《舊唐書·陸贄傳》：「又以河隴陷蕃已來，西北邊常以重兵守備，謂之防秋。」

〔二六〕登場：穀物收割後運到場上，借指收穫完畢。唐白居易《孟夏思渭村舊居寄舍弟》：「日暮麥登場，天晴蠶拆簇。」

〔二七〕莫：暮。日落時分，傍晚。招提：梵語。音譯爲「拓鬬提奢」，省作「拓提」，後誤爲「招提」，其義爲「四方」。北魏太武帝造伽藍，創招提之名，後遂爲寺院的别稱。

〔二八〕昔夙：泛指昔時，往日。此指太平時期。

〔二九〕蹇：語首助詞。李白《酬岑勳以詩見招》：「蹇余未相知，茫茫緑雲垂。」王琦注：「《楚辭》『蹇將憺兮壽宫』王逸注：『蹇，詞也。蓋發語聲也。』」

〔三〇〕一行作吏：一經爲官。三國魏嵇康《與山巨源絶交書》：「遊山澤，觀魚鳥，心甚樂之。一行作吏，此事便廢。」

〔三一〕十載：《金史》本傳載，王渥自興定二年中進士，調管州司候，不赴，連辟壽州、商州武勝軍三府經歷官，在軍中凡十年。

〔三二〕官家：舊時對皇帝的稱呼。《晉書·石季龍載記上》：「官家難稱，吾欲行冒頓之事，卿從我乎？」《資治通鑑·晉成帝咸康三年》引此文，胡三省注云：「稱天子爲官家，始見於此。西漢謂天子爲縣官，東漢謂天子爲國家，故兼而稱之。或曰：五帝官天下，三王家天下，故兼稱之。」鑄五兵：泛指銷鎔毁掉各種鐵甲兵器。意同「鑄甲銷戈」，借指結束戰爭，實現和平。

〔三〕白鹿：即白鹿原，又稱霸上。在今陝西省藍田縣西。《後漢書・郡國志一》「新豐有驪山」劉昭注引《三秦記》：「縣西有白鹿原，周平王時白鹿出。」詩末二句謂只要天下太平，自己將買牛耕田，歸隱白鹿原。

送裕之還嵩山〔一〕

高懷不受簿書侵〔二〕，清潁鷗盟欲重尋〔三〕。老去宦情知我薄〔四〕，閑來道念見君深〔五〕。對牀夜雨他年夢〔六〕，滿馬西風此日心〔七〕。嵩頂勝游誰得共〔八〕，仙聞仙馭待知音〔九〕。末句用古仙人詩語。

古仙人辭今附於此：

夢入雲山宮闕幽，鸞驚同侶鴛鳳流〔一〇〕，桂月竟夜光不收，世俗擾擾成囂湫〔一一〕。醉飛星馭鞭金虬〔一二〕，八仙浪跡追真游〔一三〕。龜玉筌蹄二十秋〔一四〕，摩霄注壑須人求〔一五〕。覓劍如或笑刻舟〔一六〕，陽燧非無用綺幬〔一七〕。元鼎以來虛崑丘〔一八〕，東井徒勞冠帶修〔一九〕。松飡竹飲度蜃樓〔二〇〕，嵩頂坐嘯垂直鈎〔二一〕。秪應慚愧劉幽州〔二二〕。知音者無惜留跡。

興定庚辰夏六月望〔二三〕，予與河南元好問、趙郡李獻能同游玉華谷〔二四〕，又將歷嵩前諸刹〔二五〕，因憩於少姨廟〔二六〕。元周行廊廡，得古仙人詞於壁間。然其首章直屋漏雨，爲所漫剥〔二七〕，殆不能辨①。乃磴木石而上，拂拭汛滌，迫視者久之，始可完讀。觀其體則柏梁〔二八〕，事則終始二漢，字畫在鍾王之間〔二九〕。東井又元鼎所都，幽州必賢宗子虞也〔三〇〕。夫眷眷不忘幽州者，非吾田疇尚誰歟〔三一〕？田復所事之讎〔三二〕，卻曹瞞之賞〔三三〕，衰俗波蕩中〔三四〕，挺挺有烈丈夫風氣〔三五〕，其死而不亡盖無疑〔三六〕，其能道此語亦無疑。觀者不應以文體古今之變，而疑仙語也。噫，仙山靈岳，宜有閎衍博大之真人往來乎其間〔三七〕，而世人莫之識也。予三人者，乃今見之，夫豈偶然哉。再拜留跡，以附知音者末。渾源雷淵題。此詩爲仙語無疑，然直謂田疇，則似亦未安〔三八〕。屏山李純甫題。

【校】

①不能辨：毛本作「不可辨」。

【注】

〔一〕詩題：裕之：元好問字裕之。其《留别仲澤》云：「避俗無機日見侵，逐貧不去巧相尋。半生與世未嘗合，前日入山唯不深。緑水紅蓮慚大府，清泉白石識初心。相思命駕非君事，能寄詩來或賞音。」二詩次韻，作於同時。按「緑山紅蓮」典出《南史·庾杲之傳》，乃稱美幕府之辭，此指完顏斜烈帥幕。正大三年元氏曾應辟至完顏斜烈幕府。與王渥有詩唱和。後元氏辭歸嵩山，遂作此詩與王渥贈别。王詩亦作於此時。

〔二〕高懷：高尚的胸懷。簿書：官署中的文書簿册。句指元好問中進士第不就選事。

〔三〕清潁：潁水，源於嵩山。此暗用上古高士許由隱居潁陽典，見晉皇甫謐《高士傳》。鷗盟：謂與鷗鳥爲友，喻隱士生活。《世説新語·言語》「林公曰『澄以石虎爲海鷗鳥』」劉孝標注引《莊子》曰：「海上之人好鷗者，每旦之海上，從鷗游，鷗之至者數百而不止。」宋黄庭堅《登快閣》：「萬里歸船弄長笛，此心吾與白鷗盟。」

〔四〕宦情：做官的志趣、意願。

〔五〕道念：修道的信念。此指喜尚高雅、隱逸山林的人生取向。可與元詩「前日入山唯不深」及「清泉白石識初心」合觀。

〔六〕對牀夜雨：風雨之夜，卧牀相對，傾心交談。宋蘇轍《逍遥堂會宿》詩序：「轍幼從子瞻讀書，未嘗一日相舍。既壯，將游宦四方，讀韋蘇州詩至『寧知風雨夜，復此對牀眠』，惻然感之，乃相約早退，爲閒居之樂。」蘇氏兄弟嚮往風雨之夜，對床交談。後遂用夜雨對牀形容親友兄弟相聚時的歡樂之情。

〔七〕「滿馬」句：言友人上馬告别，秋風撲面，更覺心境淒慘。

〔八〕嵩頂：嵩山之巔。

〔九〕「仙聞」句：用古仙人語。指仙人辭末「知音者無惜留跡」，兼指游山覽水賦詩等文人雅事。

〔一〇〕鸑鷟：鳳屬。《國語・周語上》：「周之興也，鸑鷟鳴于岐山。」《新編分門古今類事・夢兆門中》：「鳳鳥有五色赤文章者，鳳也；青者，鸞也；黄者，鵷鶵也；紫者，鸑鷟也。」鸑鳳：鸑鷟與鳳凰，皆爲珍禽瑞鳥。比喻有識之士。

〔一一〕囂湫：塵囂湫隘。指紛擾的塵世。

〔一二〕金虬：金龍。

〔一三〕八仙：晉以前指容成公、李耳、董仲舒、張道陵、莊君平、李八百、范長生、爾朱先生，見晉譙秀《蜀記》。

〔一四〕龜玉：指龜甲和寶玉。古爲國家之重器。借指官職。宋葉適《會昌觀小集呈坐上諸文友》：「諸豪謁時顔，靈美竟龜玉。」筌蹄：《莊子・外物》：「筌者所以在魚，得魚而忘筌；蹄者所以在兔，得兔而忘蹄。」筌：捕魚的竹器。蹄：捕兔的網。句言出仕爲官追求功名已有二十多年。

〔一五〕摩霄：接近雲天，沖天。注壑：水流從高處注入谷底。

〔一六〕「覓劍」句：用楚人「刻舟求劍」典故。《吕氏春秋・察今》：「楚人有涉江者，其劍自舟中墜於水，遽契其舟曰：『是吾劍之所從墜。』舟止，從其所契者入水求之。舟已行矣，而劍不行，求劍若此，不亦惑乎？」後因以「刻舟求劍」喻拘泥成法，固執不知變通。二句謂爲官追求功名已經多年，而且不辭艱險，但事與願違，如同刻舟求劍，被人恥笑。

〔一七〕陽燧：指凹形帷蓋的車。《晉書・惠帝紀》：「及濟河，張方帥騎三千，以陽燧青蓋車奉迎。」用綺：秦末隱士甪里先生和綺里季的并稱。「商山四皓」之二。避秦亂，隱商山，年皆八十有餘，鬚眉皓白，時稱商山四皓。見《史記・留侯世家》。

〔一八〕元鼎：漢武帝第五個年號（前一一六——前一一一）。代漢武帝劉徹。虛：指空話或誆騙。《楚辭・九章・惜往日》：「蔽晦君之聰明兮，虛惑誤又以欺。」朱熹集注：「虛，空言也。」《楚辭・九歎・逢紛》：「后聽虛而黜實兮，不吾理而順情。」洪興祖補注：「言君聽讒佞虛言，以貶忠誠之實。」昆丘：昆侖山。句謂漢武帝迷信神仙，《武帝故事》、《漢武外傳》等多載其與崑崙山西王母交往之事。

〔一九〕東井：星宿名。即井宿，二十八宿之一。因在玉井之東，故稱。《史記・陳餘列傳》：「甘公曰：『漢王之入關，五星聚東井。東井者，秦分也。先至必霸。』」此代指漢都長安。三句言漢世并不缺乏像甪里、綺里季那樣的賢人，然而漢武帝迷信神仙，追求長生，信用李少君等人，結果只是徒勞而已。

〔二〇〕蜃樓：由于光線在大氣層中的折射而產生的自然現象。折射的光線把遠處的景物顯示在空中或地面，形成奇異的幻景。一般發生在沙漠地區和海邊，古人誤認爲是蜃（大蛤蜊）吐氣而成。後用來比喻虛幻的事物。此謂神仙境界。

〔二一〕垂直鈎：相傳姜太公出仕前曾釣于渭濱，所用釣鉤是直的，且不設餌。寓隱居待時之意。

〔二二〕劉幽州：劉虞（？——一九三）字伯安，東海郯（今山東省郯城縣）人。東漢末年太傅、幽州牧，漢室宗親。爲政寬仁，深得人心。但由于與公孫瓚意見不合，進兵攻之，兵敗被殺。《後漢書》

有傳。句言面對忠直無畏、以身許國的劉虞便自感慚愧。

〔二三〕興定庚辰：金宣宗興定四年（一二二〇）歲次庚辰。望：月圓之日，農曆每月十五日前後。

〔二四〕予：指雷淵。玉華谷：谷名，在嵩山。玉華：少室山三十六峰之一，因産玉膏得名。

〔二五〕刹：指佛寺。

〔二六〕少姨廟：《河南通志》卷四八載，少姨廟在登封縣北少室山，世傳祠啟母之妹，故名少姨廟。

〔二七〕漫剥：謂因剥蝕脱落而模糊不清。

〔二八〕柏梁：柏梁體。七言古詩的一種。相傳漢武帝在柏梁臺上和群臣共賦七言詩，人各一句，每句用韻，後人謂此體爲柏梁體。

〔二九〕鍾王：三國魏書法家鍾繇和晉書法家王羲之的並稱。

〔三〇〕宗子虞：劉虞，東海恭王之後，漢宗室。宗子：古代宗法制度稱大宗的嫡長子。《禮記·大傳》「别子爲祖，繼别爲宗」漢鄭玄注：「别子謂公子若始來在此國者，後世以爲祖也。别子之世適也，族人尊之爲大宗，是宗子也。」

〔三一〕田疇（一六九——二一四）：字子泰，右北平無終（今河北省玉田縣）人。東漢末年隱士。好讀書。初爲幽州牧劉虞從事。曾向曹操獻計擊破烏丸，後拒絶出仕。《三國志·魏書》卷一一有傳。

〔三二〕復所事之讎：指爲幽州牧劉虞復仇之事。《三國志·魏書》本傳：「疇得北歸，率舉宗族他附從數百人，掃地而盟曰：『君仇不報，吾不可以立於世！』」

〔三三〕曹瞞：曹操，小字阿瞞。此句指田疇屢拒出仕封賞事。曹操欲强行封賞田疇，亦曾經派遣田疇好友夏侯惇勸説，都爲田疇拒絶。事見《三國志》本傳。

〔三四〕衰俗波蕩：風俗衰敗，社會動盪。

〔三五〕挺挺：正直貌。《左傳·襄公五年》：「《詩》曰：『周道挺挺，我心扃扃。』」杜預注：「挺挺，正直也。」

〔三六〕其死而不亡：《老子》：「不失其所者久，死而不亡者壽。」謂不朽。

〔三七〕閎衍：形容胸懷廣闊。真人：道家稱存養本性或修真得道的人。泛稱得道成仙之人。

〔三八〕未安：未妥，不妥。

遊丹霞下院同裕之鼎玉分得留字〔一〕

霜落豐山白水收〔二〕，歲華全在竹園頭〔三〕。賦詩鞍馬慚真賞〔四〕，載酒林泉阻勝游〔五〕。野色自隨人意遠，夕陽應爲鳥聲留。仙源回首旌旗隔〔六〕，一笛西風唤客愁〔七〕。丹霞下寺，土人以竹園頭名之。

【注】

〔一〕丹霞下院：丹霞寺，在南陽（今河南省南陽市）。《明一統志·南陽郡·寺觀》：「丹霞寺，在南召縣西四十里。唐丹霞禪師修煉之所，因以名寺。」南召，南陽屬縣。裕之：元好問，字裕之。鼎玉：王鼎玉，興定五年進士。清施國祁注《元遺山詩集》謂鼎玉即燕人王鉉。元好問《遺山集》卷八有《丹霞下院同仲澤鼎玉賦》自注：「時從商帥軍至南陽。」與此詩爲同時所作。王渥在商帥完顔斜烈軍中時，與元好問、王鼎玉等人多有分題同賦之作。如元好問詞《三奠子》（同國器帥良佐仲澤置酒南陽故城），又《水龍吟》（從商帥國器獵於南陽同仲澤鼎玉賦此）等。

〔二〕霜落豐山：《山海經·中山經》：「（豐山）有九鐘焉，是知霜鳴。」郭璞注：「霜降則鐘鳴，故言知也。」豐山：在今河南省南陽市東北三十里。白水：水名。《金史·地理志》載南陽縣有白水。元好問《丹霞下院同仲澤鼎玉賦》有「霜鐘今得見豐山」，「滿眼興亡白水閑」詩句。收：指水位退縮。

〔三〕歲華：歲時物華。竹園頭：指丹霞下院。即詩後自注：「丹霞下寺，土人以竹園頭名之。」二句言深秋水落，霜降葉凋，唯有丹霞下寺之竹園仍青翠欲滴，秀色喜人。

〔四〕賦詩鞍馬：本唐元稹《唐工部員外郎杜君墓誌銘》：「曹氏父子鞍馬間爲文，往往横槊賦詩。」真賞：指值得欣賞的景物。句言其從軍幕府，行色匆忙，在鞍馬間即景賦詩，慚愧對美景未有深入的賞識。

〔五〕勝遊：快意的遊覽。言自己軍務繁忙，不能在此攜酒盡興遊賞。

〔六〕仙源：神仙所居之處。此處指丹霞下院。句言其在晚歸帥府的路上，戀戀不舍地朝丹霞寺頻頻回望，視線被隨行隊伍之旗幟遮擋。

〔七〕「一笛」句：暗用張翰秋風思歸典故。《晉書·張翰傳》：「翰因見秋風起，乃思吳中菰菜、蓴羹、鱸魚膾，曰：『人生貴得適志，何能羈宦數千里以要名爵乎？』遂命駕而歸。」後用以抒思鄉之情或歸隱之意。一笛：喻輕微的風聲。唐杜牧《題宣州開元寺水閣》：「深秋簾幕千家雨，落日樓臺一笛風。」句謂動歸隱之思。

驛口橋看白蓮〔一〕

陰陰喬木障晴暉，的的冰蕖照碧漪〔二〕。秋暑困人仍御扇〔三〕，晚風生竹卻添衣。百年蓬鬢關心切〔四〕，千里蓴羹與願違〔五〕。杖屨頻來約他日〔六〕，不妨先築釣魚磯〔七〕。

【注】

〔一〕驛口橋：在今河南省上蔡縣。《宋史·王德傳》：「德以百騎覘賊，至蔡州上蔡驛口橋。」

〔二〕的的：光亮、鮮明貌。唐陳子昂《宿空舲峽青樹村浦》：「的的明月水，啾啾寒夜猿。」冰蕖：白色的荷花。碧漪：清澈的水波。亦泛指綠水。

〔三〕秋暑：秋季的炎熱氣候。御扇：用扇扇風取涼。

〔四〕「百年」句：元陶宗儀《說郛》卷八〇：「朱滔括兵，不擇士族，悉令赴軍。自閱於毬場，有士子容止可觀……又令代妻作詩，答曰：『蓬鬢荊釵世所稀，布裙猶是嫁時衣。胡麻好種無人種，合是歸時底不歸。』滔遣以束帛放歸。」此事宋計有功《唐詩紀事》卷八〇題作「河北士人」。句用此典，言自己身在幕府而思妻心切。

〔五〕千里蓴羹：語出《世説新語·言語》：「陸機詣王武子，武子前置數斛羊酪，指以示陸曰：『卿江東何以敵此？』陸曰：『有千里蓴羹，但未下鹽豉耳！』」千里，湖名，在江蘇溧陽縣。《晉書·張翰傳》：「翰因見秋風起，乃思吴中菰菜、蓴羹、鱸魚膾，曰：『人生貴得適志，何能羈宦數千里以要名爵乎？』遂命駕而歸。」句言自己因仕宦遠離家鄉，思歸心切，但事與願違，不能像張翰那樣「命駕而歸」。

〔六〕杖屨：拄杖漫步。

〔七〕釣魚磯：釣磯，釣魚時坐的巖石，指歸隱之處。磯：水邊石灘或突出的巖石。

蒙城縣齋〔一〕

穀雨連朝没麥場〔二〕，官糧未入長官忙〔三〕。堦庭有雨青蛙鬧〔四〕，牢户無人白日長〔五〕。

【注】

〔一〕蒙城：縣名，金時南京路壽州所在地，今安徽省蒙城縣。王渥在興定初曾爲壽州防禦使奥屯邦獻幕官。此詩當作於壽州帥府時。

〔二〕穀雨：有利於穀物生長的雨，此處指夏季的連陰雨。麥場：收打麥子的場地。

〔三〕官糧：交納給官府的糧。長官：唐宋時多指縣令。

〔四〕鬧：喧嘩，叫。

〔五〕牢户：監獄。

三門津〔一〕

層崖摩蒼穹〔二〕，四月號陰風。大河三門險，神禹萬世功〔三〕。他山亦崔嵬〔四〕，砥柱獨尊雄〔五〕。雷霆日鬬擊，悍暴愁天公〔六〕。劉侯智有餘，始令舟楫通〔七〕。仍餘石上穴，飛棧曾連空〔八〕。遥瞻白玉枝，挺植丹竈中〔九〕。仙公去不返，此事真冥蒙〔一〇〕。夫人與鼓崖〔一一〕，怪幻尤難窮。獨喜兵火餘，歸然出新宫。當時疏鑿意，四海要會同〔一二〕。誰知千歲後，築壘防嘯凶〔一三〕。詩成一大笑，浩浩洪波東〔一四〕。

【注】

〔一〕三門津：黄河中十分險要的地段，在河南三門峽。相傳大禹治水，使神斧將高山劈成「人門」、「神門」、「鬼門」三道峽谷，由鬼石和神石將河道分成三流，水湍浪急。如同有三座門，由此得名。《河南通志》卷八「陝州」：「三門山，在州東底柱上流百餘步，禹導河鑿以通流，南曰鬼門，中曰神門，北曰人門。後因漕運，隋開皇間復鑿之，唐開元間又復鑿之，太宗令魏徵勒銘尚存。」

〔二〕蒼穹：蒼天。

〔三〕「大河」二句：言黄河三門山高峻險要，大禹開鑿黄河三門險津，屬利民利國的萬世功業。神禹：夏禹的尊稱。《莊子·齊物論》：「無有爲有，雖有神禹且不能知，吾獨且奈何哉。」成玄英疏：「迷執日久，惑心已成，雖有大禹神人，亦不令其解悟。」

〔四〕崔嵬：高聳貌；高大貌。

〔五〕砥柱：砥柱山，又名底柱山，位於三門峽河水中，人稱中流砥柱。《河南通志》卷八「陝州」：「底柱山在州東四十里黄河中。禹導河東至于底柱，即此石。形似柱，故名。唐柳公權詩：『禹鑿鋒鋩後，巍峨直至今。孤峰愁水面，一柱釘波心。頂壓三門險，根隨九曲深。撐天形突兀，逐浪勢浮沉。』」

〔六〕「雷霆」二句：形容三門峽水奔騰咆哮，驚濤拍岸，凶悍暴怒，使蒼天也爲之愁慘暗淡。

〔七〕「劉侯」二句：《新唐書·劉晏傳》載，劉晏領東都、河南、江淮轉運，「乃自按行，浮淮、泗，達於汴，入于河。右循底柱、硤石，觀三門遺跡；至河陰、鞏、洛，見宇文愷梁公堰，廝河爲通濟渠，視李傑新堤，盡得其病利。……凡歲致四十萬斛。」

〔八〕「仍餘」二句：清胡渭《禹貢錐指》卷一三中之上：「唐貞觀十一年河溢，壞陝州、河北縣。二十年，幸河北，觀底柱，令魏徵勒銘。是時自洛至陝，皆運於陸；自陝至京，乃運於水。顯慶中，大匠楊務廉鑿棧以輓漕，舟人以爲苦。（開元）二十九年，陝州刺史李齊物鑿底柱爲門，以通漕。開山顛爲輓路，燒石沃醯而鑿之。天寶元年上言三門運渠成。」詳見《新唐書·食貨三》。

〔九〕「遥瞻」二句：《山西通志》卷二七「砥柱峰」條下注曰：「老君爐，砥柱側黄河中。相傳老子煉丹於此，險不可升。上流有列石似『川』字，亦傳老子由此渡河焉。」

〔一〇〕冥蒙：幽昧不清。

〔一一〕「夫人」句：元王翰《遊三門記》：「鑿山作三門，以通河流。南者爲鬼門，中爲人門，次北爲神門，又次北及開元新開河。又以中爲夜叉門，北爲金門，新開河爲公主河，未詳其説也……其南山上有石巉然，如鴟蹲者，人號爲掛鼓石，蓋禹用以節時齊力也。」

〔一二〕「當時」二句：言唐代疏鑿三門，意在將四方之物從水路運至京都。

〔一三〕「誰知」二句：《金史·宣宗中》興定元年下：「設潼關使、副，及三門、集津提舉官。」「立沿河冰牆鹿角。」言誰知今國勢衰弱，以至以黄河爲天塹，防止蒙古進兵河南。

〔一四〕「詩成」二句：其笑之意同元好問《三門集津圖》：「南北爭教限大江，吴家纔了又陳亡。畫工只説三門險，不記茅津一葦航。」言以黄河爲天塹修築工事不足爲憑。貞祐四年，進入河南的蒙古軍即由三門、集津北渡攻太原。

被檄再至揚州制司〔一〕，驛亭有題詩〔二〕，譏予和事不成者〔三〕，云：

來往二年無一事，青山也解笑行人〔四〕。因爲解嘲〔五〕

二年奔走道途間，知被青山笑往還。只向江南南岸老，行人應更笑青山。

【注】

〔一〕被檄：被徵召。制司：制置司。唐時因經劃邊務，控制地方秩序而設。南宋時因與金對峙，設置漸多，多以安撫大使兼任，轄治數路軍務。

〔二〕驛亭：驛站所設的供行旅止息的處所。古時驛傳有亭，故稱。杜甫《秦州雜詩》其九：「今日明人眼，臨池好驛亭。」仇兆鼇注：「郵亭，見《前漢·薛宣傳》顔注：『郵，行書之舍，如今之驛。』據此，則驛亭之名起於唐時也。」

〔三〕和事不成：王渥正大七八年間二次使宋，名爲議和，實則議山東紅襖軍農民起義領袖李全投歸南宋後，又反宋犯淮東而死以及其妻楊妙真報仇一事。王渥凡二次往返揚州，和約未成，議和未果。事見《金史·哀宗上》。

〔四〕行人：使者的通稱。《管子·侈靡》：「行人可不有私。」尹知章注：「行人，使人也。」

〔五〕解嘲：因被人嘲笑而自作解釋。《漢書·揚雄傳下》：「時雄方草《太玄》，有以自守，泊如也。或嘲雄以玄尚白，而雄解之，號曰《解嘲》。」

冀都事禹錫 二首

禹錫字京父，龍山人〔一〕，崇慶二年進士。調沈丘簿〔二〕，與縣令者不相能〔三〕。及令以贓敗〔四〕，疑京父發之〔五〕，乃賂遺權貴，誣京父以賓客依託之事〔六〕，坐廢十年〔七〕。朝臣薦其才者積數十人，終爲銓曹所礙〔八〕。居襄邑〔九〕，部使者起之〔一〇〕，攝旁近諸縣〔一一〕，所至有父母之愛。農司治許昌〔一二〕，又爲主事〔一三〕，區處餽餉〔一四〕，上下千餘里，不露聲跡。而條畫次第皆具〔一五〕，雖鱗雜米鹽〔一六〕，若不足經意者，問之即應，如指諸掌〔一七〕，一時吏如康伯禄、李欽止諸人多自以爲不及也〔一八〕。正大中，當路諸公極力辨其被誣〔一九〕，乃得以常調守扶風丞〔二〇〕。召補省掾，不就，歸德奏充知事〔二一〕。及城被攻，京父爲經歷官，守禦之策一府倚重之。車駕至，授左右司都事，兼應奉翰林文字。官奴之變〔二二〕，家人勸京父羸服免禍〔二三〕，不從。人有自外至者，京父問賊入禁中否。曰：禁中賊滿矣，乃自投水中。在京師時，希顏、仲澤、欽叔、京父相得甚歡〔二四〕，升堂拜親，有昆弟之義〔二五〕。而不肖徒以文字之故〔二六〕，得幸諸公間。希長予六歲，澤長四歲，欽與京少予二歲。希歿於正大辛卯之八月，年四十八。澤歿於明年之七月，年四十七。欽歿於其年十一月，年四十一歲。京歿於又明年之三月，年四十二。蓋不二三年而五人者惟不肖在耳。今日録諸君子詩，感念平昔，不覺流涕之被面也〔二七〕。

【注】

〔一〕龍山：縣名，金時屬北京路利州，今遼寧省建昌縣。

〔二〕沈丘：縣名，金時屬南京路潁州，今河南省沈丘縣。

〔三〕相能：彼此親善和睦。

〔四〕贓：貪污，受賄。敗：敗露。

〔五〕發：告發，揭露。

〔六〕遺：給予。句謂誣告京父爲親朋辦事，以權謀私。

〔七〕坐廢：獲罪罷職。

〔八〕銓曹：本爲主管選拔官員的部門，也指主管選拔官員的長官。礙：阻攔，阻擋。

〔九〕襄邑：縣名，金睢州，今河南省睢縣。

〔一〇〕部使：朝廷特派巡視下屬州縣的官員。

〔一一〕攝：暫時代理。此指代任縣令。

〔一二〕農司：司農司官員。《金史·百官一》：「興定六年置……陝西並河南三路置行司農司，設官五員，正大元年，歸德、許州、河南、陝西各置……自卿而下迭出巡案，察官吏，臧否以陞黜之。」許昌：宋郡名，金時稱許州，屬南京路，今河南省許昌市。

〔一三〕主事：官名。金代六部下設主事，職務以文牘雜務爲主。

〔一四〕區處：處理，籌劃安排。餽餉：軍糧。

〔一五〕條畫：籌劃，謀劃。次第：先後順序。

〔一六〕鱗雜米鹽：《史記·天官書》：「故其占驗凌雜米鹽。」張守節《正義》：「凌雜，交錯也；米鹽，細碎也。」《漢書·天文志》作「鱗雜米鹽」。

〔一七〕如指諸掌：比喻對事情非常熟悉瞭解。典出《論語·八佾》：「或問禘之説。子曰：『不知也；知其説者之於天下也，其如示諸斯乎？』指其掌。」

〔一八〕康伯禄：康錫，字伯禄，沃州寧晉（今河北省寧晉縣）人。崇慶二年進士。歷任監察御史、右司都事、大司農丞等職。《金史》卷一一一有傳，《中州集》卷八有小傳。李欽止：李獻卿，字欽止。河中府（今山西省永濟市）人。泰和三年進士，仕至正議大夫。

〔一九〕當路：執政、掌權者。

〔二〇〕扶風：縣名，金時屬鳳翔路鳳翔府，今陝西省扶風縣。

〔二一〕歸德：府名，金時屬南京路。今河南省商丘市。

〔二二〕官奴之變：天興元年，蒲察官奴隨金哀宗北渡。二年三月，忠孝軍領袖蒲察官奴護從哀宗至歸德（今河南省商丘市）。數月後，歸德糧盡，蒲察官奴發動兵變，殺文武官員三百多人，軟禁金哀宗於照碧堂。

〔三〕羸服：破舊的衣服，亦指穿破舊的衣服。此謂脱去官服，混充百姓。

〔四〕希顔、仲澤、欽叔、京父：指雷淵、王渥、李獻能、冀禹錫。

〔五〕昆弟：兄弟。

〔六〕不肖：自謙之稱。

〔七〕被面：滿面。

僧房

上方樓觀裓衣寒〔一〕，霜後川原眼界寬〔二〕。我是禪房未歸客〔三〕，阿師休作長官看〔四〕。

【注】

〔一〕上方：住持僧居住的内室，借指佛寺。

〔二〕川原：指原野。

〔三〕「我是」句：謂自已將出家皈依佛門作爲人生的歸宿。

〔四〕阿師：稱僧人。宋范成大《寶現溪》：「躍珠本具眼，聊共阿師戲。」

贈雷御史兼及松庵馮丈〔一〕

平生疾惡如風手〔二〕，力振臺綱事所難〔三〕。人道千鈞羞射鼠〔四〕，我憐衆呴解漂山〔五〕。明時士論知無負〔六〕，晚歲交盟豈易寒〔七〕。見説嵩前茹芝老，白雲倚杖待君還〔八〕。

【注】

〔一〕雷御史：雷淵，官至御史。松庵馮丈：馮璧，致仕居嵩山時號松庵。元好問《内翰馮公神道碑銘》：「致仕，徑歸嵩山……結茅並玉峰下，旁有長松十餘，名之曰『松庵』。」

〔二〕疾惡如風：痛恨壞人壞事就像狂風猛掃一樣。典自《後漢書·陳蕃傳》：「(朱)震字伯厚，初爲州從事，奏濟陰太守單匡臧罪，並連匡兄中常侍車騎將軍超。桓帝收匡下廷尉，以譴超，超詣獄謝。三府諺曰：『車如雞棲馬如狗，疾惡如風朱伯厚。』」劉祁《歸潛志》卷七：「宣宗喜刑法，政尚威嚴，故南渡之在位者多苛刻……馮内翰璧叔獻號馬劉子。後雷希顔爲御史，至蔡州，得奸豪，杖殺五百人，又號『雷半千』。」元好問《雷希顔墓銘》謂雷淵：「爲人軀幹雄偉，髯張口哆，顔渥丹，眼如望羊。遇不平，則疾惡之氣見於顔間，或嚼齒大罵不休。」

〔三〕臺綱：指朝廷的綱紀。事所難：非常困難的事情。

〔四〕「人道」句：《五燈會元》卷二一：「千鈞之弩，不爲鼷鼠而發機。」句言雷、馮有大材，而朝廷未能委以重任。千鈞：三十斤爲一鈞，千鈞即三萬斤。形容力量大。蘇軾《次韻王定國得潁倅二首》：「買牛但自捐三尺，射鼠何勞挽六鈞。」

〔五〕衆呴解漂山：衆人吹氣可以使山飄動。比喻讒言很多，影響巨大。《漢書·中山靖王勝傳》：「衆呴漂山，聚蚊成雷，朋黨執虎，十夫橈椎。」呴：吹氣。漂：移動。雷淵以讒言罷御史任，參見其《贈陳司諫正叔》及陳規《送雷御史希顔罷官南歸》詩。元好問《内翰馮公神道碑銘》：「（元好問）私竊慨歎：使公得時行道，褒衣大冠，坐于廟堂，託六尺之孤，寄百里之命，招之不來，麾之不去，何必減古人？朝廷用違其長，顧每以城旦書見役，卒使之不遇而去。雖淮陽非公所薄，孫、劉輩有不得不任其責者耳。」淮陽指漢以嚴刑峻法著稱的汲黯，孫、劉指三國時嫉賢誣陷的中書令孫資與中書監劉放。此亦可爲二句之注脚。

〔六〕「明時」句：元好問《雷希顔墓銘》：「南渡以來，天下稱宏傑之士三人：曰高廷玉獻臣，李純甫之純，雷淵希顔……正大初拜監察御史。時主上新即大位，宵衣旰食，思所以弘濟艱難者爲甚力。希顔以爲天子富於春秋，有能致之資，乃拜章言五事……一時有重名者非不多，而獨以獻臣爲稱首。獻臣之後，士論在之純。之純之後在希顔。希顔死，遂有『人物渺然』之歎。」明時：指政治清明的時代。

〔七〕「晚歲」句：言希顔往昔所交舊友對其爲人知之甚深，不因其被誣罷職而有所改變。

〔八〕茹芝老：指馮璧。據詩末二句知馮璧已歸隱嵩山。二句言隱居的馮璧正等待雷淵返歸嵩山。